UN PROTECTEUR POUR L'AVENIR

UN PROTECTEUR POUR L'AVENIR (FORCES TRÈS SPÉCIALES #10)

SUSAN STOKER

DU MÊME AUTEUR

Autres livres de Susan Stoker

Forces Très Spéciales Series

Un Protecteur Pour Caroline

Un Protecteur Pour Alabama

Un Protecteur Pour Fiona

Un Mari Pour Caroline

Un Protecteur Pour Summer

Un Protecteur Pour Cheyenne

Un Protecteur Pour Jessyka

Un Protecteur Pour Julie

Un Protecteur Pour Melody

Un Protecteur pour l'avenir

Un Protecteur Pour Les Enfants de Alabama

Un Protecteur Pour Kiera

Un Protecteur Pour Dakota

Delta Force Heroes Series

Un héros pour Rayne

Un héros pour Emily

Un héros pour Harley

Un mari pour Emily

Un héros pour Kassie

Un héros pour Bryn

Un héros pour Casey

Un héros pour Wendy

Un héros pour Mary

Un héros pour Macie

Un héros pour Sadie

Mercenaires Rebelles

Un Défenseur pour Allye

Un Défenseur pour Chloé

Un Défenseur pour Morgan

Un Défenseur pour Harlow

Un Défenseur pour Everly

Un Défenseur pour Zara

Un Défenseur pour Raven

Ace Sécurité

Au Secours de Grace

Au Secours d'Alexis

Au Secours de Bailey

Au Secours de Felicity

Au Secours de Sarah

QUI SONT LES FORCES SPÉCIALES ?

Matthew Steel, alias Wolf – Caroline Martin Steel

Christopher Powers, alias Abe – Alabama Ford Smith Powers
    Filles adoptives : Brinique et Davisa

Hunter Knox, alias Cookie – Fiona Storme Knox

Sam Reed, alias Mozart – Summer James Pack Reed
    Fille : April

Faulkner Cooper, alias Dude – Cheyenne Nicole Cotton Cooper
    Fille à naître : ne porte pas encore de nom

Kason Sawyer, alias Benny – Jessyka Allen Sawyer
    Fille : Sara
    Fils : John

John Keegan, alias Tex – Melody Grace Keegan
Fille adoptive venue d'Irak : Akilah

Patrick Hurt – Julie Lytle

PROLOGUE

Notre actualité principale de ce soir est l'enlèvement de quatre soldats par des terroristes de l'État islamique de Syrie. Une nouvelle vidéo a été publiée, montrant une femme que l'on présume être la sergente Pénélope Turner déclarant à nouveau son allégeance à Allah et prévenant les États-Unis et la Grande-Bretagne que s'ils ne retirent pas toutes leurs troupes du Moyen-Orient, la colère d'Allah s'abattra sur tous les Américains et les Britanniques.

La sergente Turner, en compagnie de trois autres membres du personnel de l'Armée, a été enlevée voilà environ un mois alors qu'elle était en mission humanitaire en Turquie. Les camps de réfugiés à la frontière syrienne comprennent à présent des milliers de personnes qui essayent d'échapper à l'instabilité en Syrie. Il n'y a pas d'eau potable et guère de nourriture. Les conditions de vie sont au mieux primitives. Les forces turques font leur possible pour gérer l'afflux de réfugiés, mais cela ne suffit tout simplement pas. Le président a autorisé les troupes américaines à apporter leur aide. Turner et les autres soldats ont été enlevés alors qu'ils patrouillaient dans une section particulièrement dangereuse du camp. Malheureusement, les hommes kidnappés en même temps que Turner ont été retrouvés morts deux jours après ; on les avait crucifiés et brûlés vifs.

Nous ignorions tout du destin de Turner jusqu'à ce que la première vidéo émerge voilà deux semaines. Elle portait un voile et même si l'on ne pouvait pas vraiment voir son corps, les autorités ont dit qu'elle avait l'air d'aller bien et qu'elle ne montrait aucun signe de torture violente.

Nous n'en savons pas plus sur sa situation et pour le moment, le gouvernement ignore où elle est retenue. Les représentants continuent d'affirmer à sa famille qu'ils font tout leur possible pour la trouver et la secourir. Restez avec nous pour notre interview avec le frère de Pénélope, Cade Turner, un pompier basé à San Antonio, au Texas.

1
___

Caroline était allongée sur son lit, un bras passé en travers de la poitrine de son mari, faisant machinalement glisser les doigts sur son mamelon. Ils étaient tous les deux contentés et repus après avoir fait l'amour pour la deuxième fois de la soirée.

— Tu penses qu'ils la retrouveront ?

— Qui, ma chérie ?

— Pénélope. La femme qui a été enlevée au Moyen-Orient.

Matthew Steel, dit Wolf, se décala légèrement sous le corps de son épouse pour lui déposer un léger baiser sur le front.

— Probablement pas.

Il sentit Caroline soupirer alors qu'elle tournait la tête contre sa poitrine pour le caresser du bout du nez.

— Je ne peux pas m'empêcher de m'imaginer à sa place, dit-elle tristement.

— Ice. Je ne peux pas…

— Non, je sais. Ce n'est absolument pas la même

chose, mais chaque fois qu'ils diffusent cette vidéo d'elle et puisqu'elle est probablement forcée de prononcer toutes ces choses horribles, je me dis seulement que le ton de sa voix contredit son regard.

— Qu'est-ce que tu veux dire ? demanda Wolf, sincèrement intrigué.

— Elle a l'air docile et sérieuse, mais je te le jure, Matthew, ses yeux sont pleins de colère. Comme si elle attendait d'avoir l'occasion de se retourner et de tuer tous ces hommes qui la retiennent prisonnière. Je le vois parce que je sais parfaitement ce qu'elle ressent. Quand j'ai été kidnappée et que ce connard me filmait, je disais une chose, mais au fond, ce que je ressentais était bien différent. Et je faisais tout mon possible pour te communiquer un message – à toi ou à ceux qui verraient la vidéo –, à travers mon regard. Je sais, c'était stupide de penser que tu parviendrais à lire dans mes yeux ce que je voulais te dire, mais au fond, je songeais à quel point je t'aimais. J'essayais de te dire où j'étais, et je t'implorais de venir à ma rescousse. J'ai peut-être tort, mais c'est évident, du moins pour moi, que Pénélope Turner cherche à dire à peu près la même chose.

Wolf pivota jusqu'à ce que Caroline se retrouve allongée sur le dos et lui installé sur elle. Il s'appuya sur un coude et de l'autre main, il replaça une mèche de cheveux sombres derrière l'oreille de sa femme. Celle-ci lui saisit le biceps et le contempla avec tant d'amour ! Il devait parfois encore se pincer pour s'assurer que tout ceci était bien réel.

Trois années s'étaient écoulées depuis qu'il l'avait épousée, et chaque jour, il remerciait le ciel de l'avoir placée en travers de sa route. Elle l'avait rendu plus heureux qu'il ne l'avait été de toute sa vie.

— Ouais, je l'avais remarqué quand j'avais vu ta vidéo, et je le vois à présent chez la sergente Turner.

Caroline se mordit la lèvre puis lui demanda :

— Tu penses qu'ils... lui font du mal ?

Gardant un ton égal, Wolf s'efforça de paraître rassurant.

— C'est difficile à dire. Ils la détiennent forcément pour une raison précise. Probablement parce qu'elle est délicate, blonde, et que c'est une femme. Ils veulent forcer le monde à faire plus attention à eux et les prendre au sérieux.

— Tu veux dire que l'attaque à la bombe durant ce mariage le mois dernier ne suffisait pas ? contra Caroline d'un ton irrité.

Wolf secoua la tête, ébahi de voir qu'il tombait de plus en plus amoureux de son épouse chaque fois qu'elle ouvrait la bouche. Il aimait l'entendre remettre constamment les choses en question, ainsi que sa profonde sensibilité et l'aplomb de dire ce qu'elle pensait.

— Malheureusement, non. Ils avaient besoin de quelque chose de plus important. Et enlever un groupe d'Américains n'est pas important. Pas comme le 11 Septembre. Mais s'ils parviennent à ébranler l'Amérique – et diffuser une jolie jeune femme à la télévision en lui faisant tenir des propos antiaméricains et antibritanniques est assurément dérangeant –, alors il est possible qu'ils se préparent à frapper un autre grand coup.

— Je t'aime, Matthew.

Wolf sourit à Caroline, pas surpris qu'elle change de sujet.

— Je t'aime aussi, Ice.

— Et je suis également très fière de toi.

— Merci, ma belle. Toi aussi, tu fais des choses géniales avec tes recherches.

— Je n'avais pas fini, répondit-elle en faisant la moue et en lui pressant le bras plus fort.

— Pardon, ricana Wolf. Continue.

— Je suis fière de toi, mais si jamais tu te fais enlever par ces connards, je vais rassembler les filles – et Tex – et il y a des têtes qui vont tomber.

— Je ne vais pas me faire enlever. Ça me fait beaucoup de peine, mais ces soldats n'ont pas suivi le protocole habituel. Je ne sais pas vraiment ce qui s'est passé, mais ils ont visiblement été séparés de leur unité dans ce camp de réfugiés, sans avoir de renforts. Je ne sais pas s'ils ont été entraînés à l'écart de leur groupe, ou s'ils ont simplement cru qu'ils n'étaient pas en danger, ou même s'ils avaient reçu l'ordre de patrouiller sans que la procédure normale soit respectée, mais tu sais que l'équipe et moi faisons toujours très attention, Ice. On ne s'exposerait jamais volontairement au danger.

— D'accord. C'était juste pour dire.

Wolf sourit, se pencha en avant et embrassa Caroline.

— À quelle heure doit-on y aller, demain ?

Elle lui adressa un large sourire alors qu'il s'étendait à nouveau à côté d'elle sur le matelas, laissant Caroline revenir se blottir contre sa poitrine. Il ne se lassait jamais de sa nature affectueuse, de la façon dont elle passait immédiatement une jambe au-dessus de la sienne, ou de celle dont elle se lovait contre lui à la seconde où il s'allongeait.

— Bon, c'est censé commencer à 14 heures, mais je suis sûre que les autres arriveront au compte-gouttes. Jess est toujours en retard, mais je ne peux pas le lui reprocher. Ça doit être difficile d'essayer de préparer deux bébés et de rassembler toutes les choses qu'elle a besoin de prendre avec elle. Sérieusement, je n'ai jamais vu personne qui ait autant d'affaires pour bébés que Kason et elle !

Wolf ricana.

— Ah oui ? Et où a-t-elle trouvé toutes ces affaires pour bébé ?

Il sentit Caroline sourire.

— D'accord, les filles et moi avons peut-être exagéré il y a deux ans, mais Sara était le premier bébé de notre groupe et on voulait s'assurer que Jess et Kason aient tout ce dont ils avaient besoin. En plus, John pourra s'en servir après.

— Je crois qu'ils ont vraiment tout le nécessaire, et même plus encore, dit Wolf avec un petit rire.

Caroline lui enfonça un doigt dans les côtes.

— Chut !

Ils restèrent silencieux un instant, puis Caroline lui demanda doucement :

— Tu es triste qu'on n'ait pas d'enfants ?

— Non, répondit immédiatement Wolf d'une voix sincère. Je n'ai jamais ressenti le besoin d'avoir des enfants comme beaucoup d'autres hommes, et je te l'ai déjà dit : j'aime t'avoir pour moi tout seul, même si je passe pour un égoïste.

— On ne te demande pas quand tu vas avoir des enfants ?

— Non. Les gens savent ce que j'en pense. Et, Ice, ce sont nos amis. Peu leur importe qu'on en ait ou pas, tant qu'on est heureux.

— C'est simplement que...

Wolf pressa Caroline contre lui.

— Je sais. On en a déjà parlé. Que la société aille se faire voir ! Je sais que beaucoup de gens ne trouvent pas normal qu'on ne veuille pas avoir d'enfants et que depuis le temps, on aurait dû en faire plusieurs. Mais il n'y a pas de loi qui nous oblige à avoir des gosses si on n'en veut pas. En plus, on garde les gamins des autres. Je sais que tu ne perds jamais une occasion de jouer à la baby-sitter.

— Je les aime, mais j'aime aussi être capable de les rendre à leurs parents.

Wolf sourit et embrassa Caroline sur le sommet du crâne.

— Endors-toi, ma belle. Tu dois travailler demain matin, et j'ai entraînement. Puis on devra survivre à l'événement de folie que sera la fête d'adoption de Brinique et Davisa. J'ai la sensation que les filles et toi, vous vous êtes lâchées.

Caroline ne répondit pas, mais Wolf la sentit sourire contre lui. Ouais. Elles s'étaient totalement lâchées.

— Je t'aime, Matthew.

— Je t'aime aussi, Ice.

2

———————

Alabama Powers se dressait près de son amie, Summer Reed. Celle-ci tenait dans ses bras sa fille endormie, April, tandis qu'elles regardaient Brinique et Davisa pousser des cris aigus et faire des bonds dans le château gonflable qu'elles avaient loué pour la fête.

— Elles ont l'air d'aller bien, souffla Summer.

— Oui. La plupart du temps, répondit volontiers Alabama. Brinique pleure encore parfois la nuit et Davisa fait des cauchemars de temps en temps, mais ils se sont apaisés au cours des derniers mois.

— Ce que tu as fait est génial, Alabama.

Celle-ci haussa les épaules.

— J'ai toujours voulu des enfants, mais avec mon passé, je savais qu'il y avait des tas de gamins qui avaient besoin de se sortir de situations familiales terribles. L'adoption est vraiment la seule façon dont j'accepte d'avoir des enfants.

— J'aime le fait que Christopher n'ait pas cillé quand tu lui as dit que tu souhaitais adopter.

Alabama sourit et jeta un regard à son mari. Il se tenait près du château gonflable, surveillant ses filles d'un air protecteur. Elle savait que cela ne changerait jamais.

— C'est vrai. J'ai d'abord lancé l'idée d'être une famille d'accueil, et il a été d'accord à cent pour cent dès le départ. Je sais que je t'en ai déjà parlé, mais le premier appel qu'on a eu pour un placement a été Brinique et Davisa. Leur mère était accro à la drogue et elles étaient contraintes de se débrouiller toutes seules la majeure partie du temps.

Alabama se tourna vers Summer, bouillonnante de contrariété, répétant une histoire que Summer avait entendue à maintes reprises.

— Quand les services de protection de l'enfance ont débarqué chez elles pour la première fois, Brinique n'avait que 4 ans et elle portait un t-shirt qui appartenait à sa mère parce qu'elle ne possédait pas de vêtements à elle. Elle se tenait devant Davisa – qui était nue – et poussait des cris, ne laissant pas le policier s'approcher d'elles, poursuivit-elle en frissonnant. Je ne veux même pas songer pourquoi, à l'âge de *4 ans*, Brinique s'est sentie obligée de protéger sa sœur de 3 ans d'un homme.

Summer posa une main sur l'épaule d'Alabama.

— C'est bon, ma belle. Tu t'en occupes, maintenant. Elles sont en sécurité.

Alabama sourit à Summer et énonça d'un ton féroce :

— C'est vrai. Et ça va rester comme ça.

Les deux femmes baissèrent les yeux vers Davisa qui s'était aventurée à l'endroit où elles se tenaient. L'enfant posa une main sur le pantalon d'Alabama et le tira légèrement. Celle-ci s'agenouilla immédiatement pour se retrouver au niveau de la fillette.

— Oui, ma chérie ?

— Je peux tenir le bébé ?

Alabama leva les yeux vers Summer, qui sourit.

— Bien sûr. Viens. On peut aller nous installer là-bas.

Le trio se dirigea vers des chaises disposées en cercle. Alabama aida sa fille à s'asseoir sur l'une d'elles et Summer plaça doucement April dans les bras de Davisa.

— Tiens-la bien. Je sais qu'elle n'a que 6 mois, mais elle est lourde.

Les femmes regardèrent la fillette de 5 ans porter le bébé avec précaution. Davisa garda le silence pendant un très long moment, se contentant d'étudier attentivement le nourrisson. Enfin, elle leva des yeux ébahis.

— Elle est tellement pâle.

Summer se dit que comparée à Davisa, dont la peau avait une ravissante teinte brun foncé, April était effectivement très pâle.

— Tu penses que ma mère aurait voulu de moi si j'avais été pâle aussi ?

Alabama s'agenouilla immédiatement près de la petite fille qui était légalement la sienne depuis ce matin-là. Avant qu'elle n'ait le temps d'ouvrir la bouche, Abe les avait rejointes.

Il prit la fillette et le bébé dans ses bras et s'assit sur la chaise, serrant les deux enfants contre lui. Brinique avait suivi son papa vers les deux femmes et se cala aussi contre la chaise. Summer fit un pas en arrière et observa une de ses meilleures amies et un des coéquipiers de son mari passer un joli moment avec leurs nouvelles filles, et elle eut l'impression que son cœur allait exploser.

Abe passa un bras autour de Brinique qui se tenait près de lui et il serra sa fille contre son corps, prenant garde à ne pas bousculer le bébé.

— Ta mère biologique ne te méritait pas. Je ne dis pas ça pour être méchant ; c'est la vérité. Elle avait deux des plus belles filles qui existent sur cette planète, dont elle ne s'est pas occupée. Elle était égoïste et voulait seulement faire ce qu'*elle* avait décidé. Les enfants sont précieux et les parents leur doivent de s'assurer qu'ils soient nourris, en sécurité et aimés.

Abe regarda ses enfants dans les yeux tout en poursuivant :

— Vous avez eu un début de vie difficile, mais vous savez quoi ? Vous êtes des Powers, maintenant. Vous êtes à moi. Vous êtes à Alabama. Et vous êtes à tous les hommes et toutes les femmes qui sont là aujourd'hui. Nous sommes une grande famille. Tu n'auras plus jamais faim. Tu ne seras plus jamais négligée.

Il regarda Brinique.

— Tu n'auras plus jamais à craindre que des hommes effrayants viennent dans ta maison et vous fassent du mal, à toi et à ta petite sœur. On t'aime. Vous êtes à nous. Pour toujours. Peu m'importerait si ta peau était violette ou verte, ou plus foncée que la mienne. C'est ce qui est à l'intérieur de toi qui compte.

— Qu'est-ce qui est à l'intérieur ? demanda doucement Davisa.

Sans hésiter, Abe répondit :

— Ton cœur. Ton sang. Ton esprit. Toi. *Tu* es à l'intérieur de ta peau. Et c'est pour cela que je t'aime. Et c'est pourquoi Alabama t'aime. Et c'est pourquoi tout le monde ici t'aime. Tu as compris ?

— Vous n'allez pas nous renvoyer ? demanda Brinique.

— Non. Vous ne repartirez plus jamais.

— Même si on est méchantes ?

Alabama se pencha pour toucher le bras de Brinique, poursuivant là où son mari s'était interrompu :

— Ma chérie, tu ne seras jamais méchante. Tu peux mal te comporter. Tu peux faire des choses qui ne sont pas bien, mais ce sont simplement de mauvaises décisions. Ça ne fait pas de toi une mauvaise personne. Et le plus important est que vous ne repartirez plus jamais. Aujourd'hui, le juge vous a confiées à nous pour toujours. Votre nom de famille est maintenant Powers. Tout comme moi. Tout comme Christopher.

Elle sourit à sa fille.

— Vous n'allez plus pouvoir vous débarrasser de nous, maintenant, dit Brinique en affichant un large sourire montrant ses dents irrégulières.

— J'aime bien ne pas pouvoir me débarrasser de vous.

— Nous aussi.

Davisa prit la parole :

— Ça veut dire que maintenant, on peut vous appeler Maman et Papa ?

Alabama entendit Summer renifler bruyamment

derrière elle, mais elle ne détourna pas le regard de Davisa. C'était peut-être l'un des moments de sa vie dont elle était le plus fière, et elle ne souhaitait pas en rater une seule seconde.

— Tu peux nous appeler comme tu veux. Papa. Maman. Alabama. Abe. Christopher... Tout ce que tu veux. Mais je serais vraiment ravie si tu voulais bien m'appeler Maman.

Davisa hocha solennellement la tête et baissa les yeux vers le bébé posé sur ses genoux.

— D'accord. Maman ?

— Oui, ma chérie ?

— Je crois que le bébé a fait popo.

Alabama éclata de rire. Elle venait d'avoir une des conversations les plus émouvantes de toute sa vie, et Davisa était passée à autre chose sans la moindre hésitation !

— Et si je la reprenais, hein ? demanda Summer, toujours derrière eux.

Davisa hocha la tête et Summer se pencha pour prendre April dans ses bras.

— On peut retourner jouer ?

— Bien sûr, mais faites attention, les mit en garde Abe en aidant Davisa à redescendre par terre.

— D'accord, Papa, on fera attention, dit Brinique d'un ton guilleret.

Puis sa sœur et elle regagnèrent le château gonflable en courant.

— Viens ici, dit Abe à Alabama en l'attirant sur ses genoux.

Elle s'y installa en poussant un soupir.

— Ça va ?

Elle hocha la tête.

— Ouais. Je sais qu'on leur avait dit ce que ça signifiait d'être un enfant en famille d'accueil et qu'on allait essayer de les adopter, mais je ne m'étais pas rendu compte qu'elles avaient toujours des doutes.

— Ma belle, tu avais des doutes quand on s'est rencontrés et tu étais adulte. Elles s'ajusteront. Il faut simplement que l'on continue de leur dire qu'on les aime pour elles-mêmes. Il faut qu'on les aide à se sentir en sécurité... Ça ira.

— Je t'aime, Christopher.

— Je t'aime aussi... Alors, quand est-ce qu'on peut avoir du gâteau ?

Alabama rit et descendit des genoux de son mari.

— Pourquoi est-ce que tu as toujours faim ?

— Parce que ma femme est insatiable et que j'ai besoin de préserver mon énergie pour la satisfaire ?

Alabama lui donna une légère tape sur le bras.

— Vilain ! Va surveiller tes enfants pendant que je mets la table.

Abe se pencha et la souleva jusqu'à ce que ses pieds se décollent du sol.

— Ça a été un des jours les plus heureux de ma vie. Avec celui où tu m'as pardonné de m'être comporté comme un con. Et notre mariage, bien sûr.

Alabama lui passa les bras autour du cou et l'embrassa fort.

— Moi aussi. Mais repose-moi, maintenant, j'ai du travail.

* * *

Cheyenne se dandina vers l'endroit où Summer était assise avec Fiona. Faulkner Cooper, alias Dude, son mari particulièrement protecteur et attentif, l'avait déposée avant d'aller garer la voiture.

— Salut les filles !

— Salut, Cheyenne. On dirait que tu vas éclater !

— Je sais, oui ! Quand on pense que j'ai encore trois semaines à tenir !

— C'est fou. À chaque fois qu'on passe du temps ensemble, je me dis qu'il va falloir que je me penche pour rattraper ce bébé au vol avant que tu ne l'éjectes par terre, la taquina Summer.

— Chut, ne dis pas ça devant Faulkner. Il est déjà super protecteur. S'il t'entendait, il ne me laisserait aller nulle part. Déjà que j'ai dû le supplier de me laisser venir ici aujourd'hui...

— Le supplier ? demanda Fiona en arquant un sourcil.

— Ne dis rien, répliqua Cheyenne en rougissant.

Mais Fiona ne se tut pas.

— Oh, je suis certaine que tu as eu beaucoup de mal.

Cheyenne avait confié à toutes les autres femmes que son mari était plutôt dominant au lit. Mais elles savaient toutes que cela fonctionnait bien pour le couple.

— Bon, j'ai peut-être un peu retourné la situation contre lui. Il... Il hésite à aller trop loin avec moi en ce moment, alors je vais faire de mon mieux pour en tirer parti.

Fiona rit.

— Tu vas vraiment le sentir passer une fois que tu auras eu le bébé et qu'il pourra à nouveau faire ce qu'il veut de toi.

Cheyenne lui adressa un large sourire.

— Je sais. J'ai hâte.

— Ça va ? Tu as besoin de quoi que ce soit ?

Faulkner s'était présenté derrière elles pendant que Cheyenne s'installait sur la chaise.

— Non, ça va, mon chéri. Merci de m'avoir déposée.

— Comme si j'allais te faire marcher depuis le parking ! C'est bondé. On dirait qu'Abe et Alabama ont invité toute la base !

Il y avait en effet beaucoup de gens dans le parc. Des enfants couraient de partout et l'on pouvait presque sentir le bonheur dans l'air.

— Ces deux chères petites filles méritent une grande fête après tout ce qui leur est arrivé, commenta Cheyenne.

— En effet. Je vais aller rejoindre les garçons. Tu es sûre que tu n'as besoin de rien ? demanda Dude.

— Ça va. Fiona et Summer vont s'occuper de moi.

Dude se pencha et embrassa Cheyenne, un peu plus longtemps et de façon légèrement plus inappropriée que l'environnement et la compagnie l'auraient voulu, mais Fiona et Summer y étaient habituées. Quand il partit chercher ses camarades, Summer ajusta April dans ses bras et soupira :

— J'ai l'impression de rougir en permanence quand je me retrouve avec vous deux.

— Moi aussi, rit Cheyenne.

— Comment se porte April ? demanda Fiona en se penchant pour regarder le nourrisson toujours endormi. Est-ce qu'elle dort mieux ?

— Oui, elle parvient presque à faire ses nuits, Dieu merci. Quand on l'a ramenée à la maison, à chaque fois qu'elle faisait le moindre mouvement, Sam allait voir si elle allait bien. Même si j'ai parfois la nostalgie du temps où il me l'amenait et me regardait la nourrir au sein avec fascination, j'ai hâte de pouvoir recommencer à dormir une nuit entière.

— Je n'arrive pas à croire que tu aies accepté de la nommer April.

Summer soupira.

— Je sais. Sam aime mon prénom, même si je pense parfois qu'il est ridicule, mais il était tellement fier de lui d'avoir pensé au nom April. Je veux dire... Même si je sais que son anniversaire est en avril, ça me semble quand même un peu bête.

— Ce n'est pas bête, dit Mozart.

Il avait débarqué derrière elles et les trois femmes sursautèrent.

— Bon sang, Sam ! Ne nous prends pas par surprise comme ça !

— Je ne vous ai pas prises par surprise. Je me suis juste approché normalement.

— Non, tu t'es avancé furtivement. Vous, les soldats d'élite, vous pensez que vous marchez normalement, mais vous avez intégré le réflexe de vous déplacer discrètement et en silence. Un de ces jours, je vais te coller une clochette.

Mozart se contenta de sourire.

— Comme je l'ai dit, le nom d'April n'est pas bête. Il est beau, comme sa mère. Maintenant, vous avez toutes les deux quelque chose en commun. Votre prénom représente la période de votre naissance. J'aime ça et je t'aime.

Summer inclina la tête pour recevoir un baiser de son mari.

— Je peux aller te chercher quelque chose ?

— Non, ça va, merci. Mais est-ce que tu peux voir si tu trouves Jess et Kason ? Je sais que leurs deux bébés les ont probablement retardés. Je veux être certaine qu'elle puisse se reposer quand elle arrivera, dit Summer.

— Je m'en occupe. Je te les envoie dès que je les aurais trouvés. Je t'aime.

— Je t'aime aussi, Sam.

Les femmes regardèrent Sam Reed, alias Mozart, s'éloigner.

— Il est aussi séduisant de dos que de face, commenta Fiona d'un ton sarcastique.

Elles éclatèrent toutes de rire.

— Comment te remets-tu ? Tu as vraiment récupéré ? demanda Fiona. Ton corps a super morflé avec April.

— Oui, et avoir autant de points de suture là où je pense n'était pas vraiment la joie, mais ça va. Mais ça sera notre seule enfant. J'ai presque 40 ans et même si je l'aime, Sam ne veut pas refaire subir cette épreuve à mon corps, et je suis d'accord. J'ai aussi envie de l'élever puis de l'expédier à l'université quand elle aura 18 ans pour que Sam et moi puissions profiter de notre retraite... Vous comprenez ?

— Oui, évidemment, acquiesça immédiatement

Cheyenne. Faulkner et moi voulons beaucoup de bébés après celui-ci, mais je sais que je risque de changer d'avis une fois qu'elle sera là. Cela dit, je n'ai même pas encore 30 ans, alors j'ai encore le temps de décider d'en avoir d'autres, ou bien de dissuader Faulkner.

— Hé ! Est-ce que quelqu'un peut venir m'aider ?

Fiona se redressa immédiatement et arrêta Cheyenne et Summer d'un geste de la main.

— Je m'en occupe. Restez là.

Elle rejoignit le couple d'un pas rapide. Jessyka était bien chargée, avec John, son fils d'un an, dans les bras, et un sac sur l'épaule droite. Kason marchait à côté d'elle, portant leur fille et un autre sac encore plus volumineux sur son épaule.

Fiona se dirigea prestement vers Sara, la fillette de 2 ans, qui, heureusement, dormait dans les bras de son père.

Jess avait l'habitude que ses amies veuillent s'occuper de ses petits au lieu d'être plus pratiques et de la délester des dizaines de sacs qu'elle avait toujours l'impression de se trimballer. Ça ne la dérangeait pas ; elle était contente qu'elles partagent toutes son amour pour ses enfants.

— J'ai enfin réussi à lui faire quitter la maison après deux crises de larmes parce qu'elle insistait pour mettre sa robe de princesse... celle qu'elle avait portée à ton mariage, Cheyenne, dit Jess quand elle arriva près du petit groupe. Puis c'était parce qu'elle voulait mettre ses chaussures de princesse en plastique au lieu de ses sandales. Elle va me filer des cheveux blancs avant l'heure.

— C'est un petit ange, comment peux-tu dire une chose pareille ?

Kason laissa tomber le sac à terre près d'une chaise vide.

— Tu t'en occupes, ma belle ?

Jess se hissa sur la pointe des pieds et passa son bras libre autour de Kason.

— Je m'en occupe. Va t'amuser avec tes amis et ne fais pas de bêtises.

Benny secoua la tête et leva les yeux au ciel en entendant sa femme.

— Je reviens dans un moment pour voir si tu vas bien. Ne la laisse pas dormir trop longtemps. Il faut qu'elle brûle un peu d'énergie si on veut pouvoir fermer l'œil ce soir. J'ai prévu quelque chose pour plus tard, dit-il en se penchant vers Jess. Et je ne veux pas me laisser interrompre par une gamine qui ne peut pas dormir parce qu'elle est trop excitée.

Jess rougit, coulant un regard à ses amies pour voir si elles avaient entendu les paroles de son mari. Voyant qu'elles faisaient risette à ses enfants, elle se rendit compte qu'elles avaient absolument tout entendu. Sachant qu'elles étaient contentes pour elle, elle répondit quand même à Kason dans un murmure pour essayer de les empêcher de *tout* entendre :

— Ne t'inquiète pas. Je m'assurerai qu'elle se réveille bientôt. J'aime bien quand tu prévois des choses. Je t'aime.

Kason l'embrassa fort puis se recula.

— Je t'aime aussi.

Jessyka s'installa sur une chaise vide et regarda Kason

aller rejoindre ses camarades d'un pas sautillant. Puis elle sourit quand ses trois amies prirent place à côté d'elle.

Bientôt, Caroline et Alabama vinrent se mêler au petit groupe. Elles prirent deux sièges et s'assirent en demi-cercle, regardant les enfants s'amuser dans le château gonflable et les autres équipements du parc.

— J'adore ça, annonça Fiona.

— Quoi ?

— Ça. Nous. Être là. Avoir des bébés dans les bras. Voir les enfants jouer. Regarder nos maris discuter de Dieu sait quels trucs de mecs. Nous avons vraiment de la chance, toutes les six.

Elles hochèrent toutes la tête.

— Cinq enfants et demi, six maris, six amies.

— Cinq et demi ? la questionna Caroline.

Fiona désigna d'un geste le ventre arrondi de Cheyenne.

— Oui, je compte le bébé de Cheyenne comme un demi jusqu'à sa naissance. Tant qu'elle n'aura pas à changer de couches, il ne compte que pour un demi.

Cheyenne rit de son amie.

— Tu sais qui il nous manque ?

— Qui ? demanda Fiona.

— Tex et Melody.

— C'est vrai. On devrait les skyper tant qu'on est là, proclama Caroline.

— Tout à fait ! Ça serait super. Ça fait longtemps que je ne l'ai pas vue, elle ou Akilah, d'ailleurs ! renchérit Fiona.

— Comment se porte Akilah ? demanda Cheyenne.

— Aux dernières nouvelles, très bien. Elle a eu son

amputation et Tex lui apprend comment prendre soin de son moignon et comment fonctionne la prothèse, dit Caroline à la cantonade.

— L'Irak ne lui manque pas ?

— Je ne pense pas. Tex et Melody prennent bien soin de lui préparer des plats familiers, et ils ont même trouvé un groupe de soutien à Pittsburgh pour qu'elle puisse discuter et être amie avec d'autres petites réfugiées irakiennes.

— On a retrouvé ses parents ? demanda Alabama.

Caroline secoua tristement la tête.

— Akilah dit qu'ils ont été tués, et Tex pense que c'est vrai. Elle a eu de la chance qu'un médecin des Nations Unies à Bagdad se soit senti désolé pour elle et ait tiré des ficelles pour qu'elle vienne ici aux États-Unis. Le fait qu'il ait contacté Tex pour lui raconter son histoire est la meilleure chose qu'il lui soit jamais arrivé.

— Comment est-ce qu'elle se débrouille à l'école ? demanda Summer.

— Melody dit qu'elle a toujours un peu de mal avec l'anglais, mais elle s'améliore tous les jours. C'est déjà assez difficile d'avoir 12 ans, mais avoir 12 ans dans un nouveau pays, apprendre la langue *et* devoir gérer une blessure grave et se débrouiller dans sa vie quotidienne avec un seul bras... Melody est impressionnée qu'elle aille aussi bien.

— On va vraiment les skyper aujourd'hui ! annonça Alabama d'un ton résolu.

Elles discutèrent encore un peu et Sara finit par se réveiller. Fiona la posa par terre et toutes les femmes regardèrent la petite de 2 ans aller jouer avec un groupe d'enfants dans un grand bac à sable tout près de là. Jess attira l'attention d'une des autres mères de la base, qui lui répondit d'un geste qu'elle surveillerait la fillette.

Elles continuèrent à parler de tétées, de nourrissons, d'accouchements et d'autres sujets variés jusqu'à ce que leurs époux viennent les rejoindre. Wolf et Mozart s'installèrent sur des chaises à côté de leurs femmes, tandis que Dude vint se placer derrière Cheyenne pour lui masser les épaules. Benny et Cookie s'assirent par terre près de leurs épouses et Abe tira Alabama de sa chaise et s'y assit, sa femme sur ses genoux. Brinique et Davisa s'approchèrent, enfin fatiguées d'avoir couru dans tous les sens, et elles prirent place près de leurs nouveaux parents.

— Merci d'être venus aujourd'hui, dit Alabama à la cantonade. Ça compte plus pour moi que vous ne vous l'imaginez. Je suis fière de nous. J'ai deux enfants que j'ai contribué à tirer d'une situation horrible qui me rappelait celle dans laquelle j'ai grandi. Jess, Kason et toi vous êtes mis directement à la tâche et avez eu des enfants juste après votre mariage. La maison que vous avez achetée à la campagne est belle et une fois que Kason aura fini de la retaper, elle sera encore mieux. Fiona, tu as vraiment effectué un long chemin depuis que Hunter t'a retrouvée.

— J'ai suivi une longue thérapie, répondit honnêtement cette dernière. Et mes amies m'ont beaucoup aidée.

Elles acquiescèrent toutes et Alabama poursuivit :

— Cheyenne, tu es la future mère la plus belle que j'ai jamais vue. Et je jure que si le docteur n'avait pas affirmé qu'il n'y avait qu'un bébé là-dedans, j'aurais pensé que tu attendais des triplés.

— La ferme, grosse méchante ! la taquina Cheyenne.

Et elles rirent toutes de la lueur qui étincela dans les yeux de Faulkner.

— Quoique... on dirait bien que ça ne déplairait pas à Faulkner.

— Ouais, ce n'est pas lui qui devra les faire sortir par son...

Alabama interrompit son amie par égard pour Brinique et Davisa qu'elle désigna d'un geste.

— Et Summer, je suis super fière que tu aies obtenu ce poste de directrice des ressources humaines. Je sais que tu n'étais pas certaine de vouloir retravailler dans ce domaine, mais bosser dans une petite boîte te convient vraiment. Et April est tellement rayonnante, elle aussi.

Alabama inspira profondément et se tourna vers Caroline.

— Et Caroline ! Qu'est-ce qu'on aurait toutes fait sans toi ? Sérieusement ! Tu es notre leader. Tu nous as acceptées et tu t'es occupée de nous dès le début.

— Enfin, à part quand tu as essayé de me prévenir de ne pas jouer avec les sentiments de Faulkner, dit Cheyenne en riant.

— Matthew et toi n'avez peut-être pas d'enfants, mais pourquoi est-ce que j'ai parfois l'impression que nous sommes tous tes enfants ? Tu es là si on a des questions ou des soucis. Tu t'es occupée de John lorsqu'il avait des coliques et que Jess ne savait plus quoi faire. Tu me gardes Brinique et Davisa quand je te le demande, sans rechigner. Tu t'es assurée que Tex, Melody et Akilah soient toujours inclus et qu'on les invite à chaque fois qu'on fait quelque chose. Tu es notre point de ralliement à toutes alors que nos hommes vont sauver le monde. Je t'aime plus que je ne saurais le dire. Merci d'être toi, et merci d'être notre amie.

Wolf, Abe, Cookie, Mozart, Dude et Benny firent semblant de lever les yeux au ciel quand leurs épouses se mirent toutes à pleurer. Elles étaient généralement des femmes super fortes qui ne laissaient rien passer, mais avec les hormones de la grossesse et le bonheur qu'ils ressentaient tous ce jour-là, c'était comme si elles étaient toutes disposées à pleurer à la moindre occasion.

— Je croyais que Maman était heureuse ? dit Davisa, confuse, dans un murmure bien trop sonore adressé à Christopher.

Elles rirent toutes de la remarque innocente de la fillette de 5 ans et s'essuyèrent les yeux.

— Nous sommes heureux, ma puce, mais parfois, les gens versent des larmes de joie, essaya d'expliquer Alabama.

— Les adultes sont bizarres, dit Brinique à sa sœur. On peut retourner jouer ?

Abe caressa la tête de sa fille.

— Oui, mais faites attention.

— D'accord. Viens, Davisa, on fait la course jusqu'aux barres !

Les deux filles quittèrent le groupe à toute vitesse en poussant des cris joyeux.

— C'est l'un des plus beaux jours de ma vie, déclara Cheyenne. Des amis, des enfants et l'amour de ma vie à mes côtés. Que demander de plus ?

Son auditoire acquiesça volontiers.

Au cours des semaines qui allaient suivre, les douze membres de ce groupe soudé allaient tous se souvenir de ce jour et de l'amour et de la joie qui l'entouraient, ayant besoin de ces souvenirs pour les motiver à avancer.

3

____

Une fois encore, la sergente Pénélope Turner a été vue sur une vidéo transmise par l'État islamique. Cela fait à présent six semaines que Turner a disparu. Cette vidéo de la soldate américaine enlevée est jusqu'ici la plus longue. On peut la distinguer assise dans ce qui paraît être une tente et lire une lettre interminable et incohérente qui vante les louanges d'Allah et affirme, entre autres, qu'il y aura d'autres assassinats et d'autres morts si les Américains n'arrêtent pas d'envoyer des soldats au Moyen-Orient.

Elle lit le texte d'une voix monotone et s'abstient de regarder dans l'objectif. Elle ne lève les yeux que lorsqu'on peut entendre une voix hors champ la réprimander. Les analystes ont conclu que Turner a apparemment perdu du poids, mais elle semble tout de même remarquablement bien portante, compte tenu des circonstances.

Le président n'a pas parlé d'éventuelles tentatives pour secourir ce brave soldat américain. Sa famille continue de se battre pour obtenir des informations et pour que le gouvernement fasse un geste afin de garantir sa libération. La réponse officielle est que les États-Unis ne négocient pas avec les terroristes.

Plus de détails aux nouvelles de 10 heures.

* * *

Cheyenne était assise sur le canapé avec Faulkner et lui tenait fermement la main.

— On part demain matin.

— Mais...

Dude prit Cheyenne dans ses bras et la serra aussi fort qu'il le pouvait même si son ventre contrecarrait ses efforts.

— Je n'ai pas envie d'y aller. Vraiment pas. J'ai même demandé au commandant Hurt si je pouvais me porter pâle pour cette mission, mais il a refusé.

— Sérieusement ?

Dude acquiesça.

— Oui. Ce qui signifie que pour cette mission, ils ont besoin qu'on soit là, tous jusqu'au dernier. Je ne vais pas te mentir, ma belle. J'ai un mauvais pressentiment. Je ne sais pas si c'est parce que je suis obligé de te laisser là, alors que tu vas avoir mon bébé, ou si c'est à cause de la mission en elle-même. Mais écoute-moi bien. *Rien* ne va m'empêcher de revenir vers toi et notre petite. Rien. Tu as compris ?

Cheyenne hocha la tête et renifla. Elle avait toujours essayé d'être courageuse quand Faulkner devait partir, mais cette fois, c'était différent. Ils s'étaient entraînés à des techniques de respiration ensemble ; il l'avait accompagnée à tous les rendez-vous chez le médecin. Il n'avait pas manqué une seule étape de sa grossesse. La perspective que son mari rate la naissance de sa fille lui donnait une impression de vide.

— Parle-moi, Shy.

Cela la fit sourire. Il n'avait pas changé depuis qu'ils s'étaient rencontrés, deux ans auparavant. Il était toujours aussi autoritaire.

— Oui, j'ai compris.

— Prends simplement garde à toi. Veille sur notre fille. Tu as toutes tes copines ici pour te tenir compagnie. Et si, Dieu m'en garde, je devais rater la naissance de notre fille, assure-toi de demander à quelqu'un de la filmer pour moi.

— Quoi ?

Ils n'en avaient jamais discuté !

— Je ne vais pas me faire filmer. C'est dégoûtant !

— Shy, j'ai attendu ce moment toute ma vie. Voir mon enfant naître n'est pas dégoûtant, c'est super beau.

— Mais, Faulkner…

— Je t'en prie.

Quoi ? Il venait de dire « je t'en prie ». C'était généralement elle qui l'implorait, pas le contraire. Elle hocha la tête à contrecœur.

— D'accord, mais on ne montrera jamais une vidéo de ma foufoune à quelqu'un d'autre. Jamais !

Dude se contenta de sourire. Encore plus surprenant ! Puis il se reprit et dit d'un ton bourru :

— Et si ta soi-disant famille ose pointer le bout de son nez à l'hôpital ou qu'elle essaye d'insinuer qu'elle devrait avoir le droit de voir ma fille, lâche Caroline à ses trousses.

Cheyenne sourit, se remémorant précisément la fois où Faulkner avait lâché Caroline sur sa mère et sa sœur. Elles s'étaient pointées au Aces Bar and Grill pendant qu'elles mangeaient, et Caroline les avait chassées avant même qu'elles ne puissent s'approcher de leur table. Elle ne savait pas exactement pourquoi elles étaient venues la voir – Caroline ne le lui avait pas vraiment dit –, mais elles cherchaient probablement à obtenir quelque chose d'elle.

Caroline avait crié sur les deux femmes. Cheyenne n'avait même jamais *entendu* certaines des insultes qu'elle leur avait balancées. Faulkner avait tenu le trio à l'œil, mais il n'avait pas bronché pendant que Caroline leur passait un savon. Cela ne lui ressemblait pas de n'avoir pas sauté sur l'opportunité de dire à sa famille à quel point il les méprisait et les détestait, mais il lui avait dit plus tard que Caroline les avait tellement bien remises à leur place qu'il n'avait pas ressenti le besoin de s'immiscer.

— D'accord, lui répondit-elle, même si je ne pense pas qu'elles se présentent. Je crois qu'elles ont compris le message quand tu leur as renvoyé leur carte de Noël pas ouverte avec les mots « vous n'existez plus pour Cheyenne » griffonnés derrière.

Dude se pencha et enfonça le visage dans les cheveux de sa femme, posant la main sur son ventre arrondi, ne s'étendant pas sur cette stupide carte de Noël, mais disant plutôt ce qui s'imposait à son esprit :

— Je t'aime, Shy. Et j'aime notre fille. Je ne sais pas ce que je ferais si tu n'étais pas dans ma vie. Tu me prends tel que je suis. Tu me corresponds entièrement. Ça me tue à petit feu de penser que je risque de manquer l'un des jours les plus importants de nos vies.

Cheyenne se raccrocha à lui, sachant qu'elle devait le rassurer.

— Même si tu n'es pas rentré pour sa naissance, ce n'est que le début de la vie de cette enfant. Même si tu rates les événements importants, tu seras là au milieu de la nuit quand elle aura besoin d'être changée. Tu seras là quand elle fera un cauchemar. Tu chasseras le croquemitaine du placard pour elle. Tu l'emmèneras manger des glaces et la laisseras pleurer sur ton épaule si elle tombe. Tu lui apprendras à faire du vélo. Tu fusilleras du regard son premier petit ami. Tu seras là durant sa vie de tous les jours. Que tu rates quelques événements de temps en temps n'est pas important. Ce qui compte est que tu sois là pour les événements banals de la vie de tous les jours qu'elle se remémorera le plus et qui comptent vraiment. C'est noté ?

— Comme je t'aime !

Cheyenne sourit.

— Je t'aime aussi. Est-ce que tu veux qu'on rediscute des prénoms ?

Elle n'aimait pas aborder le sujet, puisqu'ils finissaient toujours par se disputer, mais si Faulkner avait la sensation qu'il ne serait pas rentré à temps pour la naissance, il valait mieux pour eux qu'ils en parlent sur-le-champ.

— Non, je n'ai pas envie de nous porter la poisse. Si on décide tout de suite, je *sais* que je ne rentrerai pas à temps.

Cheyenne lui adressa un sourire exaspéré.

— Mais si tu ne rentres pas, il faudra que je la nomme sans toi. Et je ne veux pas que tu sois déçu.

— On en a suffisamment parlé, Shy. Tu sais ce que j'aime et ce que je n'aime pas. *Si* je ne rentre pas, je sais que tu donneras à notre fille un nom qui ne lui attirera pas des moqueries pendant le reste de sa vie, et qu'elle n'aura pas besoin d'en changer quand elle sera assez grande pour prendre ses propres décisions. Alors, si on en a terminé avec cette conversation, j'ai besoin de montrer une nouvelle fois à ma fille qui est son père.

— Bon sang, Faulkner, je te jure que tu es plus excité maintenant que je pèse une tonne qu'au début de notre mariage.

— Je ne peux pas m'en empêcher. Tu es tellement belle avec mon enfant dans ton ventre que je n'en ai jamais assez.

Cheyenne laissa Faulkner l'aider à descendre du canapé – et Dieu savait qu'elle avait du mal à s'en extraire dans son état – et l'emmena dans leur chambre. Là, il commença à lui retirer sa nuisette et passa des heures à aduler son corps et à lui montrer de toutes les façons possibles tout ce qu'elle signifiait pour lui. Il lui fit l'amour comme si c'était peut-être la dernière fois.

— Tu as ton traqueur, n'est-ce pas ? demanda nerveusement Jessyka à Kason pour la troisième fois de la soirée après qu'ils eurent mis les enfants au lit.

— Oui, ne t'inquiète pas.

— Comment ne pas m'inquiéter ? Je m'inquiète à chaque fois que tu mets le pied hors de la maison.

— Je sais, et c'est l'une des quatre cent trente-trois raisons pour lesquelles je t'aime.

— Seulement quatre cent trente-trois ?

— Viens ici, Jess, dit Benny en prenant sa femme dans ses bras. On est souvent appelés en mission. Pourquoi es-tu tellement inquiète ?

— Je ne sais pas. J'ai simplement l'impression que cette fois, c'est différent.

Benny ne répondit rien, car il ressentait la même chose. Il changea de sujet :

— Tu t'es organisée pour John et Sara ? Tu seras capable de continuer à faire du bénévolat au club des jeunes sans que je sois là pour t'aider ?

— Oui, Caroline a dit qu'elle viendrait passer quelques nuits ici, et Fiona pareil. Je pourrai aller faire du bénévolat pendant qu'elles s'occuperont des enfants.

— Ça me contrarie vraiment que tu n'aimes pas rester dans notre maison quand je ne suis pas là.

Jess essaya de s'expliquer :

— Ce n'est pas que je ne me sens pas à l'aise, mais tu fais beaucoup de choses, et je ne pense pas que tu t'en rendes compte. Et puisque John et Sara sont tellement proches en âge, et que John commence à marcher tandis que Sara a besoin de beaucoup d'attention, c'est simplement plus facile pour moi d'avoir quelqu'un pour m'aider.

Devant l'air atterré de son mari, Jess se dépêcha de le rassurer :

— Je ne dis pas ça pour te faire te sentir coupable.

Tous les parents célibataires gèrent ça en permanence, et j'ai vraiment du respect pour tous ceux, hommes ou femmes, qui élèvent leurs enfants tout seuls. Caroline et Fiona m'ont proposé leur aide. C'est tout.

— D'accord, Jess. Je n'insisterai pas. Je serai rentré aussi vite que je le pourrai et je m'efforcerai encore davantage de terminer la maison pour que tu t'y sentes encore plus à l'aise. On pourra peut-être voir si on peut trouver quelqu'un pour nous aider. Une nounou, par exemple. Je ne veux pas non plus que tu t'oublies. Je sais que c'est important pour toi de faire du bénévolat à ce centre. C'est ta façon d'aider des filles comme Tabitha.

Jess soupira en songeant à la jeune fille qu'elle avait aimée, mais qu'elle n'avait au final pas pu aider.

— Oui, je ne peux pas m'empêcher de penser que si Tabitha avait eu une sorte d'endroit sûr où se rendre après l'école, elle ne se serait peut-être pas sentie aussi isolée et aurait peut-être parlé des abus qu'elle subissait.

— Je suis fière de toi, Jess. Tu aurais pu être amère ou déprimée à propos de ce qui est arrivé à Tabitha, mais tu ne l'es pas. Tu as tiré profit de ton expérience et t'en es servie pour alimenter ton désir d'aider d'autres adolescents.

— Tu es le meilleur mari du monde, Kason. Ne l'oublie pas.

Jess lui sourit. Elle l'aimait tellement et ne savait pas ce qu'elle avait fait pour avoir la chance de le rencontrer, mais elle n'allait pas creuser la question. Elle n'allait pas le laisser partir. Jamais.

— Je ne l'oublierai pas, mais si avant mon départ, tu

as envie de me montrer que je suis le meilleur... je ne m'y opposerai pas.

Jess pouffa et recula d'un pas, désignant quelque chose par-dessus son épaule.

— Ah ! Qu'est-ce que c'est ?

Quand il se tourna pour voir, Jessyka sourit et fila hors de la pièce pour regagner leur chambre aussi vite que son corps voulait bien le permettre. Elle lui lança une phrase par-dessus son épaule alors qu'elle descendait le couloir.

— Ha ! Tu as regardé ! Le premier dans la chambre a le droit d'être dessus !

— Petite manipulatrice ! dit Benny sans emportement.

Il la poursuivit, mais s'assura de rester derrière elle. Il aimait qu'elle soit dessus autant qu'elle. Le boitement qu'elle avait, causé par le fait qu'elle avait une jambe plus courte que l'autre, ne la ralentissait pas vraiment, mais ils savaient tous les deux que s'il l'avait voulu, il pouvait la rattraper en une seconde. Voir le cul sexy de sa femme onduler alors qu'elle filait le long du couloir jusqu'à leur chambre ne manquait jamais de le faire sourire.

Plus tard cette nuit-là, Benny savait qu'il n'oublierait jamais le visage de Jess alors qu'elle le chevauchait : la tête renversée en arrière, ses longs cheveux noirs qui frôlaient ses cuisses, et son sourire. C'était un trésor... et elle était à lui.

* * *

Mozart était assis dans le fauteuil à bascule, tenant sa

fille de 6 mois dans les bras et la contemplant avec admiration. Elle était la personne la plus fantastique qu'il ait jamais vue, et il ne donnait généralement pas dans le sentimentalisme. Il avait connu une vie difficile et n'avait jamais pensé qu'il pouvait avoir une épouse, alors encore moins une fille. Un de ses trucs préférés était de regarder April nourrir Summer au sein. Ses petites femmes ! Elles étaient tellement belles que cela lui serrait le cœur.

April s'était réveillée quelques minutes auparavant. Elle parvenait presque à faire ses nuits, mais elle se réveillait encore de temps en temps, et il allait la chercher pour l'apporter à Summer. Celle-ci était encore à moitié endormie et Mozart avait aidé April à attraper le mamelon de sa femme ; puis il avait tenu sa fille contre le sein de sa femme pendant qu'elle tétait. Summer lui avait souri d'un air fatigué et avait posé sa main sur son visage une fois qu'April avait fini.

— Merci, Sam. Je t'aime.

— Chut... Je t'en prie. Je t'aime aussi. Rendors-toi. Je reviens.

Il se trouvait à présent dans la chambre d'April. Sa fille s'était rendormie voilà un moment, mais il aimait sentir son odeur de bébé et la tenir dans ses bras. Elle grandissait tellement vite et il pouvait soudainement se l'imaginer en tant qu'adolescente, refusant que son père la serre contre lui. Dans un coin de son esprit, Mozart essaya d'apaiser les inquiétudes qu'il ressentait à propos de la mission qu'il s'apprêtait à effectuer. Même s'ils avaient connu des missions similaires par le passé, quelque part, il savait que celle-ci serait différente.

Summer découvrit Sam dans la chambre de leur bébé, occupé à le bercer tout en le regardant dormir.

— Tu n'es pas revenu, dit-elle doucement, souhaitant éviter de déranger leur fille.

Mozart leva la tête vers sa ravissante épouse. Ses cheveux blonds étaient ébouriffés autour de son visage et ses yeux bleus étaient ensommeillés. Elle avait enfilé un de ses t-shirts qu'il avait inévitablement laissé traîner à terre et le serrait contre son corps, les bras croisés devant elle. Il eut l'impression que son cœur allait exploser d'amour pour elle. Il avait bien failli la perdre voilà deux ans, et il ne se passait pas une journée sans qu'il ne remercie Dieu d'avoir fait que l'équipe soit arrivée à temps pour la secourir.

— Oui. Je suis désolé. Tu y crois que ça fait déjà six mois qu'elle est entrée dans nos vies ? On se rend compte de ce qui nous faisait défaut que lorsqu'on est enfin comblé.

— Comme pour toi, par exemple.

— Quoi ?

— Toi. Je ne savais pas que j'avais besoin de toi ; puis je t'ai rencontré.

— Viens ici, mon petit rayon de soleil.

Summer se dirigea vers son mari d'un pas saccadé et s'agenouilla sur le tapis à côté de la chaise. Elle posa la main sur les cicatrices qui barraient sa joue et fit courir son pouce sur ses lèvres.

— Même si on n'avait jamais eu April, ma vie aurait été entièrement comblée. April n'est pas une culmination de notre amour. Je t'aime, Sam Reed.

— Tu ne sais pas à quel point je suis heureux que tu

m'aies défendu, ce jour-là à Big Bear. Par miracle, tu ne vois pas mes défauts, et je ne parle pas seulement de cette cicatrice sur ma joue. Je t'aime aussi, mon petit rayon. April et toi êtes ce qu'il y a de plus important dans ma vie. Je déplacerai ciel et mer pour pouvoir toujours revenir auprès de toi.

— Je sais que tu le feras. Viens te coucher, mon amour.

Mozart hocha la tête et se redressa, prenant garde à ne pas trop secouer sa petite fille. Il la posa avec précaution dans son berceau et l'embrassa sur le sommet du crâne, sentant la douceur de ses cheveux fins contre ses lèvres. Puis il posa la main sur son dos, ébahi de voir qu'elle était toujours toute petite. Il parvenait à couvrir son dos tout entier de la paume d'une main.

— Dors tranquille, mon ange. Papa t'aime.

Summer saisit la main de Sam et le guida à nouveau jusqu'à leur chambre. Elle lui ôta son pantalon de flanelle et prit le temps de lui montrer à quel point il était aimé.

Plus tard, alors qu'ils s'endormaient – Summer après avoir eu plusieurs orgasmes et Mozart après s'être finalement autorisé à jouir dans le corps de l'amour de sa vie –, il l'entendit dire doucement dans son oreille, d'une voix endormie :

— Dors tranquille, Sam. Je t'aime.

* * *

Cookie était assis en face de Fiona à la table du dîner.

— Tu es certaine que ça va aller pendant mon absence ?

Fiona sourit à Hunter, sans s'irriter contre lui, sachant qu'il lui avait demandé ça par amour.

— Pour la dixième fois, oui, mon amour. Ça va aller. Ça fait deux mois, maintenant, que je n'ai pas eu de flash-back.

— Je sais, mais...

— Je comprends que tu sois nerveux chaque fois que tu pars à cause de ce qui s'est passé il y a deux ans quand tu étais en mission, mais je te *jure* que je porte ma puce électronique, et que j'appellerai Caroline ou Tex si je commence à me sentir bizarre. Je ne m'enfuirai plus comme je l'avais fait. Je me sens beaucoup mieux, maintenant. Tu t'en es assuré.

Cookie repoussa son assiette quasiment vide et mit les coudes sur la table avant de se pencher vers Fiona.

— C'est simplement que je m'inquiète pour toi.

— Je sais, et j'apprécie vraiment. Tu t'inquiètes pour moi autant que je m'inquiète pour toi. Tu as fini ?

Cookie hocha la tête et regarda Fiona déposer son assiette dans l'évier. Il se redressa et ouvrit le lave-vaisselle, prenant les plats après que Fiona les eut rincés pour les placer dans la machine. Ils travaillaient en tandem, sans mot dire, comme ils l'avaient fait au cours de leurs nombreuses soirées précédentes.

La cuisine était propre et la vaisselle était faite.

— Tu veux prendre un bain ?

Fiona regarda son mari. Quelque chose la tarabustait, mais elle ne savait pas quoi.

— Oui, tu veux me rejoindre ?

Il secoua la tête.

— Pas ce soir. J'ai simplement envie de te dorloter.

Fiona hocha la tête.

— D'accord. Donne-moi quelques minutes et je vais te le faire couler.

— Je peux le faire toute seule.

— Je sais, mais j'en ai envie.

— Très bien. Je vais chercher un livre et je te rejoins dans quelques minutes.

Fiona regarda Hunter descendre le couloir qui menait à leur chambre. Elle inclina la tête, essayant de comprendre son problème. Il se montrait généralement protecteur envers elle, particulièrement avant de partir en mission, mais cette attitude-là était nouvelle. Il lui avait déjà fait couler un bain, mais ce soir, ça avait l'air différent. Par le passé, il lui avait d'abord fait l'amour comme si c'était leur dernière fois, et ensuite seulement, il l'avait prévenue de prendre soin d'elle et lui avait demandé si elle allait s'en sortir. Il ne repoussait généralement pas le moment d'aller au plumard en lui faisant d'abord couler un bain.

Fiona prit une romance sur l'étagère – une de ses préférées – et se dirigea vers leur chambre. Elle pouvait entendre l'eau qui coulait dans la baignoire, mais elle ne s'était pas attendue à voir des bougies en entrant dans leur grande salle de bains. Hunter avait allumé toutes celles qu'il avait pu trouver, sans songer qu'elles avaient toutes un parfum différent et que l'odeur leur donnerait probablement mal à la tête plus tard. C'était tout simplement beau.

Il ne dit pas grand-chose, mais la regarda se débarrasser de ses vêtements et grimper dans la baignoire.

— La température est bonne ?

— Brûlante... alors c'est parfait.

Hunter lui sourit.

— Très bien. Je serai de retour dans à peu près vingt minutes pour voir comment ça va.

Fiona hocha la tête et elle ressentit un nouveau pincement d'inquiétude en le regardant partir. Quelque chose le dérangeait et elle devait le pousser à se confesser avant la fin de la soirée.

Après son bain, et une fois que Hunter eut séché le moindre centimètre carré de sa peau, après qu'il l'eut allongée sur leur matelas pour la prendre par derrière – bien correctement et de façon satisfaisante – et après qu'ils se furent blottis ensemble au creux du lit moelleux, Fiona lui posa la question qui l'avait tracassée toute la soirée.

— Que se passe-t-il, Hunter ?

— Que veux-tu dire ?

— Je veux dire que tu ne t'es jamais montré aussi prévenant avant de partir.

Il garda si longtemps le silence que Fiona se demanda s'il allait lui répondre, et même s'il était toujours éveillé.

— Je sais. Je ne suis pas censé l'admettre, mais cette mission m'inquiète.

Essayant de ne pas stresser, Fiona lui demanda pourquoi.

— Tu sais que je ne peux pas te dire où je vais, mais je risque de rester absent un bon moment. Je m'inquiète pour toi. Je m'inquiète pour les autres femmes. Je m'inquiète pour leurs enfants. Je m'inquiète en général.

Un peu alarmée, puisque cela ne ressemblait pas à Hunter de s'inquiéter de quoi que ce soit – il adoptait généralement une attitude agressive et sans compromis –, Fiona essaya de le rassurer :

— Je ne peux pas te demander de ne pas être inquiet. Enfin, si tu me demandais de ne pas me tracasser pour *toi*, je te rirais au nez. Mais ça va aller. Les filles vont se débrouiller. Tout le monde va bien se débrouiller. On veille les unes sur les autres quand vous êtes absents, tout comme vous veillez les uns sur les autres lorsque vous êtes en mission. Crois-moi, on va continuer à vivre pendant votre absence. Quoi qu'il arrive, c'est notre famille. On n'a peut-être pas d'enfants, mais je ferais n'importe quoi pour John, Sara, Brinique, Davisa, April et le bébé Cooper qui n'a pas encore de nom.

— Promets-moi… *promets-moi* simplement que si je ne rentre pas, tu prendras soin de toi. Je ne peux pas supporter que tu sois aussi perdue et brisée que tu l'étais lorsque je t'ai retrouvée il y a deux ans quand tu t'étais enfuie dans une autre ville.

Voulant commenter sur le « si je ne rentre pas » et éclater en sanglots, Fiona retint pourtant ses larmes. Elle avait besoin d'être un roc pour Hunter. Il avait besoin qu'elle soit forte.

— Je le promets.

Cookie hocha la tête, parce que la boule dans sa gorge l'empêchait de dire quoi que ce soit, et il prit Fiona dans ses bras, la serrant aussi fort qu'elle était en mesure de le supporter. Il passa une jambe par-dessus sa hanche et s'immergea dans son odeur et dans son corps. Si c'était la dernière fois qu'il aurait l'occasion de la prendre dans ses bras, comme son intuition le lui suggérait fortement, il voulait la marquer de son empreinte.

Il perçut la seconde à laquelle Fiona s'endormit dans ses bras. Ils ignorèrent tous les deux les larmes qu'elle versait alors qu'ils s'étreignirent. Cookie ne dormit pas un seul instant. Il avait envie de chérir la moindre seconde passée avec la femme qu'il aimait entre ses bras.

Alabama et Christopher étaient assis sur le canapé, l'un à côté de l'autre, chacun avec une petite fille sur les genoux, leur expliquant que Papa devait partir pour un autre voyage. Au cours de l'année et demie que Brinique et Davisa avaient passée chez eux, elles avaient peu à peu commencé à comprendre ce que faisait leur père.

— Quand est-ce que tu rentreras ? demanda Brinique, larmoyante.

— Je n'en suis pas certain, ma puce, répondit Abe à sa fille, essuyant les pleurs qui maculaient son petit visage. Mais je *vais* rentrer.

— Mon autre papa est parti et il n'est jamais revenu, dit Davisa d'un ton détaché.

Alabama savait qu'elle n'avait jamais su qui était son vrai père, que leur mère biologique ne l'avait probablement pas su non plus, mais que Davisa l'avait certainement quand même entendue se plaindre qu'il les avait quittées sans jeter le moindre regard en arrière.

— Lui est peut-être parti, mais moi, je ferai tout ce qui

est mon pouvoir pour revenir, promit Christopher. Tu penses que je serais capable de laisser pour toujours trois femmes aussi belles ? Non, je refuse. Je vous aime trop toutes les trois. Quoi qu'il puisse arriver dans ta vie, il faut que tu saches que ta mère et moi vous aimons vraiment beaucoup. On vous a *choisies*. Beaucoup d'autres mamans et papas ne peuvent pas choisir leurs enfants. Nous, on a eu le choix, et on vous a choisies vous. Ne l'oubliez jamais.

Brinique s'assit bien droite sur les genoux de Christopher.

— Oui. Vous nous avez choisies. Parmi tous les enfants qui avaient besoin d'une maison. Vous *nous* avez choisies.

Abe hocha la tête et répéta les paroles que Brinique avait manifestement envie d'entendre :

— C'est vrai, ma puce. On vous a choisies. Alors même si je pars, je ne pars pas à cause de vous. C'est mon travail. C'est ce que j'ai choisi de faire.

— Maman a dit que tu étais un des gentils. Que tu voyages partout pour mettre les méchants en prison.

Abe coula un regard à Alabama et lui adressa un clin d'œil.

— Oui, c'est à peu près ça, tu as vu juste.

— Où ça, partout ?

— Qu'est-ce que tu veux dire, ma puce ?

— Tu vas partout dans le monde... mais où c'est, le monde ?

— Ah.

Abe se décala sur son siège, serrant un peu plus fort Brinique contre lui.

— Le monde, c'est tous les endroits où nous ne sommes pas.

Il essaya de simplifier les choses pour sa fillette de 6 ans.

— Alors, tu seras dans un autre État ?

Alabama sentait que les choses se compliquaient. Elle avait conscience qu'Abe ne pouvait révéler sa destination à personne, même pas à sa petite fille si éveillée, alors elle s'interposa :

— On ne sait pas où Papa va aller, mais Tonton Hunter et tous tes autres oncles s'occuperont de lui pour nous jusqu'à son retour.

— Mais Super Tex saura où vous êtes, non ? Maman, tu as dit que Tonton Tex sait toujours où est tout le monde, parce qu'il les *taque* et que ça lui donne l'impression d'être un superhéros, non ?

Alabama essaya de ne pas grimacer. Manifestement, Davisa était plus intelligente que les autres filles de 5 ans. Elle se souvenait absolument de tout ce qu'on lui disait.

— C'est *traquer*, pas *taquer*, et oui, Tonton Tex le saura.

— D'accord. Alors tant que Papa ne se perd pas et qu'il sait comment revenir à la maison, ça va. Tu veux bien nous lire une histoire, ce soir, Papa ?

Alabama aurait aimé être capable de moucher ses inquiétudes aussi facilement que ses filles. Christopher et elle les aidèrent à se préparer au dodo et vinrent les border. Elles dormaient encore dans la même chambre, se sentant plus en sécurité ensemble, même après un an et demi passé loin de leur horrible mère biologique.

Christopher leur lut une histoire et les filles s'étaient endormies avant qu'il ne soit parvenu à la page six.

Ils les embrassèrent tous les deux sur les joues et Abe murmura ce qu'il leur disait chaque nuit, qu'elles soient endormies ou éveillées :

— Plus vite vous vous endormirez, plus vite un nouveau jour viendra.

Ils s'attardèrent dans l'encadrement de la porte pendant un long moment.

— Ce sont des enfants magnifiques, Alabama. Je suis si fier que tu aies pris l'initiative et que tu m'aies poussé à accepter un placement en famille d'accueil. Je ne peux pas imaginer notre vie sans elles, et je n'en ai pas envie.

— Est-ce que ça te dérange quand elles nous appellent Maman et Papa en public et que les gens nous regardent bizarrement ?

— Parce qu'on est blancs et qu'elles sont noires ? Absolument pas. Les gens peuvent bien dire ce qu'ils veulent. Ces filles sont à *moi*.

Seigneur, comme Alabama aimait cet homme !

Abe referma doucement la porte des filles, la laissant très légèrement entrouverte afin qu'ils puissent les entendre si elles avaient besoin d'eux durant la nuit. Puis ils regagnèrent leur chambre de l'autre côté du couloir. Au cours de l'année qui venait de s'écouler, ils s'étaient montrés très créatifs et discrets quand ils avaient fait l'amour. Ils ne voulaient pas que les filles surprennent quelque chose qu'elles n'auraient pas dû voir.

Abe prit son temps pour faire l'amour à Alabama, s'assurant de rester aussi silencieux que possible durant l'orgasme. Puis il fit pivoter sa femme sur lui et la sentit se détendre, vidée de ses forces, contre lui. Il savait qu'il aurait fallu qu'ils se lèvent pour enfiler quelque chose, au cas où les filles entreraient dans leur chambre, mais pour le moment, il ne voulait pas bouger. Sentir la peau douce d'Alabama contre lui était comme s'il vivait un paradis sur terre.

— Tu vas me manquer.

La voix d'Alabama était assourdie et émue.

— Tu vas me manquer aussi.

Elle savait qu'elle ne pouvait pas demander à Christopher de promettre de lui revenir, mais elle en avait envie.

— Fais-moi une faveur.

— Tout ce que tu voudras, lui répondit-elle sincèrement.

— N'accepte pas d'autres placements avant mon retour.

Alabama se releva de la poitrine de Christopher pour pouvoir le scruter dans la demi-pénombre.

— Quoi ?

— Je te connais. Tu vas être anxieuse, et tu t'inquiéteras pendant mon absence. Je sais que tu gères mieux le stress si tu restes occupée. Alors je me dis que si on te le demandait, tu serais contente d'accueillir un autre enfant dans le besoin. Si on accueille un autre enfant, je veux être là. Je veux l'aider à s'acclimater. Et je ne peux pas le faire quand tu es là toute seule.

Alabama se détendit contre lui. Pendant une seconde, elle avait cru qu'il ne voulait pas adopter d'autres enfants. Oui, ils en avaient discuté et avaient convenu qu'ils voulaient tous les deux une grande famille d'enfants recueillis, mais elle avait tiré des conclusions trop hâtives.

Elle l'aimait davantage, voyant qu'il désirait être présent pour chaque enfant potentiel qu'ils allaient accueillir.

— D'accord, je peux le faire.

— S'il m'arrive quelque chose...

— Non. Il ne t'arrivera rien, le coupa Alabama.

Abe poursuivit comme si elle ne l'avait pas interrompu :

— S'il m'arrive quelque chose, je veux quand même que tu aies la grande famille dont tu as toujours rêvé. Ne laisse pas cela t'en empêcher.

Alabama ne parvint plus à respirer.

— D'accord, réussit-elle à dire, avant d'enfoncer le visage dans l'espace entre l'épaule et le cou de Christopher.

Elle le sentit alors refermer une main sur sa nuque.

— Je m'inquiète pour toi dès que je me réveille jusqu'à l'instant où je m'endors. Je serai certes parti en mission, et même focalisé à cent pour cent sur notre objectif, mais tu es toujours là, dans un coin de mon esprit. Je sais que tu m'attendras ici avec nos enfants, et ça me motive davantage à revenir vers toi. Je sais qu'on court quand même le risque qu'un jour, mon entêtement ne suffise pas, et je veux que tu accomplisses tes rêves, que je sois là pour t'encourager ou pas. C'est d'accord ?

— D'accord, lui répondit Alabama à travers ses larmes, incapable de le lui refuser.

Ses propos étaient beaux et déchirants à la fois.

— Maintenant, dors, ma belle. Plus vite tu t'endormiras, plus vite je serai revenu.

* * *

Caroline se tenait devant la porte de sa maison, scrutant le jardin plongé dans la pénombre. Matthew était derrière elle, les bras autour de sa taille, la plaquant contre sa poitrine. Ils restèrent sans se parler pendant un long moment. Enfin, Caroline rompit le silence :

— On vous envoie secourir cette fille, n'est-ce pas ?

Wolf ne répondit rien et Caroline soupira. Elle se tourna dans l'étreinte de son mari et lui passa les bras autour du cou en levant les yeux vers son visage. Il la regarda avec tant d'amour et de patience qu'elle eut du mal à le supporter.

— Je sais, tu ne peux pas me le dire, mais au fond de moi, je sais que c'est là où vous allez. Ne t'inquiète pas. Je ne dirai rien aux autres, mais est-ce que je peux quand même dire une chose avant de changer de sujet ?

Caroline savait que même s'il ne l'admettait pas, cette conversation mettrait Matthew mal à l'aise.

— Bien sûr, Ice, crache le morceau.

— Vous allez la tirer de là. Vous allez la retrouver, tuer ces bâtards et la ramener. Je le *sais*.

Sur ce, elle vit les lèvres de Matthew afficher un léger sourire.

— Vraiment ?

— Oui. Vous vous êtes démenés pour me ramener chez moi saine et sauve, et vous ne me connaissiez même pas vraiment non plus. Je parie que cette femme doit avoir des nerfs d'acier. Si elle est détenue depuis aussi longtemps que l'affirment les journalistes, c'est forcément le cas.

— Ice..., commença Wolf, avant que Caroline ne l'interrompe.

— J'ai tourné la page sur ce qui m'est arrivé. On en a parlé et j'ai discuté avec cette thérapeute l'année dernière quand j'ai commencé à faire ces cauchemars. Mais il y a quelque chose chez cette femme qui me touche. J'ai entendu l'interview de son frère sur ce talk-show l'autre soir. Elle a rejoint l'armée de réserve parce qu'elle voulait servir son pays à plus grande échelle qu'elle ne l'aurait fait en tant que simple pompière. Son frère a dit qu'elle était une pompière excellente. Elle se démène et tous les autres gars la respectent. Elle est capable de s'en sortir, elle attend simplement qu'on vienne l'aider. Et qui de mieux qualifié que toi ? Et Hunter, Christopher, Sam, Faulkner et Kason ? Vous avez tous tiré vos femmes de situations désespérées, alors je sais que cette mission ne sera pas différente. Mais, je t'en prie, Matthew, fais-moi une faveur.

— Quoi, Ice ?

Caroline remarqua qu'il prenait garde à ne pas confirmer ou dénier que c'était bien là où l'équipe se rendait.

— Cette Pénélope Turner est la sœur de quelqu'un. Elle est la fille et l'amie de quelqu'un. Elle est juste comme moi, ou Fiona, ou n'importe laquelle des autres filles. Je sais que je n'ai pas à te dire ce que tu dois faire pour la tirer de là... parce que je sais que tu le feras. Elle en a subi assez et il faut qu'elle rentre à la maison.

Wolf se pencha et serra son épouse contre sa poitrine. Bon sang, comme il l'aimait ! Elle aurait pu lui crier d'être prudent, ou bien pleurer parce qu'elle était triste. Au lieu de cela, elle avait pris une inconnue sous son aile comme si elle faisait partie de sa troupe. Elle avait plus d'amour en elle que toutes les autres femmes qu'il ait jamais rencontrées.

— D'accord, Ice.

C'était tout ce qu'il pouvait dire sans rompre la confidentialité d'un projet gouvernemental top-secret.

Il sentit Caroline hocher la tête contre sa poitrine. Elle avait manifestement compris que prononcer ces mots l'avait mis mal à l'aise, parce qu'elle changea immédiatement de sujet :

— Alors c'est bon. Viens. Tu pars demain matin. Il est temps pour toi de faire l'amour à ta femme.

— À vos ordres, madame, sourit Wolf.

De l'autre côté du pays, Melody s'éveilla et vit que Tex n'était pas encore venu la rejoindre dans le lit. Elle bâilla et fit glisser ses pieds hors du matelas, dérangeant alors Baby. Mais la chienne se contenta de remuer la tête, avant de soupirer et de se rallonger pour se rendormir.

Regardant sa chienne paresseuse – mais reconnaissante qu'elle soit encore là –, Melody prit son vieux peignoir qui était le vêtement le plus confortable qu'elle avait jamais porté, et elle sortit dans le couloir d'un pas vif afin d'aller rejoindre son mari.

Ne le trouvant pas dans le salon – et ignorant le désordre qui découlait inévitablement du fait d'avoir une préado dans la maison –, Melody descendit à la cave vers la pièce sécurisée qui servait de bureau à Tex. Il l'avait créée à cause de la sécurité renforcée qu'exigeaient ses ordinateurs, et aussi, selon ses propres paroles, juste au cas où, s'ils avaient besoin de protection.

Elle ouvrit la porte que Tex avait laissée entrouverte, s'étant dit que sa présence dans leur lit manquait sûrement à Melody et qu'elle était venue le chercher. Celle-ci vit son mari assis à son bureau, occupé à triturer la souris. Elle vint se placer derrière lui et plaqua son visage contre son cou, lui donnant le temps de mettre son écran en veille s'il y avait quelque chose qu'il ne souhaitait pas qu'elle voie.

Au cours de l'année et demie qui venait de s'écouler, elle avait appris à lui offrir toute l'intimité dont il avait besoin. Elle ne voulait pas savoir la moitié des choses qu'il faisait. C'était mieux si elle n'était pas au courant.

— Tout va bien ?

— Hum.

D'accord... Cela voulait dire non.

— Et l'équipe ?

— Ils partent en mission demain matin.

Melody attendit.

— Ça ne présage rien de bon.

Melody ne savait pas quoi dire. Tex assistait bon nombre d'unités des forces spéciales partout dans le pays. Elle se disait qu'il voulait parler de l'équipe de Californie puisqu'il n'avait pas précisé laquelle... et puisque c'était celle dont elle était la plus proche. Wolf, son unité, leurs femmes et leurs enfants comptaient plus que tout pour tous les deux. Alors savoir qu'ils partaient effectuer une mission qui ne présageait rien de bon était vraiment troublant.

— Qu'est-ce que je peux faire ?

Tex se tourna sur son siège, attrapa Melody et la tira vers lui pour qu'elle n'ait pas d'autre choix que de s'installer sur lui à califourchon. Elle plia les genoux et cala les jambes dans l'espace qui existait entre les hanches de Tex et sa chaise. Il l'attira contre lui jusqu'à ce que leurs poitrines et leurs sexes se retrouvent collés. Puis il défit lentement la ceinture du peignoir qu'elle portait et l'ouvrit. Il savait qu'elle serait nue en dessous. Elle aimait autant dormir ainsi qu'il aimait la trouver habillée de la sorte quand il la rejoignait au lit.

Glissant les mains autour de sa taille, il enfonça son visage entre ses seins. C'est là qu'il sentit les mains de Melody se refermer sur l'arrière de sa tête alors qu'il la serrait contre lui.

— Je t'aime. J'apprécie que tu ne me poses pas de questions, mais que la première chose que tu as dite soit « qu'est-ce que je peux faire ? » J'aime savoir que je te manque assez quand je ne viens pas me coucher pour que tu partes à ma recherche. J'aime le fait que tu n'aies même pas bronché lorsque je t'ai dit que je voulais adopter une préado handicapée irakienne que je n'avais même pas encore rencontrée. Et plus que tout, je t'aime toi. Tout de toi. Et pour répondre à ta question, on ne peut pas vraiment faire grand-chose à part attendre et prier. Tu peux peut-être appeler les filles un peu plus souvent. Et si tu as envie, tu peux même faire le voyage.

— Tu viens aussi ? Je sais qu'elles adoreraient te voir.

Tex secoua la tête.

— J'aimerais les voir, mais j'ai besoin de rester ici. Pour surveiller et attendre. Je veux être là près de mes ordinateurs et de mes serveurs au cas où ils auraient besoin de moi. Et j'ai comme un pressentiment que c'est ce qui va se passer.

— Oh, Tex. Tu n'es pas Superman, même si c'est comme ça que t'appellent les filles d'Alabama.

— Je sais, mais je sens que je me hérisse, et je suis certain que là où ils vont, ils vont avoir besoin de moi.

Melody étudia son mari. Ils avaient pris de longues vacances après qu'une ancienne camarade du lycée, Diane, eut été arrêtée pour le harcèlement qu'elle lui avait fait subir. Accompagnés de Baby, ils avaient fait le trajet en voiture jusqu'à Las Vegas et s'étaient mariés, comme prévu. Diana avait réussi à se suicider en prison avant que le procès n'ait lieu. Melody savait que cela aurait dû l'attrister, mais elle ne ressentait rien.

— Je veux que tu me dises ce dont tu as besoin en attendant leur retour. Si tu as besoin que je te descende tes repas, je le ferai. Si tu veux que je te laisse seul, pareil. Si tu as envie qu'on tire un coup vite fait, compte sur moi. Mais ne me repousse pas. Tu as tendance à devenir un peu obsédé quand tu bosses, et puisque ce sont tes amis, j'ai peur que tu oublies de prendre soin de toi. Il faut que tu quittes ton fauteuil pour marcher toutes les heures. N'oublie pas de retirer ta prothèse de temps en temps. D'ailleurs, j'enverrai Akilah pour te le rappeler, et vous pourrez nettoyer et masser vos moignons ensemble, et...

Tex interrompit Melody en approchant son visage du sien pour lui rouler une pelle vigoureuse.

— Merci de t'occuper de moi. Si je me renferme trop, je te donne la permission de me souffler dans les plumes.

— Tout ce que je te demande est de ne pas te couper

du monde. Tu sais que tu manques à Baby quand tu te plonges trop profondément dans ton travail.

— Ah oui, il ne faudrait pas que la chienne se languisse de moi ! plaisanta Tex.

Melody lui rendit son sourire.

— Bon, *je* me languis de toi aussi.

Il fit courir sa main le long de la poitrine de Melody, sans manquer de remarquer que ses mamelons dardaient à son contact.

— Il me reste encore quelques heures avant le début de la mission... Tu as une idée pour passer le temps ?

Melody afficha un sourire coquin et se cambra dans les mains de Tex, l'encourageant à poursuivre ses caresses.

— J'ai bien une idée ou deux. Je ne sais pas si on a déjà testé ce fauteuil... Tu crois qu'il tiendra le coup si je te prends dessus ?

— Je crois que le moment est venu d'essayer.

Le commandant Hurt étudiait les ordres du président. Cette mission ne l'enchantait pas. Il détestait devoir envoyer ses forces spéciales dans une situation inconnue. Oh, cela arrivait souvent, mais cette fois, la situation n'était pas seulement inconnue, elle était instable, pleine de haine, et on s'attendait à ce qu'ils échouent. Essayer de retrouver une femme américaine, vêtue d'une burqa, au milieu d'un camp de réfugiés remplis d'autres femmes avec des tenues similaires était quasiment impossible.

Sans parler des maladies et des conditions insalubres qui caractérisaient le camp surpeuplé, crasseux et dangereux.

Quatre cent mille personnes dans un camp au milieu du désert brûlant – terrifiées, inquiètes et déstabilisées... On courait au désastre. Le seul point positif de la mission était qu'elle était placée sous le commandement du Groupe opérationnel interarmées. Cet organisme était aux commandes et la mission impliquerait une autre équipe des forces spéciales basée à Norfolk, une équipe de Rangers, des Night Stalkers qui piloteraient les hélicoptères. Au besoin, une unité de la Delta Force resterait en attente.

Les partisans du président n'étaient pas contents que Pénélope ait été enlevée et soit utilisée comme pion dans le jeu mortel du Daesh. Le monde avait vu trop souvent les tortures filmées que les terroristes infligeaient à leurs captifs, et ce serait un immense cauchemar médiatique si la sergente Pénélope Turner finissait dans l'une de ces vidéos sanglantes. Elle était à présent la sœur, la fille et l'amie de tout le pays, ainsi que le visage de cette horrible nouvelle guerre.

Sa famille et plus particulièrement son frère s'étaient battus et ils avaient obtenu le soutien de nombreux politiciens influents pour aller la récupérer. Le département de la Sécurité intérieure avait reçu assez de rapports crédibles disant qu'elle était détenue dans le camp de réfugiés pour que le président puisse autoriser une tentative de sauvetage.

— Ça va, Patrick ?

Il se tourna et tendit un bras, soupirant lorsque sa

femme, Julie, se blottit contre lui. Il sentit qu'elle lui glissait un bras autour du ventre et l'autre autour de son dos.

— Oui, je vais bien.

— Je ne te crois pas. C'est à cause de mes forces spéciales ?

La terminologie de Julie fit sourire Patrick. Elle savait qu'il commandait plusieurs unités de soldats d'élite, mais elle parlait toujours de Cookie et du reste des hommes en disant « *mes* forces spéciales », puisque c'étaient eux qui étaient allés la secourir au Mexique.

Au fil des années, elle était restée en bons termes avec toutes leurs femmes. Elle avait aidé Jessyka à trouver des robes de bal à des adolescentes qui suivaient un programme après les cours. Summer avait inclus sa boutique dans la campagne de donations annuelles de son entreprise, et Julie et Cheyenne s'envoyaient tout le temps des e-mails.

Patrick savait qu'il avait fallu beaucoup d'efforts pour cultiver sa relation avec Fiona. Elle n'avait pas insisté, mais s'était arrangée pour s'assurer que Fiona sache qu'elle pensait à elle et essayait de se montrer amicale. Comme Patrick l'avait prédit, Julie et les femmes de ses hommes n'étaient pas les meilleures amies du monde, mais elles paraissaient apprécier de se voir quand ils se retrouvaient tous à des événements professionnels.

— Tu sais que je ne peux guère t'en révéler, mais oui, tes soldats partent en mission demain matin.

— Est-ce que je devrais appeler Fiona pour voir comment elle se débrouille ? On devrait peut-être l'inviter pour s'assurer qu'elle aille bien. J'ai besoin de prendre un peu de temps loin du magasin. Mes employés connaissent leur boulot, et maintenant que j'ai engagé quelques-unes des ados pour me remplacer à l'accueil, je suis dans leurs pattes quand j'y vais de toute façon. Je pourrais peut-être...

Patrick se pencha et la fit taire d'un baiser. Quand il la sentit fondre contre lui, il s'écarta.

— Je suis certain qu'elle aimerait avoir de tes nouvelles, ma belle.

Quand Julie acquiesça et fit descendre sa main pour venir frôler son érection grandissante, Patrick lui sourit.

— Viens au lit. Je vois bien que tu es tendu. Laisse-moi t'aider à apaiser un peu cette tension.

— Je t'aime, Julie. Je te rejoins dans un instant.

— D'accord, mais ne mets pas trop longtemps, sans quoi je serai contrainte de prendre les choses en main toute seule, le taquina Julie.

Patrick se pencha, embrassa à nouveau sa femme et l'écarta de lui.

— Libre à toi de prendre du bon temps toute seule, mais sache que quand je viendrai te rejoindre, je te ferai jouir au moins deux fois avant que ce ne soit mon tour... alors tu ferais mieux de ne pas t'épuiser.

Julie rougit et s'éloigna en souriant. Patrick la regarda jusqu'à ce qu'elle disparaisse à travers la porte de son bureau, puis il braqua à nouveau son attention sur le dossier placé en face de lui, toujours distrait par l'image de sa femme, mais pas moins inquiet pour ses hommes.

Le commandant en lui espérait vraiment que ce ne soit pas une mission futile qui causerait la mort d'un ou de plusieurs des meilleurs hommes de sa connaissance. Il ne voulait pas non plus que le sergent Turner périsse aux

mains des terroristes, mais il ne tenait pas particulièrement à être forcé de dire aux femmes et aux enfants de
ses propres hommes, qu'il avait fini par connaître et
respecter, que leur mari ou leur père ne rentrerait plus
jamais.

Enfin, avec un léger soupir et une prière rapide,
Patrick replaça le dossier dans le petit coffre-fort de son
bureau, essayant de se libérer du mauvais pressentiment
qu'il avait ressenti depuis qu'il avait vu l'ordre de mission.
Il avait une épouse à satisfaire. Il prendrait le temps de se
concentrer sur elle, de lui montrer à quel point il l'aimait,
avant d'avoir à se replonger dans le monde dangereux
des forces spéciales le lendemain. Il avait besoin de la
relaxation particulière que lui offrait Julie.

4

Wolf observa ses hommes installés à l'intérieur de la tente. Les quarante-huit heures précédentes avaient été difficiles. Ils avaient pris un avion jusqu'au Moyen-Orient puis effectué un saut en parachute pour pénétrer en Turquie sans se faire détecter. Ils avaient songé à descendre plutôt en Syrie, mais avaient finalement décidé que ce serait plus discret s'ils venaient par la Turquie et essayaient de se mêler aux autres forces humanitaires.

Ils avaient touché terre sans problème et s'étaient dirigés vers le camp de réfugiés près de la ville de Cizre, en Turquie. C'était exactement comme leur commandant l'avait décrit et comme les services de renseignement l'avaient rapporté. Ça sentait terriblement mauvais et les maladies étaient omniprésentes autour d'eux. Peu de temps après leur arrivée, ils avaient déjà vu deux mères qui pleuraient de façon hystérique tout en serrant leurs bébés morts contre elles. Aucun membre de l'équipe ne savait de quoi étaient décédés les enfants, mais fondamentalement, ça ne comptait pas. Que ce soit la déshydratation, la maladie, la faim… voir ces petits cadavres lui rappelait un peu trop leurs familles restées à la maison.

— Quel est le plan pour aujourd'hui ? demanda Abe.

Wolf disposa les photographies aériennes du camp qu'ils avaient reçues en Californie.

— La meilleure façon de procéder est d'effectuer une recherche systématique, mais on sait tous que si Turner est ici, ils la font se déplacer. Ils ne passent probablement pas la nuit au même endroit plus de deux nuits d'affilée. Alors une recherche systématique ne nous sera pas vraiment utile. Il faut qu'on couvre le plus de terrain possible dans cet endroit pourri tous les jours, alors il faudra qu'on se disperse en équipes. On pourra couvrir plus de terrain avec des groupes de deux que si on patrouillait ensemble, et on se fondra mieux dans la masse. Mais gardez ça à l'esprit : on pense que c'est comme ça que Daesh a capturé Turner et les autres… Ils ont été séparés du reste de leur patrouille. Et on sait tous que l'État islamique aimerait mettre la main sur un membre des forces spéciales, alors restez vigilants. Vous avez tous votre radio, n'est-ce pas ?

Voyant que les hommes hochaient tous la tête, Wolf poursuivit :

— Bon, Benny, tu es avec moi. Dude et Abe, vous êtes ensemble ; Cookie et Mozart aussi. Benny et moi explorerons le côté gauche.

Wolf désigna la zone sur sa carte.

— Dude, Abe et toi pouvez prendre le milieu. Et Cookie et Mozart, vous partez à droite. Couvrez autant de terrain que possible, ouvrez l'œil, mais ne vous faites pas remarquer. Turner est petite, elle ne fait qu'un mètre cinquante-cinq. Elle a des cheveux blond clair, alors s'ils ne sont pas entièrement couverts, ils se démarqueront.

— Et s'ils la forcent à se couvrir ? demanda Benny d'un ton sérieux.

— Alors on l'a dans l'os, répondit succinctement Wolf. Si elle est couverte d'une abaya des pieds à la tête, ou bien s'ils lui font porter une burqa, on ne sera absolument pas capables de la détecter. Mais restez attentifs à des groupes d'hommes au comportement suspect. Enfin, soyez vigilants, point barre. La plupart des gens ont du mal à trouver de la nourriture et de l'eau, alors si vous voyez un groupe d'hommes qui ont l'air bien portants et sains, c'est suspect. Ils seront aussi armés. D'une façon qui sera peut-être visible. Abe, tu as d'autres idées ?

— Les troupes américaines et britanniques présentes dans la zone ne nous ont pas beaucoup aidés. Les infos du commandant Hurt disent que personne ne sait vraiment où se trouvaient les soldats quand ils ont été enlevés et qu'il n'y a eu aucun signe de la sergente Turner depuis qu'elle et les autres ont été kidnappés, dit Abe.

Il inspira profondément et poursuivit :

— Je crois qu'on devrait prendre le premier jour ou même le deuxième pour observer le terrain, faire le tour et voir ce qu'on peut découvrir. Mais si on ne la repère pas immédiatement, il faudra qu'on se serve des interprètes. Jouer plus sérieusement le rôle d'un travailleur humanitaire. Voir si on parvient à faire dire aux réfugiés de qui ils ont peur. Les Syriens ne sont pas stupides. S'ils ne sont pas membres du Daesh, ils savent probablement qui ils doivent éviter. Et puisqu'aucun de nous ne connaît le turc, on devra se rabattre sur les interprètes.

Wolf hocha la tête.

— C'est bien. Quoi que vous fassiez, ne commencez pas à faire la guerre au milieu du camp. Notre objectif est d'identifier la cible et de la tirer de là discrètement. On ne veut pas commencer à tirer, sans quoi bon nombre d'innocents risqueraient d'y laisser la vie, et la dernière chose que souhaiteraient nos deux gouvernements est un incident. Si on y arrive, on va l'éclipser de là en douceur.

— Et si elle est blessée ou qu'elle a été abusée ? demanda calmement Dude.

Ils voyaient tous pourtant qu'il était loin d'être calme.

— On l'emmènera quand même de toutes les façons. Si elle panique, assommez-la. Si elle ne peut pas marcher, portez-la. Si elle a peur de nous, faites ce que vous pouvez pour la rassurer. Quoi que vous fassiez, taillez-vous aussi vite que possible. C'est compris ?

Les cinq hommes acquiescèrent. Ils avaient tous songé que cette mission allait être un enfer, mais à présent qu'ils étaient là en personne et voyaient les conditions de vie de tous ces gens autour d'eux, c'était devenu une certitude.

— On se mettra en route demain matin à la première heure. Je sais qu'on n'a pas beaucoup dormi au cours des deux derniers jours. Dormez cette nuit et avec un peu de chance, on sera vite sortis de ce bouge.

Les hommes s'allongèrent sur leurs nattes de couchage, tous plongés dans leurs pensées. Ils songeaient à leurs femmes, à leurs enfants et à ce qu'ils allaient découvrir s'ils la retrouvaient, elle, la petite fiancée de l'Amérique, la sergente Pénélope Turner.

* * *

Le lendemain matin, les hommes étaient parés avant le lever du soleil. Ils se dispersèrent deux par deux, prêts à tout. Le soir, ils se retrouvèrent à la tente qui leur avait été assignée par les travailleurs humanitaires, et chaque binôme rapporta leurs observations.

— Le côté ouest semble plus ancien. Les abris sont plus établis et les gens semblent mieux implantés, dit Cookie au groupe. Je crois que c'est plus prometteur si on cherche la zone où Turner est retenue. Quand on a fait le tour, on n'a pas vraiment remporté les faveurs locales, et quand Mozart a interrogé certains des autres agents présents dans cette zone, ils ont dit qu'ils s'aventuraient rarement dans cette partie-là parce qu'ils ne se sentaient pas en sécurité.

Wolf hocha la tête.

— C'est compréhensible. On était de l'autre côté, et il y avait beaucoup de femmes et d'enfants.

— Ça pourrait être un endroit acceptable où la dissimuler, commenta Dude qui essayait de se faire l'avocat du diable.

— Ouais, mais la plupart des hommes qu'on a vus étaient ou bien très vieux ou bien très jeunes. Ça ne me semble pas être un foyer d'activité islamiste. Du moins pas au premier abord, les mit en garde Wolf.

— Alors manifestement, demain, on pourra se concentrer sur le milieu et l'ouest, dit Abe. Le centre du camp semble être un mélange de familles, d'adultes isolés et d'enfants.

— Est-ce que vous avez vu quelque chose qui vous rappelle un camp de terroristes, ou bien quelqu'un qui ressemblerait à notre cible ? demanda Wolf au groupe.

Ils secouèrent tous la tête.

— Pas vraiment. Les vêtements longs et les voiles rendent cette opération quasiment impossible, grommela Cookie.

— Il faut qu'on la retrouve. Je ne supporte pas de la savoir dans cet enfer, aux mains de ces connards, dit Dude en se passant la main dans les cheveux.

— On fera de notre mieux.

Les paroles de Wolf étaient sincères, mais ils savaient tous qu'elles n'étaient pas suffisantes. Ils devaient retrouver cette femme.

— On se mettra en route demain à la première heure. Après-demain, on fera des tours de garde et on patrouillera aussi pendant la nuit.

— Je prends la première mission de nuit, proposa Dude.

Wolf jeta un regard critique à son ami, sachant qu'il ne dormait pas bien, s'inquiétant pour Cheyenne et sa grossesse. Mais il hocha la tête.

— Très bien. Je bosserai avec toi pour ce premier tour.

La sergente Pénélope Turner était en colère. Elle se disait qu'elle aurait probablement dû avoir peur ou flipper, mais honnêtement ? Elle était juste en rogne. Jusque-là, malgré son kidnapping et sa détention par des terroristes, elle avait eu de la chance. Ils l'avaient violemment battue aux premiers jours de sa capture, puis une fois que la première vidéo était devenue virale, ils avaient réalisé qu'elle était bien plus précieuse comme outil de propagande qu'autre chose.

Ils lui avaient demandé si elle était vierge, et Pénélope avait longuement réfléchi à ce qui serait la meilleure réponse, et elle avait fini par admettre qu'elle ne l'était pas. Elle n'avait pas été violée... pas encore, mais elle se disait que les hommes gardaient cela pour plus tard, comme technique de torture, s'ils en avaient besoin.

Elle avait été forcée de lire de longs soliloques sur les problèmes que l'État islamique avait envers l'Occident et l'Amérique, et franchement, elle n'avait aucun problème à lire ce qu'ils voulaient qu'elle lise. Elle aurait lu *Guerre et Paix* s'ils le lui avaient demandé. Ce n'était pas comme si elle croyait vraiment en ce qu'elle lisait, et elle se disait que l'Amérique en général comprendrait qu'elle était forcée de prononcer ces paroles.

Mais elle se préoccupait de ses camarades d'armes. Elle n'avait pas vu ses amis depuis leur enlèvement. Elle ne savait pas depuis combien de temps elle était aux mains du groupe terroriste, mais elle se disait que cela devait faire environ deux mois.

Thomas Black et Henry White étaient hilarants. Thomas venait du Maine et avait des cheveux couleur carotte et des taches de rousseur. Il plaisantait souvent qu'il était un « rouquin du nord tout ce qu'il y a de plus banal ». Henry venait du Mississippi et avait la peau la plus sombre que Pénélope avait jamais vue. Les autres soldats les taquinaient toujours, puisque le nom de famille de Thomas était Black et celui d'Henry White, et qu'ils étaient l'opposé complet de leurs noms. Mais les deux hommes étaient des amis proches. Ils avaient bien accroché dès leur première rencontre et avaient tout fait ensemble depuis qu'ils étaient arrivés au Moyen-Orient. Ils étaient un duo un peu particulier, mais dans l'armée, l'amitié ne se préoccupe pas des couleurs. Le troisième homme, Robert Wilson, était moins proche de Pénélope, mais il s'était montré amical envers elle et elle s'inquiétait pour lui tout autant que pour Thomas et Henry.

Elle se disait qu'ils étaient tous probablement morts, et cela la mettait encore plus en rogne. Ces connards du Daesh n'avaient pas le droit de tuer qui que ce soit. Pas alors que c'était *eux* qui terrorisaient les pauvres gens autour d'eux et kidnappaient des soldats innocents comme elle et ses amis, qui essayaient simplement d'aider les réfugiés.

Pénélope s'était portée volontaire pour venir en Turquie afin d'aider les gens et d'apporter l'assistance dont les camps avaient désespérément besoin. Son unité de réserve, stationnée aux abords de Fort Hood, au Texas, avait dépêché une troupe de soldats – près de cent vingt personnes – pour aider à raffermir la sécurité du camp. Dès la seconde où ils avaient atterri, ils avaient remarqué que le major qui commandait les troupes au camp de réfugiés n'était pas un très bon leader. Même si les capitaines et les lieutenants avaient essayé d'expliquer le danger que posaient les rondes de sécurité, on leur avait quand même ordonné d'effectuer des rondes en petits groupes qui couraient le risque d'être facilement dépassés.

Un jour, White, Black, Wilson et elle avaient reçu l'ordre de patrouiller dans le côté ouest du camp, et quand elle avait protesté, affirmant que c'était trop dangereux de les y envoyer tout seuls, elle avait reçu une réprimande publique et on lui avait dit de le faire quand même.

Elle savait que c'était parce qu'elle était une femme et qu'elle avait eu le cran de s'exprimer. Si elle avait été un homme, ils l'auraient prise plus au sérieux. Mais on les avait envoyés en mission comme de gentils toutous et voilà le résultat ! Pénélope avait eu raison et elle était coincée dans ce trou à rat depuis... elle ne savait pas combien de temps.

Elle se serait échappée depuis longtemps, mais les connards qui l'avaient capturée n'étaient pas aussi idiots qu'elle l'avait espéré, ou qu'ils lui avaient donné l'impression d'être au début. Quasiment toutes les nuits, ils la déplaçaient dans une tente différente. Ils ne lui permettaient de sortir de la tente où ils la détenaient que si elle était couverte des pieds à la tête des vêtements et des abayas que portaient les femmes de la région.

Pénélope savait que ses cheveux blonds trahiraient sa présence si elle osait retirer son voile. Elle avait songé plus d'une fois à ôter le bout de tissu et se mettre à courir à travers le camp en criant, mais elle avait vu comment se comportaient les hommes qui l'entouraient. Elle serait immédiatement abattue, ou bien elle connaîtrait d'atroces souffrances et aurait souhaité être morte longtemps avant qu'ils n'en aient fini avec elle. Jusque-là, elle n'avait pas été violée, torturée, brûlée vive, et n'avait pas eu la tête coupée. Elle prenait tout cela pour une victoire.

Alors elle restait dans l'expectative, attendant qu'il se passe quelque chose.

Une bonne chose – car Pénélope essayait toujours de trouver du positif dans chaque situation – était que les petits malfrats du camp avaient peur des islamistes. Alors elle n'avait pas à s'inquiéter d'eux en plus de tout le reste.

Alors elle attendit. Les jours passaient et elle faisait semblant d'être docile et apeurée, alors qu'elle bouillonnait intérieurement, restant toujours attentive à quelque chose, n'importe quoi, qui aurait pu lui permettre de sortir de là. Si elle rentrait un jour chez elle et pouvait serrer son frère dans ses bras, elle ne remettrait jamais les pieds hors du Texas.

Autour d'elle, le camp tombait lentement dans le silence. Le bruit ne disparaissait jamais entièrement, mais il s'apaisait à la nuit tombée. Pénélope se disait que la plupart des gens avaient trop peur de sortir quand le soleil disparaissait à l'horizon, et ils avaient bien raison.

La porte de la tente s'ouvrit et Pénélope baissa rapidement les yeux, essayant de ne pas avoir de contact visuel avec la personne qui venait d'entrer. Elle avait appris à ses dépens que regarder les terroristes dans les yeux les mettait en colère.

— Lève-toi, grogna-t-il.

Plusieurs des gardes parlaient un anglais excellent, alors que d'autres ne connaissaient que les mots de base. Elle avait songé à essayer d'envoyer des messages à travers les vidéos qu'elle était forcée d'enregistrer, mais elle savait que trop de membres du Daesh parlaient anglais. La vidéo ne serait jamais diffusée et elle se ferait probablement tuer pour avoir osé les défier. Il était plus sensé de ronger son frein et de prier qu'elle puisse s'échapper ou que quelqu'un vienne la libérer.

Elle se redressa comme le garde le lui avait demandé. Il lui jeta l'abaya qu'elle avait été forcée de porter à chaque fois qu'ils se déplaçaient.

— Enfile ça.

Pénélope soupira. C'était visiblement le moment de déménager. Elle abhorrait ce vêtement et ce n'était pas un euphémisme. Il lui tenait trop chaud et puait la pisse, la sueur et Dieu seul savait quoi d'autre. Cela dit, elle aussi puait. Elle ne pouvait pas vraiment demander une douche au milieu du désert.

Changer de tente signifiait l'incertitude. Cela faisait à présent trois nuits qu'elle se trouvait dans la même tente ; une éternité, dans les circonstances actuelles. Pénélope retint son souffle et passa le vêtement sale par-dessus sa tête, faisant ce que lui demandait son ravisseur, et espérant vraiment que tout ceci se termine... de préférence rapidement, et de préférence en sécurité chez elle et avec la tête toujours attachée.

5

Cela fait à présent deux mois que l'Américaine Pénélope Turner a été enlevée par des agents de l'État islamique. Elle participait à une mission humanitaire au camp de Cizre, en Turquie. Des milliers de Syriens ont traversé la frontière, fuyant de multiples groupes terroristes et des nettoyages ethniques en Syrie.

La sergente Turner a été capturée lors d'une mission de reconnaissance de routine dans le camp, accompagnée de trois autres hommes. Vous vous souvenez peut-être que Thomas Black et Henry White ont été décapités et crucifiés, tandis que Robert Wilson a été brûlé vif.

Des rapports conflictuels ont indiqué l'endroit où Turner était peut-être retenue, mais des sources rapportent que le gouvernement américain songe à un essai de sauvetage. Toutes les tentatives pour obtenir plus d'informations sur cette possibi-lité ont été ignorées ou écartées par le directeur de la communi-cation de la Maison-Blanche.

Le frère de Pénélope a mené la charge pour autoriser des troupes à se rendre en Syrie afin d'aller chercher sa sœur. Une pétition diffusée en ligne et adressée au président a également rassemblé plus de cent mille signatures jusqu'ici, l'enjoignant à faire quelque chose afin de secourir sa sœur.

La vidéo de Cade Turner interviewé par notre chaîne affiliée de San Antonio, Texas, est devenue virale. Sa supplique enflammée disant « ne négociez pas avec les terroristes, contentez-vous d'y aller et de la tirer de ce merdier » a remporté la sympathie des Américains à travers tout le pays. On a vu des t-shirts, des stickers pour voiture et même des posters portant la phrase de Cade. L'Amérique veut que Pénélope Turner revienne.

Il n'y a pas eu de vidéo du sergent Turner depuis la dernière en date qui a été publiée voilà deux semaines.

* * *

Caroline serrait John sur ses genoux tandis que Brinique et Davisa essayaient de divertir Sara. Voir les fillettes de 5 et 6 ans communiquer avec la petite de 2 ans était attendrissant et particulièrement amusant.

— Comment tiens-tu le coup, Jess ? demanda Alabama à son amie.

— Je vais bien, merci. Caroline, j'apprécie le fait que tu me laisses rester avec toi pour quelques jours.

— Pas de problème. Tu sais que j'aime quand vous êtes là.

— Tu crois qu'ils vont bien ?

Elles savaient toutes de qui Jess parlait.

— Oui, je suis certaine qu'ils vont bien, essaya de la rassurer Caroline.

— C'est simplement que... Kason était plus inquiet que d'habitude à propos de cette mission.

— Christopher aussi. Est-ce qu'on doit se faire du mouron ?

La voix d'Alabama était basse afin que ses filles ne l'entendent pas.

Caroline aurait voulu dire à ses amies ce qu'elle soupçonnait, mais elle le garda pour elle, sachant que c'était ce que Matthew aurait voulu.

— Non, nos hommes sont des professionnels. Ils savent ce qu'ils font. Ils seraient contrariés qu'on reste à la maison à pleurer tout le temps à cause d'eux. Ce n'est pas la première fois qu'ils partent et on s'en est toujours sorties. C'est la même chose.

Les deux autres femmes hochèrent la tête, mais ne semblèrent pas apaisées.

— On devrait sortir de la maison et nous amuser aujourd'hui, leur dit Caroline d'un ton décidé.

— Il faut que j'aille voir si tout va bien au bar. Fiona travaille aujourd'hui. On pourrait aller lui rendre visite.

— C'est parfait ! s'exclama Caroline. Je suis tellement contente pour toi. Tu méritais vraiment de devenir manager quand monsieur Davis a pris sa retraite.

— Il a dit que si ça marchait, il songerait également à me le vendre, dit Jessyka à ses amies.

— Oh, mon Dieu, c'est génial !

Alabama se releva et prit Jess dans ses bras.

— Quand allais-tu nous le dire ? Est-ce que d'autres personnes le savent ?

— Eh bien, Fiona le sait. Forcément, puisque c'est mon assistante.

— C'est bien pour toi. Maintenant, il faut qu'on voie si on arrive à préparer les enfants en moins d'une heure. Seigneur, je n'avais aucune idée que ça mettrait aussi longtemps pour quitter la maison quand on a des enfants, fit semblant de grommeler Alabama.

— Ça prend encore plus longtemps quand ils ont cet âge-*là*, dit Jess en désignant ses propres petits. J'en suis arrivée au point où je laisse porter à Sara tout ce qu'elle veut. C'est plus facile que d'argumenter avec elle. Et croyez-moi, on ne gagne jamais une bataille avec un enfant de 2 ans !

Elles éclatèrent toutes de rire et se redressèrent pour se préparer à partir.

Une heure plus tard, le groupe entra au Aces. C'était assez tôt pour que la plupart des clients soient en train de terminer de déjeuner et qu'il n'y ait pas une seule goutte d'alcool. Caroline savait qu'Alabama n'aurait pas emmené ses filles au bar s'il y avait eu le moindre risque que quelque chose de déplacé se produise.

— Fi !!! s'écria Sara en traversant la pièce en trottinant, cherchant sa baby-sitter favorite.

Fiona passa la tête hors du bureau situé au bout du long couloir et rit quand Sara tituba jusqu'à elle, les bras tendus. Elle attrapa la fillette avant qu'elle ne tombe et la fit tourner avant de l'installer sur sa hanche.

— Hé, ma jolie. Qu'est-ce qui t'amène ici aujourd'hui avec ta maman et ton frère ?

— Pwomenade !

— Une promenade ? rit Fiona en regardant Jess, qui descendait le couloir en boitant pour venir la rejoindre.

— Caroline a décidé qu'on avait toutes besoin d'un peu d'air frais, alors nous voici.

— Eh bien, je suis contente de vous voir. J'ai besoin de faire une pause, moi aussi. J'y vois flou à force de me pencher sur mes comptes.

— Je leur ai dit pour le bar, expliqua Jess à son amie.

— C'est bien. Il était temps. Et elles sont contentes pour toi, non ?

Jess sourit.

— Oui. Viens, fais une pause avec nous. Je suis certaine qu'Alabama a acheté une bonne glace à Brinique et Davisa, et je me dis que si je laisse John avec Caroline pendant trop longtemps, elle va me le voler.

Les deux femmes rirent de la blague habituelle de Jess alors qu'elles retournaient dans la pièce principale pour rejoindre leurs amies.

Après être restée assise pendant un moment à rire des pitreries des gamins et à dire que John était un gentil bébé, Jess s'excusa et se dirigea vers les toilettes.

Caroline tendit John à Fiona et suivit Jess, voulant s'assurer qu'elle allait bien. Elle la trouva agenouillée devant une des cuvettes des toilettes. Elle venait de vomir le délicieux encas qu'elles venaient de manger.

— Ça va ?

— Putain, Caroline, je suis vraiment dans la merde !

— Quoi ? Tu es malade ? Tu as besoin de voir un médecin ?

Jess renâcla, s'assit sur ses talons et s'essuya la bouche.

— Non, je ne suis pas vraiment malade.

Caroline parut soudain comprendre.

— Oh, Seigneur. Tu es encore enceinte ?

— Oui, je crois. Je n'ai pas encore fait de test ou quoi que ce soit, et je n'ai des nausées que depuis hier et aujourd'hui. Mais je reconnais les symptômes. J'ai l'impression d'être la seule personne sur terre qui ait des nausées l'après-midi au lieu du matin.

Caroline ne put s'empêcher de pouffer, et elle éclata carrément de rire quand Jess, toujours accroupie par terre, lui décocha un regard noir.

— Viens, laisse-moi t'aider à te redresser.

Caroline lui tendit la main, soulagée quand Jess l'accepta. En tirant fort tandis que Jess poussait sur ses jambes, elles réussirent à la redresser.

— Je n'ai jamais rencontré de gens aussi fertiles que Kason et toi.

— Je sais, c'est ridicule. On a dit qu'on allait attendre et laisser s'écouler un peu plus de temps entre John et un petit frère ou une petite sœur.

— Que s'est-il passé ?

Jess adressa un regard mauvais à Caroline alors que son amie riait d'elle.

— Ah, d'accord..., dit cette dernière. Nos hommes sont des bêtes du sexe, n'est-ce pas ?

— Il avait promis de mettre une capote parce qu'il sait que la pilule me donne des ballonnements et me met de mauvaise humeur, grommela Jess, mais tu as été noble et tu as proposé de garder John et Sara pendant un week-end entier. On a fait vraiment attention la première nuit, mais au cours du week-end, on a eu de plus en plus la flemme... alors voilà.

Caroline serra fort Jessyka dans ses bras.

— Des félicitations s'imposent, ma belle.

— J'aurais quand même besoin de faire un test pour en être certaine, mais j'en suis quasiment sûre. Je reconnais cette sensation.

Jess posa la main sur son ventre toujours arrondi par les kilos qu'elle n'avait pas réussi à perdre quand elle avait eu John.

— Même si ça me fait flipper, je dois dire que je suis vraiment contente. Je donnerais des millions de bébés à Kason si je le pouvais.

— Un million est un peu beaucoup, idiote. Si tu veux prendre rendez-vous chez le médecin, tu sais que je serai libre pour garder les gamins ou bien te tenir la main lors du rendez-vous.

— J'aimerais que Kason soit là.

— Je le sais. Mais tu vas t'en sortir. C'est ce que font les épouses de soldats d'élite. Il faut que l'on continue de vivre pendant que nos hommes sont partis sauver le monde. Réfléchis à la façon dont tu veux annoncer à Kason quand il rentrera qu'il va être papa... pour la troisième fois.

Jess redressa le dos, se lava les mains et se nettoya la bouche sous le robinet.

— Tu as raison. Nous sommes des femmes fortes et compétentes qui n'ont pas besoin qu'un homme reste constamment à nos côtés.

— C'est vrai ! Tu ne crois quand même pas que je

serais capable de ne pas en parler aux autres, n'est-ce pas ?

Jess lui sourit.

— Tu veux dire que tu n'as pas encore fusionné mentalement avec elles pour le leur faire savoir ? Tu me déçois.

— Hé, je sais garder un secret !

— Hum…

— Sincèrement !

Jess sourit à son amie.

— Caroline. C'est bon si tu le leur dis à elles ou si tu le dis au monde entier. Ma vie actuelle me satisfait tellement que ça me semble presque injuste envers les autres.

Caroline sourit à Jess.

— J'essayerai de me contrôler et je te laisserai l'annoncer aux autres, mais tu ferais mieux de commencer par Alabama et Fiona, qui nous attendent à table.

Elles se prirent par le bras et retournèrent dans la salle principale pour dire à leurs amies qu'un autre petit Sawyer allait arriver dans à peu près sept mois.

6

Les soldats d'élite exprimèrent leur désapprobation par des soupirs exaspérés. Cela faisait à présent sept jours qu'ils étaient dans cet affreux camp pour réfugiés et ils n'avaient pas vu l'ombre d'un cheveu de Pénélope Turner ou d'une femme qui aurait pu être elle. Bien entendu, retrouver quelqu'un dans une immense ville de tentes était comme d'essayer de retrouver une aiguille dans une botte de foin. Ils avaient découvert pas mal de choses pas normales et criminelles, mais ils avaient été forcés de les ignorer pour se concentrer sur leur mission.

Wolf savait que cette longue recherche frustrante sapait le moral de l'équipe. Dude voulait se dépêcher de retrouver Pénélope, non seulement pour la tirer de cette situation, mais aussi pour qu'il puisse vite rentrer auprès de Cheyenne. Ils n'avaient pas reçu des nouvelles de chez eux, et ils espéraient tous qu'elle n'ait pas accouché prématurément et déjà donné naissance à sa fille.

Abe se demandait comment se portaient Brinique et Davisa, et craignait qu'Alabama en fasse trop. Benny était quasiment dans le même état d'esprit et s'inquiétait pour Jessyka, ne voulant pas qu'elle soit débordée avec leurs deux jeunes enfants, tout en essayant de faire tourner l'Aces.

Ils étaient complètement concentrés sur leur mission, mais ils ne pouvaient pas s'empêcher de s'inquiéter pour leurs femmes et leurs enfants restés à la maison.

Mais Pénélope Turner occupait la place principale dans leurs esprits. Le camp de réfugiés était un enfer sur terre. Il était dominé par les hommes, sale, affreusement chaud, et la menace de la violence pesait sur tout l'endroit comme une bombe amorcée, chaque seconde les rapprochant peu à peu de la détonation. Il était évident que la situation pouvait dégénérer à n'importe quel moment. C'était comme si tout le monde retenait son souffle, mais ils savaient que cela ne durerait pas éternellement. Songer à Pénélope ou à n'importe quelle autre femme vulnérable au milieu de cet enfer leur retournait à tous l'estomac.

Il y avait ce que Wolf appelait des « gangs en maraude » qui parcouraient le camp, particulièrement la nuit. Ils cherchaient les gens faibles et vulnérables. Les gangs volaient le peu de nourriture qu'ils parvenaient à dénicher, et si l'envie les prenait, ils violaient la première femme qu'ils rencontraient. Personne n'était à l'abri, des plus petites filles aux grands-mères les plus âgées.

L'équipe ne savait pas si Pénélope était en sécurité ou bien si elle subissait le même sort que bon nombre des autres femmes du camp. Ils n'avaient pas été informés de la publication d'une autre vidéo, alors savoir si elle était vivante ou même présente sur les lieux n'était que pure spéculation.

Deux jours plus tôt, une autre unité des forces spéciales était arrivée pour se joindre aux recherches de la sergente disparue, et Wolf était vraiment content. Ils avaient besoin de toute l'aide disponible. L'autre équipe était basée en Virginie et c'est Tex qui avait recommandé qu'ils rejoignent la mission. L'équipe de Wolf avait déjà travaillé avec eux par le passé et savait qu'ils étaient extrêmement compétents. Wolf ne connaissait pas personnellement les membres de l'équipe, mais était impressionné par ce qu'il avait vu par le passé et jusqu'ici dans le désert.

Les unités s'étaient à nouveau dispersées et avaient passé le camp de réfugiés au peigne fin, à la recherche de Pénélope. L'endroit était immense et leur travail n'en était que plus compliqué à cause de la burqa que portaient la plupart des femmes. Wolf savait que beaucoup de femmes portaient à présent ces vêtements qui les couvraient de la tête aux pieds davantage pour se protéger des hommes qui parcouraient le camp à la recherche de victimes que par idéologie religieuse.

Ils étaient à la recherche d'un groupe d'hommes accompagnés d'une seule femme, qui serait probablement cachée par une abaya. Elle serait également petite, du moins comparée à eux. C'était tout ce qu'ils avaient. Ce serait étrange pour une femme seule d'être avec un groupe d'hommes, puisque dans la culture musulmane, les sexes avaient tendance à se séparer. Les femmes effectuaient les corvées autour de leur tente tandis que les hommes se rassemblaient, parlaient et essayaient d'aller trouver de la nourriture pour leurs familles ou leurs groupes.

Dieu merci, Rocco, un des soldats de l'autre équipe, parlait turc. Leur plan pour la journée était de voir quelles informations ils parviendraient à glaner sur certains des hommes avec lesquels ils étaient parvenus à se lier d'amitié sous couvert d'être des agents humanitaires. Wolf savait que la plupart des membres du groupe de Syriens avec lesquels ils avaient pris contact étaient quasiment certains qu'ils n'étaient pas qui ils affirmaient être. Mais jusque-là, leur chance n'avait pas tourné et ils n'avaient pas rencontré de problème. Mais ils savaient tous que les choses allaient probablement se gâter.

Si l'État islamique s'était douté que deux groupes d'élite des forces spéciales étaient dans le camp pour les chercher eux et Pénélope, ils l'auraient probablement tuée avant de prendre la fuite, ou bien l'auraient emmenée avec eux afin de la tuer plus tard, d'une façon horrible et publique en guise de vengeance. Pour le moment, les terroristes se sentaient en sécurité dans l'anonymat de l'immense camp de réfugiés.

Les deux équipes des forces spéciales savaient que le temps leur était compté pour trouver Pénélope et la ramener chez elle vivante.

Ace et Gumby, deux des hommes de l'équipe de Virginia, ainsi que Cookie et Dude, étaient présentement en train de passer le camp au peigne fin. Ils avaient pris la ronde de nuit. Les deux groupes avaient des lunettes de vision nocturne, mais elles attireraient l'attention s'ils les portaient dans le camp, alors ils avaient décidé de ne pas s'en servir. Cependant, ils en auraient bientôt besoin. Ils n'avaient effectué aucun progrès jusque-là et cette absence de succès les frustrait tous.

Les groupes signalaient aux autres par radio leur emplacement et s'ils avaient trouvé quelque chose de suspect. Un des hommes présents dans la tente qu'ils avaient commencé à appeler leur « tente de commandement », ou TC, prenait des notes et faisait des marques sur une grande photographie aérienne pour signaler les régions du camp qui avaient été parcourues et les zones où ils soupçonnaient des activités suspectes et qu'ils devraient revérifier, ou bien une autre nuit, ou alors le lendemain quand il ferait jour.

La radio crépita. Abe et un Vietnamien appelé Ho Chi Mien, membre de l'autre équipe de soldats, s'occupaient des radios tandis que les autres gars profitaient d'un sommeil bien mérité.

— Équipe de reconnaissance 1 à TC.

La voix de Gumby était basse et posée. C'était le ton qu'ils utilisaient tous quand ils parlaient dans des radios afin de ne pas attirer l'attention sur eux. Les malfrats du camp auraient été capables de tuer pour mettre la main sur des équipements radio aussi high-tech que ceux que possédaient les équipes.

— C'est TC. J'écoute.

— On a trouvé un bout de tissu rose déchiré aux coordonnées LG3777633131.

— Le même qu'avant ? demanda Ho Chi Mien.

— Affirmatif. Fin de la transmission.

Abe se redressa et réveilla Wolf. C'était le deuxième bout de tissu rose que les équipes avaient trouvé, et c'était impossible qu'il s'agisse d'une coïncidence. D'abord, il n'y avait pas beaucoup de tissus de couleur rose dans les parages, et ensuite, il était improbable qu'il s'agisse de bouts de tissu qu'on trouverait dans le camp au hasard. Cela devait forcément être un indice. Ils tournaient à vide et toutes sortes d'anomalies, aussi ténues soient-elles, valaient bien de se réjouir et de s'y attarder un peu.

— Wolf, dit doucement Abe sans le toucher, laissant sa voix le réveiller. Gumby a trouvé un indice.

— Je suis là. Que se passe-t-il ? demanda Wolf en se redressant, immédiatement éveillé.

La capacité de se réveiller en une seconde était une compétence vitale qu'ils avaient tous intégrée au cours des années qu'ils avaient passées dans l'équipe. Et même si elle s'estompait un peu quand ils étaient chez eux, elle revenait sans problème durant une mission.

— Un bout de tissu rose.

Abe n'eut pas besoin de rajouter quoi que ce soit.

— Quelles coordonnées ?

Les hommes se dirigèrent vers la table où Ho Chi Mien reportait les découvertes de Gumby sur la carte.

— Visiblement, c'est à peu près dans la même zone que l'autre.

Abe regarda Wolf.

— Elle nous laisse des miettes de pain.

— Ne te fais pas de faux espoirs, ce n'est peut-être pas elle, le prévint Wolf, même si c'était évident qu'il était plus que ravi de ce développement.

— Oui, peut-être pas. Mais c'est plus que ce qu'on avait voilà une heure.

Wolf hocha la tête et étudia la carte.

— Tes hommes rejoindront Gumby et Ace. Ils verront

ce qu'ils pourront trouver d'autre à cet emplacement, dit doucement Ho Chi Mien.

Wolf hocha la tête.

— C'est bien. N'importe quelle petite chose est déjà mieux que ce qu'on a eu jusque-là. On enverra les équipes demain pour chercher à la lumière du soleil. Je sais que Rocco a discuté avec des hommes jusqu'à tard dans la nuit, mais il faudra qu'il y aille pour voir ce que savent les gens dans cette zone.

— Pas de problème, répondit immédiatement Ho Chi Mien. J'en fais une question personnelle.

— Pour nous aussi, en convint Abe.

— Il faut qu'on pense à nos femmes au pays, poursuivit l'Asiatique. Et si c'était notre compagne, notre fille ou notre sœur ? Je ne peux pas reprocher à son frère de faire autant de boucan.

— Qu'est-ce qu'on a raté ? demanda Wolf, ignorant manifestement ce que voulait dire Ho Chi Mien au sujet du frère de la soldate disparue.

— Aux dernières nouvelles, il y a une pétition en ligne adressée au président. Elle a rassemblé deux cent mille signatures pour qu'on fasse quelque chose pour la secourir.

Wolf eut un petit rire sec.

— Eh bien, on est là. C'est ce qu'on est en train de faire.

— Oui. Le mec est sur toutes les chaînes, à donner des interviews et à parler de sa sœur au monde entier. Ils semblent vraiment proches. Ça sera irritant si on n'arrive pas à la retrouver pour lui.

Abe secoua la tête en entendant les mots de l'autre soldat. *Irritant*. Oui, ça résumait bien la situation.

— Bon, alors convenons qu'il s'agit effectivement de notre cible. Ça ne nous aide pas plus qu'avant à la retrouver.

— Certes, mais à présent, on sait ce qu'on cherche, du moins, un peu. On sait qu'elle nous laisse des indices, et on peut essayer de voir si ça suit un schéma. Je suis prêt à parier que ces mecs la déplacent toujours aux mêmes endroits, en utilisant les mêmes cachettes. Si on retrouve assez d'indices pour deviner leurs mouvements, on retrouvera le sergent enlevé, dit Wolf à son ami et camarade.

Abe hocha la tête.

— C'est loin d'être parfait, mais c'est tout ce qu'on a pour le moment.

Pénélope poussa un soupir de frustration. Elle avait chaud, était fatiguée et s'ennuyait. C'était un peu bizarre de dire qu'elle s'ennuyait, mais c'était pourtant vrai. Elle ne faisait rien de ses journées. Elle avait essayé de conserver ses forces en faisant des pompes et des abdos durant la journée, mais elle s'affaiblissait, ce qui l'irritait et la terrifiait à la fois. Sans sa force, la capacité de s'échapper à l'improviste diminuait immensément.

Ses ravisseurs lui apportaient généralement à manger dans la matinée. C'était un bout de pain rassis ou un ragoût d'une viande inconnue, et même si elle aurait voulu refuser, elle savait qu'elle ne pouvait pas. L'eau était dégoûtante, mais une fois encore, elle avait besoin du liquide. Elle frôlait déjà la déshydratation, et refuser de boire ce qu'ils lui apportaient aurait équivalu à un suicide.

Ses ravisseurs se préparaient à quelque chose, mais Pénélope ne savait pas à quoi. Elle ignorait complètement si quelqu'un la recherchait ou pas, mais connaissant son frère, elle espérait que ce soit le cas. Tout comme elle l'aurait fait pour lui, Cade se battrait jusqu'à ce qu'on la retrouve, morte ou vivante.

Ils étaient extrêmement proches. N'ayant pas un grand écart d'âge, Pénélope se rappelait avoir suivi Cade comme son ombre quand ils étaient enfants... et il l'avait laissée faire. Ils jouaient même ensemble lorsqu'ils étaient petits, juste tous les deux. Un des jeux dont elle gardait le plus de souvenirs était un jeu qu'ils avaient appelé « Guerre ». Il y avait un champ près de leur maison et ils allaient se cacher dans les buissons, allongés sur le ventre, se racontant qu'il y avait des méchants dans le champ et qu'ils étaient à leurs trousses. Cela ne faisait rien à Cade qu'elle soit une fille, ou bien sa sœur cadette.

En grandissant, les jeux s'étaient arrêtés, mais le soutien et l'amour que Cade lui portait n'avaient jamais disparu. C'était grâce à lui qu'elle était montée en grade dans les brigades du feu. C'était grâce à lui que ses camarades pompiers la soutenaient et comptaient sur elle pour les protéger. C'étaient les encouragements constants et infatigables de Cade qu'elle avait reçus dans le passé qui l'aidaient à survivre à la situation infernale dans laquelle elle se trouvait, et la raison pour laquelle elle savait qu'il faisait son possible pour la retrouver.

Alors elle avait commencé à essayer de laisser derrière elle des parties d'elle-même à la moindre occasion. Elle avait retiré sa culotte, qui était devenue de toute façon absolument dégoûtante, et avait défait les coutures. Autrefois, c'était sa préférée. C'était vraiment stupide d'emporter un sous-vêtement aussi féminin en mission militaire, mais elle essayait toujours de conserver son côté féminin, même si c'était sous son uniforme. Certes, elle travaillait dans un secteur dominé par les hommes – enfin, dans deux secteurs –, mais elle refusait absolument de perdre sa féminité. Elle avait dissimulé le bout de tissu sous les abayas que ses ravisseurs lui faisaient constamment porter, et puisque jusque-là, ils n'avaient pas tenté de la violer, il était passé inaperçu.

Pénélope en avait laissé des petits bouts sur son passage, comme des morceaux de pain. Étant petite, elle avait toujours aimé le conte de fées appelé *Hansel et Gretel*. Elle espérait simplement que personne ne les retire, comme cela s'était passé dans l'histoire.

Elle ne savait pas qui était à sa recherche ou même *si* on la recherchait, mais elle espérait de tout son cœur que cette personne soit intelligente et observatrice. Tous les endroits où on l'avait emmenée se ressemblaient, mais c'est après avoir abandonné des bouts de tissu plusieurs fois qu'elle avait remarqué au déplacement suivant un de ceux qu'elle avait laissés tomber dans le passé.

Ces bâtards se servaient des mêmes tentes pour la détenir ! Ils la déplaçaient tout le temps, certes, mais c'était constamment dans les mêmes tentes. Cela lui donnait l'espoir que quelqu'un s'en rende compte et la retrouve. Elle n'avait qu'à attendre. Mais Pénélope ne savait pas combien de temps elle avait et elle espérait ne pas se retrouver à court avant que quelqu'un ne repère la piste qu'elle laissait.

— Debout. Viens.

Les mots étaient sonores et prononcés avec un fort accent. Pénélope sursauta violemment. Bon sang, elle avait été tellement perdue dans ses pensées qu'elle n'avait pas entendu l'homme entrer dans la tente. Ce genre de conneries signeraient sa perte. Elle se redressa et prit la robe que lui tendait l'homme. Elle l'enfila rapidement puis grimaça lorsqu'il la saisit par le bras et l'entraîna dehors.

Il la força à marcher vers un groupe d'hommes qui avaient une discussion animée et semblaient presque ivres d'anticipation. Oh, merde ! C'était fini ? Son heure était-elle arrivée ? Parlaient-ils de lui couper la tête ? La mort ne lui faisait pas peur, mais savoir qu'ils allaient la filmer et la diffuser au monde entier – et à son frère – la terrifiait. Elle ne voulait pas que la dernière image que Cade ait d'elle soit sa tête tranchée roulant à terre.

Ils l'entourèrent sans piper mot et le groupe tout entier serpenta à travers le camp de réfugiés. Pénélope essaya de repérer où ils étaient et où ils se rendaient, mais c'était impossible. Le groupe s'arrêta enfin devant un grand fourgon et Pénélope se retrouva propulsée à l'intérieur tandis que tous les hommes grimpaient à sa suite.

Le fourgon était immense... Il semblait avoir dix-huit roues et l'arrière était dans le style pick-up. Il était couvert d'une immense toile, un peu comme celle des tentes, et il y avait deux bancs. On aurait dit un véhicule militaire qui avait été modifié pour contenir un grand nombre de personnes. Des hommes étaient assis sur les bancs, et un homme qui portait un foulard sur les yeux et une sorte d'uniforme, les bras ligotés dans le dos, était agenouillé au fond du véhicule, contre la cabine.

Il y avait déjà six hommes dans le camion quand leur petit groupe monta à bord, tous armés de fusils d'assaut AK-47. Personne ne lui parlait, mais ils discutaient entre eux. Elle ne savait pas ce qu'ils se disaient, mais elle avait un mauvais pressentiment quant à la suite.

Elle regarda l'homme aux yeux bandés et croisa les doigts pour qu'ils s'en sortent vivants tous les deux.

7

____

Une autre vidéo de l'Américaine kidnappée, Pénélope Turner, a été portée à notre connaissance. L'État islamique l'a diffusée hier soir sur leur page web. Dans la vidéo, un soldat australien est montré en train d'être déplacé vers un endroit inconnu et forcé à s'allonger sur un grand rocher. Il avait les yeux bandés et les bras attachés derrière le dos.

Le gouvernement australien a révélé que l'homme s'appelle Thomas Bauer et est un lieutenant de l'armée australienne. Il a apparemment été kidnappé voilà deux jours dans le même camp de réfugiés où travaillaient Turner et les autres Américains tués. À la suite des multiples enlèvements et meurtres, la plupart des pays ont cessé leurs efforts humanitaires dans la région et retirent discrètement leurs troupes.

Dans la vidéo, Bauer n'a pas l'occasion de dire quoi que ce soit, mais est décapité à la suite de la lecture par un homme masqué d'une sorte de manifeste en langue arabe. Immédiatement après le meurtre, une femme – que l'on soupçonne d'être Pénélope Turner – lit une longue lettre, vraisemblablement rédigée par les terroristes, dénonçant le partenariat de l'Aus-

tralie avec l'Occident et particulièrement les États-Unis, et promettant d'autres enlèvements et décapitations à l'avenir, tout ceci au nom d'Allah.

Plusieurs groupes religieux musulmans de la région de Washington se sont rassemblés lors d'une marche pacifique pour montrer au monde et aux États-Unis que leur religion ne prône pas la haine, et qu'ils ne soutiennent pas les actes que commet le Daesh au nom de leur Dieu.

Ce soir, Cade Turner, le frère du sergent Turner, participera à un programme spécial d'une heure afin de discuter des récents développements et de ce que cela signifie pour sa sœur.

* * *

Caroline était assise devant son écran de télévision, subjuguée. Elle avait essayé de suivre les nouvelles concernant la soldate américaine disparue, mais chaque fois qu'elle voyait ou entendait quelque chose, cela lui nouait le ventre. Elle savait au fond d'elle que les garçons étaient là-bas et qu'ils tentaient de la retrouver. Elle avait terriblement mal pour le frère de cette femme. On le voyait dans tous les programmes de débat et d'informations. Elle espérait vraiment que Matthew et l'équipe la ramènent à la maison, mais elle était égoïste. Elle voulait que son homme revienne là où il était en sécurité.

Pour ne pas les inquiéter, elle ne pouvait pas communiquer aux autres femmes ses doutes sur leur situation et leur destination, et cela la rongeait.

Le téléphone sonna, lui faisant une peur bleue. Elle rit légèrement, coupa le son de la télévision et répondit :

— Allô ?

— Salut, Caroline. C'est Melody. Comment tu vas ?

— Melody ! C'est super de t'entendre ! Je vais bien. Comment ça va ? Et avec Tex et Akilah ?

— Ça va bien. Tex a trouvé un thérapeute qui parle arabe. Je suis convaincue que ça l'a aidée.

— C'est génial. Il faut vraiment que je fasse le voyage pour aller tous vous voir. Et puisqu'on n'a pas eu de drame depuis deux ans, ça m'a manqué de parler à Tex.

— Je lui dirai de vous appeler plus souvent. Comment tenez-vous toutes le coup ? demanda Melody après un temps d'arrêt. Comment tiens-*tu* le coup ?

— C'est difficile. Matthew me manque plus que jamais, et puisque Cheyenne va accoucher d'un jour à l'autre, je sais qu'elle n'a jamais été aussi stressée. Bien entendu, tout le monde essaye de le cacher, sans vraiment y parvenir.

Melody rit légèrement.

— Si ça peut te rassurer, Tex est resté calfeutré au sous-sol avec ses ordinateurs depuis qu'ils sont partis il y a deux semaines.

Caroline soupira.

— Pour être honnête, oui, ça me rassure. Je sais que Tex est ici et qu'ils sont... où qu'ils puissent bien être... mais savoir qu'il veille sur les garçons me soulage.

— Et sur toi.

— Quoi ?

— Il veille aussi sur toi et sur les autres.

— Et j'apprécie. Après tout ce qui nous est arrivé par le passé, c'est bien.

— Ce que je veux dire, c'est que Tex saura quand Cheyenne entrera à l'hôpital, alors il pourra le dire aux garçons. Quand ce bébé arrivera, ne te tracasse pas à perdre du temps à contacter le commandant Hurt. Tex s'en occupera.

— Merci. Tu le remercieras aussi ?

— Tu sais bien que oui.

— Melody, tu as regardé les infos ?

Caroline avait conscience de s'aventurer en terrain délicat, mais puisque Melody était techniquement mariée à un soldat d'élite – Tex était retraité, après tout –, elle n'avait pas autant l'impression de contrevenir à des règles tacites que si elle avait mentionné ses craintes à ses amies, là, en Californie. Caroline n'était pas membre des forces spéciales, alors elle n'avait aucune obligation de garder pour elle ses soupçons concernant l'endroit où les hommes se trouvaient ou sur ce qu'ils faisaient. Mais afin d'épargner ses amies qui avaient déjà suffisamment de soucis, elle décida d'en parler à Melody.

— Oui. Tu penses à quelque chose en particulier ?

— Pénélope Turner.

— Ah.

Caroline attendit que Melody poursuive.

— C'est une situation qui craint.

— Tu crois qu'ils vont la retrouver ?

— Oui. Si quelqu'un en est capable, c'est bien eux.

Voilà, c'était dit ! Une autre confirmation que Caroline avait vu juste. Elle savait que Tex ne partageait probablement aucun détail avec Melody et qu'il restait aussi discret que possible, mais Melody était futée. Elle savait lire entre les lignes tout aussi bien que Caroline. Les garçons *étaient* en Turquie. Ils recherchaient effectivement la soldate disparue. Et ils couraient probablement de graves dangers. La simple perspective que l'État islamique puisse capturer un membre des forces spéciales remplissait Caroline d'horreur.

— J'ai peur, Melody, murmura-t-elle, comme si le fait de prononcer ces paroles risquait de provoquer quelque chose d'horrible.

— Moi aussi. Mais tu le dissimules bien. Tu es l'élément de cohésion entre les filles. Elles comptent toutes sur toi, Caroline. Tu es leur rocher.

— Je sais, murmura Caroline. Mais je ne sais pas si j'en suis digne.

— Tu l'es. Tu sais comment je le sais ?

— Comment ?

— Parce que tu es terrifiée, mais tu n'en montres rien. Tu vas au boulot, tu fais du baby-sitting, tu sors avec elles pour les empêcher de penser à leurs hommes. Tu fais probablement des exercices de respiration avec Cheyenne en l'absence de Dude, non ?

Melody n'attendit pas sa réponse.

— C'est *ton* groupe, et rien ne pourra les toucher tant que tu seras là.

Ce n'était pas une question.

— Mais j'ai peur.

— Je n'en doute pas. Je m'inquiéterais pour toi si tu me disais le contraire.

— Matthew est *mon* rocher. Je dépends de lui. Je me repose sur lui. Ça va quand il n'est pas là parce que je sais que lorsqu'il rentrera, je pourrai lui laisser certaines de mes inquiétudes et de mes responsabilités. Il s'en chargera. Mais cette fois...

— Non, ne le dis pas.

— Mais...

— Non, je suis sérieuse, Caroline. On ne peut pas penser comme ça. Jamais. Mais voilà ce que je sais : c'est *toi* qui es son rocher. Tu penses simplement que puisqu'il te correspond, tu te raccroches à Matthew, mais en réalité, c'est toi qui es *son* rocher. Rappelle-toi, quand tu as été enlevée. Seigneur, Caroline ! Tu as été battue, on t'a tiré dessus et on t'a laissée mourir dans l'océan. Mais tu as survécu. Tu t'es accrochée. Pour Matthew. Ne penses-tu pas qu'il remuerait ciel et terre pour venir te retrouver ?

Caroline eut un sanglot qu'elle ravala bien vite. Melody disait vrai.

— Tu as raison.

— Bien entendu.

Caroline ne put retenir un petit rire.

— Quand reviens-tu nous voir ?

— Alors, c'est la raison de mon appel. Tex m'a quasiment ordonné de quitter la maison. J'aimerais venir vous rendre visite et prendre Akilah avec moi, si c'est possible.

— Super ! J'adorerais vous voir. L'appartement au sous-sol vous est toujours ouvert.

— Merci. Je pensais que tu ne pourrais pas refuser. Tex nous a déjà acheté les billets.

Elles rirent toutes les deux.

— J'ai hâte de te voir, Mel, dit honnêtement Caroline. J'aurais bien besoin d'une distraction.

— C'est moi... tu as commandé une distraction ? La voilà.

— Merci. Fais-moi parvenir tous les détails et je m'as-surerai de vous attendre à l'aéroport. Je le dirai aussi aux filles. Ça poussera peut-être Cheyenne à garder ce bébé en elle pendant un peu plus longtemps, même si je ne suis pas certaine que Faulkner rentre à temps à la maison.

— Je ne sais pas non plus, mais on ne sait jamais. Ils auront peut-être de la chance.

8

———————

On aura peut-être de la chance ! se dit Wolf alors que Dude et lui parcouraient la zone où Pénélope avait le plus de chances d'être détenue. Après l'assassinat du soldat australien, les équipes des forces spéciales avaient redoublé d'efforts pour trouver le moindre indice laissé par la sergente. Les forces internationales présentes au camp se retiraient lentement, parce que le danger avait fini par dépasser les bénéfices que représentait leur présence. Leur départ rendait précaire l'existence des soldats dans ce camp. Être les seuls militaires occidentaux dans les parages n'était pas une bonne chose et attirait douloureusement l'attention.

L'État islamique utilisait encore Pénélope en tant que porte-parole, et c'était terriblement efficace. Wolf savait que les chaînes d'informations partout dans le monde n'auraient aucun problème à diffuser les images de cette femme délicate et fragile en train de lire les manifestes que les terroristes avaient rédigés. C'était une bonne façon de faire connaître leurs idées au monde entier et de propager leur haine.

Les soldats d'élite étaient vraiment contrariés qu'elle ait été présente lors de la dernière décapitation, et ils détestaient les tremblements qu'ils avaient entendus dans sa voix quand elle avait lu les paroles haineuses du Daesh après que le soldat australien eut été assassiné. Elle était certes une soldate entraînée au combat, mais elle était également une femme, et tous les hommes de l'équipe voulaient la protéger de ce qu'elle était manifestement en train de voir et de subir.

Mais même si elle était certainement absolument terrifiée, elle tenait également le coup. Elle était intelligente. Bubba – un autre membre de l'unité de Virginie – et Mozart avaient mis deux jours à retrouver tous ses indices subtils. Elle fixait un bout de tissu rose au bas du coin extérieur de la tente dans laquelle elle était retenue. Elle avait probablement passé la main sous la toile de l'intérieur et l'avait accroché afin qu'il puisse être vu du dehors. Ce n'était pas évident. Bubba avait été le premier à trouver le petit indice, et Mozart n'avait d'abord pas été certain que ça en soit un.

Mais quand Mozart en avait trouvé un autre attaché à l'arrière d'une tente pas très loin de la première, c'était devenu aussi évident que si elle s'était redressée en criant : « Je suis là ! »

Cela leur avait pris une semaine pour déterminer un tracé et dénicher le plus d'indices possible, mais une fois que toutes ses marques roses avaient été reportées sur la carte, le tracé était devenu clair. Le nombre de nuits qu'elle avait passées dans chaque tente restait un mystère et fluctuait probablement, mais, de toute évidence, ils la faisaient simplement alterner entre plusieurs tentes.

Cette nuit-là, les deux équipes étaient en reconnaissance. Ils devaient découvrir dans quelle tente la sergente Turner était retenue et convenir du meilleur plan pour l'en tirer. Ils la trouveraient ce soir-là, et le lendemain, ils mettraient les voiles.

Il y avait cinq binômes qui fouillaient le camp, et deux hommes au centre de commande qui attendaient des informations. Wolf et Dude se dirigeraient lentement vers leur objectif. Wolf se disait qu'il avait de fortes chances pour que Pénélope y soit parce qu'ils avaient analysé les probabilités. Ils savaient à peu près où elle s'était trouvée, et quand, et cette tente n'avait pas été utilisée depuis plusieurs jours. Le temps était venu.

Trébuchant occasionnellement sur des objets abandonnés sur leur route, les hommes entendaient des ronflements, des grognements, des gémissements et le son immanquable d'accouplements alors qu'ils traversaient les allées sombres du camp. Puis ils atteignirent la fin de la rangée de tentes qu'ils étaient en train de parcourir du regard et les premiers rayons de l'aube pointeraient bientôt à l'horizon.

Les hommes pilèrent net en entendant quelqu'un parler anglais pas très loin de là. Depuis leur arrivée au camp, ils n'avaient entendu personne parler cette langue hormis leur équipe. Ils s'arrêtèrent pour écouter. La voix était ténue et irritée, et ils ne déchiffraient qu'une partie de ce qui était dit.

« Bâtards. Qu'est-ce... autant de temps ? J'ai laissé... des

indices qu'un enfant serait capable de retrouver... Ils sont incompétents ou quoi ? »

Les marmonnements continuèrent, et Wolf et Dude se sourirent. Ils étaient reconnaissants d'entendre ce qui ne pouvait être que la voix irritée de la sergente Pénélope Turner, même si elle les dénigrait. D'ailleurs, son attitude remontée était une bonne nouvelle. Ce serait probablement plus facile de la secourir que si elle était affaiblie et terrifiée. Ils préféraient largement une soldate en rogne et prête à en découdre à une femme éplorée.

— Équipe 5 à TC.

Wolf parlait dans sa radio d'une voix basse et à peine audible.

— Oui, c'est la tente de commandement.

— Nous avons repéré la cible.

— Répétez.

— Cible repérée, articula à nouveau Wolf dans la radio, incapable cette fois de contenir son emballement.

— Vous pouvez couper, mais est-ce que j'ai bien compris *cible repérée* ? Confirmez.

La voix de Cookie était également étouffée, mais cela n'empêchait pas Wolf de discerner l'enthousiasme sous ses paroles sérieuses.

— Affirmatif.

— Bien compris. Cible repérée et emplacement enregistré. Je vais prévenir les autres équipes de reconnaissance. Terminé.

Wolf clipsa la radio à sa ceinture et adressa un geste à Dude. Ils se retirèrent dans l'obscurité dont ils étaient sortis. Ils laissèrent Pénélope à contrecœur, mais ils devaient planifier ce sauvetage. Cette fois, ils ne pourraient pas improviser. Ils refusaient de la perdre aussi bêtement.

Dans vingt-quatre heures, ils seraient tous en route pour la base des forces spéciales à Yüksekova, à peu près à 250 kilomètres vers l'est, puis ils rentreraient chez eux. Enfin !

* * *

Pénélope était assise par terre dans la tente dans laquelle on venait de la déplacer. Elle replia les genoux contre sa poitrine et les entoura de ses bras. Pour ce qu'il lui paraissait être la millionième fois, elle écarta les cheveux de son visage. Elle aurait littéralement pu bousiller quelqu'un pour une douche. Si quelqu'un s'était tenu entre elle et de l'eau fraîche et propre – même si elle était froide, peu lui importait –, elle aurait tué à mains nues pour y accéder. Mais une douche était tellement hors de sa portée que cela la désespérait.

Ses cheveux étaient gras et collants, et elle avait plusieurs nœuds que seul un miracle parviendrait à démêler sans qu'elle soit obligée de les couper. Ses mains étaient grises de poussière et ses ongles étaient abîmés, cassés et pleins de crasse. Elle avait envie de se gratter et se disait qu'elle avait probablement des poux ou d'autres bestioles dégueulasses. Les poils de ses jambes et sous ses bras étaient longs et elle avait l'impression d'être un animal à fourrure. Mais elle était vivante. Et elle le resterait tant qu'elle le pourrait, tolérant les parasites, la saleté et une pilosité bien trop importante à son goût jusqu'à ce qu'elle soit secourue.

Mais c'était la soif qui était le plus difficile à supporter. La chaleur du désert ainsi que les tentes surchauffées dans lesquelles elle avait été terrée avaient fini par fatiguer son corps. Elle ne suait même plus et les rares fois où elle avait craqué, son corps avait été trop déshydraté pour lui permettre de verser des larmes. Elle avait régulièrement des crampes à cause de la déshydratation. Elle savait que son corps continuerait à s'arrêter lentement de fonctionner si on ne lui donnait pas plus d'eau. Cela faisait des semaines qu'elle buvait de l'eau chaude pas vraiment propre. Elle avait été vraiment malade au cours des premières semaines, mais elle s'était dit que son corps s'était acclimaté aux organismes qui nageaient dans le peu d'eau qu'on lui donnait. Mais ce n'était pas suffisant. Ce n'était *jamais* suffisant.

La nuit précédente, quand on l'avait déplacée, cela avait été différent. Elle n'avait pas vu les hommes qui s'étaient occupés d'elle auparavant, et ceux qui l'avaient transbahutée avaient eu la main largement plus baladeuse que les autres. Pénélope savait que cela ne présageait rien de bon pour le futur.

Elle repensa à son frère. Cade ne laisserait pas le gouvernement l'oublier ou baisser les bras. Elle en était certaine. Même si elle était tuée ici dans le désert, il s'assurerait qu'on ne l'oublie pas. Il allait probablement faire pression pour que son nom soit inclus dans des livres d'histoire ou quelque chose de ce genre. Pénélope comprit qu'elle était fatiguée quand cette pensée ne lui tira même pas un sourire. Quand Cade avait décidé de devenir pompier, Pénélope avait décidé qu'elle aussi ! Il n'avait pas ri et n'avait pas essayé de la dissuader ; il l'avait encouragée et tarabustée jusqu'à ce qu'elle y parvienne. Quand elle avait songé à rejoindre l'armée de réserve, une fois encore, il l'avait soutenue et lui avait dit qu'elle serait géniale dans tout ce qu'elle déciderait de faire dans sa vie. Cade avait fait d'elle un meilleur être humain et il était la personne qu'elle avait le plus envie de revoir. Il était un de ses meilleurs amis et c'était lui qui lui manquait le plus.

Pénélope savait qu'elle n'était pas la femme la plus grande du monde, et que la plupart des gens la sous-estimaient. Elle était forte. Enfin, autrefois, elle était forte, avant d'avoir été affamée, confinée et incapable de faire autre chose que des abdos et des pompes. Elle n'était pas au top de sa beauté. Il fallait s'y attendre, après plusieurs mois passés sans prendre une douche. Mais elle n'allait pas abandonner. Pas avant qu'une balle ne lui traverse le cerveau ou qu'une grosse machette ne sépare sa tête de ses épaules.

Elle se souvenait que le soldat australien ne s'était pas débattu et n'avait pas crié. Il était resté stoïque, quasiment résigné à sa mort prochaine. Pénélope ne savait pas si elle serait capable de rester aussi calme que lui quand ce serait à son tour d'affronter la mort. Elle lutterait probablement de toutes ses forces avant que ses ravisseurs ne parviennent à la tuer.

Elle avait pris l'habitude de parler toute seule, ne serait-ce que pour entendre l'anglais.

— Je ne me plaindrai plus jamais que quelqu'un parle trop. Je donnerais n'importe quoi pour avoir une vraie conversation avec quelqu'un. Et oublier ce mauvais anglais.

Pénélope posa la tête sur ses genoux et essaya d'ignorer la chaleur de la tente dans laquelle elle se trouvait. Alors que le soleil montait haut dans le ciel, la température aussi. Parce qu'elle ne pouvait pas transpirer, elle rêvait des jours où elle avait fini sa formation ou terminé un entraînement, couverte de sueur, et qu'elle levait sa bouteille d'eau pour étancher sa soif.

Un jour à la fois. Elle devait s'en sortir un jour à la fois. Quelqu'un finirait bien par la trouver. C'était forcé. Elle perdait lentement les pédales.

9

Wolf, Abe, Cookie, Mozart, Dude, Benny et les six membres de l'autre équipe des forces spéciales, Rocco, Gumby, Ace, Ho Chi Mien, Bubba et Rex, étaient regroupés autour de la carte. Wolf expliqua le sauvetage pour la troisième fois, s'assurant que tout le monde sache exactement où ils étaient censés être et quand.

Le plan était que Rex et son unité causent une distraction près de la zone où Pénélope était détenue, mais pas assez près pour faire naître les soupçons. L'équipe de Wolf passerait à l'action, sous couvert de l'obscurité et du chaos qui s'ensuivrait. Dude et Cookie pénétreraient par l'arrière de la tente afin d'extraire la sergente. Après quoi Wolf et Benny ouvriraient la voie, tandis qu'Abe et Mozart couvriraient leurs arrières.

Ils avaient contacté le groupe opérationnel interarmées et le plan était que les Night Stalkers – des pilotes d'hélicoptère d'élite – atterrissent à l'autre bout du camp pour les récupérer. Ils parcourraient alors les 250 kilomètres vers l'est qui les séparaient de la base des forces spéciales à Yüksekova, et Pénépole serait alors vue par un médecin. Ils seraient tous transférés en avion vers la base aérienne de Ramstein, en Allemagne, où elle serait examinée plus en détail par l'équipe médicale de la base, puis ils rentreraient tous chez eux.

Une fois que le groupe de Wolf serait parti avec Pénélope, l'équipe de Virginie regagnerait leur tente de commande, puis traverserait le camp jusqu'au point nord, où ils seraient récupérés par une autre unité de Night Stalkers.

L'extraction de Pénélope n'aurait pas dû prendre plus de trente minutes, puis on aurait compté deux heures afin de rallier en avion la base des forces spéciales. Encore trente-six heures, et ils seraient chez eux. Bien sûr, ils avaient appris que la seule chose sûre dans une mission était que quelque chose allait mal tourner, et le seul jour facile était hier, alors ils avaient un plan B et un plan C.

Manifestement, le premier hic avant même d'avoir amorcé le sauvetage de la sergente Turner était que les piles de leurs radios étaient presque vides. Et le pire était qu'ils ne pouvaient rien y faire. Les piles se vidaient. Voilà tout. Il n'était pas faisable de se balader en mission avec des poches pleines de piles de rechange, et de toute façon, celles de leurs radios étaient rechargeables. Ils avaient chacun apporté un paquet supplémentaire, mais puisqu'ils utilisaient plus longtemps leurs équipements électroniques durant leurs patrouilles et leurs recherches au sein du camp, elles aussi étaient kaput.

Sans la moindre électricité, ils n'avaient pas été capables de les recharger, et même s'ils avaient su qu'ils arriveraient très vite à court, ils n'auraient rien pu y faire. Rex avait donné à Dude une de leurs radios, puisque les piles avaient une semaine de moins que celles de Wolf, mais s'il se passait quelque chose de grave, ils l'auraient sérieusement dans l'os. Ils ne pourraient plus communiquer, ni entre eux ni avec le groupe opérationnel interarmées.

Après le débriefing, Wolf et le reste de l'équipe tuèrent le temps comme ils le pouvaient, attendant que la nuit tombe et que le camp devienne silencieux. C'est là que Benny aborda la question de leurs puces électroniques :

— J'ai appris cette leçon à mes dépens et je voulais juste voir avec vous avant qu'on passe à l'action, ce soir. J'espère que ces connards du Daesh ne captureront aucun de nous. Tout le monde a sa puce ?

Ils hochèrent tous la tête, mais Mozart prit soudain un air coupable.

— Putain, non ?! demanda Wolf d'une voix étouffée et rude. Je croyais qu'on était d'accord.

— Oui, sincèrement. Mais ce matin-là, après avoir dit au revoir à April et Summer, j'ai tout simplement oublié de prendre mon traqueur en partant, se défendit Mozart. Il est généralement dans mon équipement tactique, mais je l'ai enlevé quand on était partis effectuer cet entraînement. C'était stupide, je sais.

Abe soupira.

— Bon, ce n'est pas la fin du monde. Je lui collerai aux basques. Tex aura compris dès notre départ qu'on n'avait que cinq traqueurs pour six personnes. On va s'en sortir.

Les garçons avaient cédé à contrecœur à la requête de

leurs femmes de porter des puces lors de leurs missions. Après l'enlèvement de Benny et le fait que l'incapacité de Tex à retrouver sa trace ait forcé Jess à se sacrifier et à se laisser enlever aussi parce qu'elle savait que la puce qu'*elle* portait aurait mené Tex directement à Benny, ils avaient accepté de porter des traqueurs GPS. Au début, ils avaient protesté, soutenant que leurs missions étaient top-secrètes, mais Caroline avait démonté le moindre de leurs arguments en disant – à raison – que Tex possédait la même habilitation de sécurité que le reste de l'équipe et qu'il serait le seul à voir où ils se trouvaient. Elle avait raison, et les garçons avaient fini par accepter que le surcroît de sécurité et la tranquillité d'esprit que leur offriraient les puces – ainsi qu'à leurs femmes – en valaient la peine.

Ce n'était pas la première fois qu'un des garçons avait oublié de prendre la petite puce, mais c'était la première fois qu'ils pensaient que c'était une nécessité.

L'État islamique ne suivait aucune des règles d'engagement. C'était un groupe de voyous impitoyables qui se servaient de leur religion comme excuse pour torturer et tuer n'importe quelle personne qui, selon eux, risquait d'entraver leur cause. L'équipe n'allait pas seulement devoir affronter un groupe d'hommes dangereux, mais ils allaient essayer de leur enlever un atout important pile sous leur nez. Ils courraient réellement le risque de se retrouver séparés dans le chaos du sauvetage, et les traceurs auraient permis à tout le monde d'envisager cette possibilité avec plus de confiance.

Souhaitant détendre l'atmosphère et ne plus parler de son faux pas, Mozart demanda :

— Dude, à quels noms pensez-vous pour votre petite fille ?

— Honnêtement ? Peu m'importe. Tant qu'elle est vivante et en bonne santé, je m'en fiche.

— Vraiment ? Alors si Cheyenne l'appelle Bertha, ça te convient ?

— Oui. Elle sera mon petit ange quel que soit le nom que Cheyenne lui donnera.

Quelques années plus tôt, tous les hommes se seraient éternellement moqués de lui pour ses propos, mais à présent qu'ils avaient leurs propres familles, ils comprenaient. Alors Dude poursuivit :

— Cela dit, j'aime bien la taquiner. Je l'ai tellement fait tourner en bourrique qu'elle ne sait même plus ce qu'elle veut.

— Honnêtement, je ne suis pas certain que ça soit cool, dit Benny. Les noms comptent pour quelque chose, et si tu as déstabilisé Cheyenne entre le prénom que tu veux et le prénom qu'elle veut, ça peut s'avérer être vraiment stressant. Je le sais. Jess et moi avions discuté et on avait finalement décidé de donner à nos enfants des noms aussi normaux que possible. John et Sara sont des prénoms corrects qui n'attireront pas les moqueries.

— C'est ce qui t'est arrivé ? demanda Wolf.

— Oui. Il n'y avait pas beaucoup de Kason quand j'étais petit – et même maintenant – et ça m'a pourri l'existence.

— Shy sait que je la taquine, Benny, dit Dude avec sérieux. Je ne ferais rien qui puisse causer à Cheyenne plus de stress qu'elle n'en subit déjà. On en rit ensemble. On voit qui pourra trouver le nom le plus ridicule. Mais on a aussi eu des conversations sérieuses. C'est Shy qui se stresse toute seule avec ces histoires de noms. Croyez-moi, je l'ai menacée de lui coller la fessée si elle n'arrêtait pas de tergiverser, mais elle jure qu'elle veut *voir* notre fille avant de choisir un prénom. Elle veut s'assurer que le nom auquel elle pense corresponde à ce qu'elle verra quand elle regardera son visage pour la première fois.

Les hommes restèrent silencieux. Ils connaissaient tous Dude et savaient qu'il aimait le contrôle, et ils savaient que toute fessée qu'il aurait donnée à son épouse aurait fini par leur donner du plaisir à tous les deux. Ils comprenaient qu'il n'aurait jamais cherché à faire du mal à Cheyenne exprès, comme aucun d'entre eux ne ferait du mal à leurs femmes non plus.

— Désolé, mec, je sais que tu ne lui ferais pas de mal. C'est simplement que...

Dude interrompit Benny :

— C'est bon. Je comprends. J'espère vraiment qu'on pourra vite effectuer la mission pour que je puisse être avec elle quand le moment sera venu.

Les hommes hochèrent la tête. Ils l'espéraient tous aussi, même si avant cette nuit, ils ne s'étaient pas attendus à ce que cela se produise.

— En parlant de noms, dit Cookie avec un sourire narquois, tu as fini par raconter à ta femme comment tu as reçu ton surnom, Benny ?

— Certainement pas, répondit immédiatement l'intéressé. Et d'un, Jess se pisserait probablement dessus de rire et me le rappellerait constamment ; et de deux, je ne veux absolument pas qu'elle sache que je le tiens d'une prostituée au fin fond de l'Afrique.

Les gars s'esclaffèrent discrètement.

— L'histoire semble intéressante, dit Rex quand l'hilarité fut retombée.

Abe ne donna pas à Benny l'opportunité d'éluder la question sous-entendue :

— On se détendait dans un bar après une mission en Afrique. Une prostituée est venue à notre table pour essayer de se dégoter un client pour la nuit. Elle lui a demandé s'il voulait passer un bon moment. Benny, qui voulait faire de l'esprit, a répondu : « J'suis pas un benêt, j'ai déjà donné ». Il y avait beaucoup de bruit dans le bar et la prostituée ne comprenait pas très bien l'anglais et elle a cru qu'il lui disait son nom. Alors elle lui a lancé : « Ça fera dix dollars pour toi, Benny Déjadonne ». Ça lui est resté.

Ce fut au tour de l'équipe de Virginie de s'esclaffer.

— Elle est super bonne, dit Rex en hochant la tête d'un air d'approbation.

— Salauds, se défendit Benny en mettant les mains derrière sa tête et essayant de se détendre sur sa couche. Si Jess l'apprend, je vous en tiens tous pour responsables. J'aime trop la façon dont elle essaye de me convaincre de lui cracher le morceau.

Ses coéquipiers éclatèrent tous de rire, mais Benny savait que s'ils n'avaient rien révélé en deux ans, il pouvait leur faire confiance. Certes, ils le taquinaient, mais Benny savait qu'ils avaient bon fond. Peu lui importait que Jess apprenne comment il avait eu son surnom. Bien sûr, elle et les autres femmes savaient que les prostituées existaient, mais plus les filles le demandaient, plus les garçons s'en amusaient. Ils savaient que cela rendait leurs femmes folles de ne pas connaître l'origine du surnom de Benny, mais cela ne rendait leurs tentatives de dissimulation que plus drôles.

La tente redevint silencieuse, à part pour les bruits réguliers du camp qui s'installait pour la nuit autour d'eux. L'équipe de Rex avait discuté à voix basse pendant un moment, mais à présent, les hommes entraient lentement en mode « combat ». L'heure était presque venue.

Pénélope était assise contre le côté de la tente, réfléchissant à ce qu'elle voudrait manger en premier, après avoir bu un grand verre d'eau, quand elle arriverait aux États-Unis. Un double hamburger de chez Whataburger. Non, ce dessert fondant de chez Chili's. Mais non, peu lui importait ! Tant que c'était grand et qu'elle pourrait manger jusqu'à ce qu'elle se sente au bord de l'implosion, c'était tout ce qui comptait.

Elle était en train de rêver de nourriture quand elle entendit quelque chose. Un coup de feu résonna à l'est de sa tente. Il n'était pas terriblement sonore, mais c'était suffisant pour retenir son attention.

Elle entendit les deux hommes à l'extérieur de sa tente parler frénétiquement en arabe, mais personne n'entra. Et au bout de quelques instants, Pénélope perçut un bruit dont elle avait rêvé, mais qu'elle commençait à penser qu'elle n'entendrait jamais.

Le son de l'épaisse toile qui constituait les parois de sa tente qui se déchirait. Cela aurait pu être un terroriste ou un autre malfrat qui venait la chercher, mais elle ne le pensait pas. Ils seraient simplement entrés en trombe par le rabat à l'avant, et n'auraient pas essayé de se faire discrets en passant par-derrière. Non, ce devrait être la cavalerie. Pénélope se tourna vers le bruit et vit une forme noire pénétrer dans la tente par une grande coupure réalisée à l'arrière.

— Il était vraiment temps, dit-elle lentement et avec une émotion extrême, se relevant et se tournant vers la silhouette.

Elle restait tout de même prudente, parce qu'il y avait quand même une *possibilité* que ce soit un résident du camp qui souhaite causer des problèmes.

Dude se redressa à l'intérieur de la tente et observa la sergente Pénélope Turner. Elle était exactement telle que leurs services de renseignement le leur avaient dit, quoique mal en point. Ses cheveux blonds tombaient mollement sur ses épaules et on aurait dit qu'elle avait perdu au moins dix kilos, alors qu'elle ne pouvait pas se le permettre. Elle n'était pas très grande. La description faisant référence à un mètre cinquante était probablement exacte.

Elle se tenait devant lui, attendant qu'il dise quelque chose, sans savoir comment lui dire à quel point elle était reconnaissante qu'il soit là.

— Forces spéciales américaines, sergente. Nous sommes là pour vous ramener à la maison, dit Dude à voix basse.

— Super ! Vous pouvez bien être le président des États-Unis en personne, tant que vous me tirez de ce merdier !

Dude se retint de sourire. L'équipe avait longuement discuté de la condition dans laquelle ils risquaient de trouver cette femme quand ils entreraient dans la tente. Ils avaient été prêts à tout, y compris à rencontrer de la résistance, mais il était plus que ravi de voir qu'elle n'était pas brisée. Elle ne semblait même pas affectée.

— Vous n'auriez pas une arme pour moi, par hasard ?

Dude fronça les sourcils.

— Vous serez capable de la porter ?

Voyant son regard noir, il clarifia :

— Je veux dire que vous êtes probablement en déficit calorique. Il nous reste un bout de chemin avant d'arriver au point d'extraction. On n'a vraiment pas envie que vous la laissiez tomber ou n'arriviez pas à la contrôler si on se retrouve en difficulté.

Il l'observa pendant qu'elle réfléchissait à ce qu'il venait de dire et son respect pour elle s'accrut.

— Merde, oui, vous avez probablement raison. J'ai vraiment la tremblote et je ne sais pas quelle distance je parviendrai à parcourir toute seule. Vous avez de l'eau ?

Pénélope était frustrée que le soldat pense qu'elle ne serait pas en mesure de manier un pistolet, mais au fond d'elle, elle savait qu'il faisait certainement bien d'être prudent. Elle n'aurait pas voulu représenter un danger et risquer de porter préjudice à son propre sauvetage.

— On doit sortir de là, mais dès qu'on aura trouvé un endroit sûr et qu'on sera parvenus à bonne distance, je m'assurerai de vous trouver de l'eau.

Pénélope hocha la tête. Elle s'y était attendue et elle préférait largement se casser de là tout de suite plutôt que de boire et de risquer de se faire capturer. Mais elle avait soif et elle n'aurait pas pu se retenir de poser la question. Elle désigna l'ouverture de la tente.

— Vous passez en premier, ou c'est moi ?

Cette fois, Dude se permit de sourire. Bon sang, elle avait de la personnalité. Elle lui rappelait beaucoup sa Shy. Il lui fit signe de passer en premier.

— J'ai un autre homme juste dehors. Ne trébuchez pas dessus.

Le regard qu'elle lui jeta lui disait clairement d'aller se faire voir. Il sourit à nouveau et l'observa écarter la toile avec précaution et faire ses premiers pas vers la liberté.

Le trajet à travers le camp silencieux et sombre fut étonnamment tranquille. Wolf et Benny ouvraient la voie, prenant garde de notifier Cookie et Dude des détours éventuels qu'ils avaient besoin de faire, tandis que Mozart et Abe couvraient leurs arrières, s'assurant qu'ils n'étaient pas suivis ou harcelés alors qu'ils traversaient le camp.

L'équipe de Rex avait bien fait leur travail. Ils n'avaient croisé personne de suspicieux et étaient arrivés au point d'extraction dans les temps.

Pénélope faisait de son mieux pour suivre Dude. Il s'était arrêté dix minutes après avoir quitté la tente pour lui donner une gourde d'eau. Elle aurait voulu la descendre d'un trait et s'en verser une autre sur le crâne, mais elle contrôla ses pulsions et n'en avala que quelques gorgées. La dernière chose qu'elle aurait voulue était de tomber malade en plein milieu de leur sauvetage. Elle la rendit au soldat qui était entré dans la tente et sentit une chaleur naître dans son ventre en voyant la lueur d'approbation dans son regard. Cela faisait tellement longtemps que personne ne l'avait regardée avec autant de respect que c'était vraiment bon. Elle haussa les épaules et fit ce qu'elle faisait d'ordinaire, c'est-à-dire lancer une pique, simplement pour pouvoir tourner la page sur ce moment sans pleurer :

— Si vous avez fini de me zieuter, est-ce qu'on peut sortir de ce putain de désert ?

Mais au lieu de le contrarier comme le faisaient ordinairement ses remarques, l'homme se contenta de sourire et acquiesça, adressant un hochement de tête au soldat qui se trouvait derrière elle avant de se remettre en route.

Alors que Pénélope ne pensait pas pouvoir faire un pas supplémentaire, ils s'arrêtèrent et le soldat devant elle lui fit signe de s'accroupir. Elle ne voyait pas grand-chose, car il faisait plus sombre que jamais sans la lune pour illuminer leur chemin. Elle avait traversé le camp avec une main posée sur le dos du soldat ou bien enfoncée dans son gilet. Elle s'accroupit et essaya de discerner quelque chose, n'importe quoi.

— Dans environ trois minutes, un Blackhawk MH-60 va débouler ici par le nord. Gardez les yeux fermés quand il arrivera pour ne pas vous prendre du sable, et quoi qu'il puisse se passer, ne lâchez pas mon gilet. D'accord ?

— Comment serez-vous capable d'y voir ?

Pénélope n'avait jamais été du genre à suivre des ordres sans protester, même dans sa ville natale à la caserne.

— J'ai des lunettes à vision nocturne. Elles me protégeront les yeux du sable et de la poussière. Il va falloir que vous couriez. Vous en êtes capable ? Soyez honnête.

Pénélope essaya de lever les yeux vers lui, mais il faisait encore trop nuit pour qu'elle puisse clairement le voir. Elle y réfléchit. Était-elle capable de courir ? Le trajet à travers le camp avait failli la briser. Mais courir vers la liberté ? Oui ! Elle pouvait le faire.

— Oui.

Elle ne développa pas.

— C'est bien. S'il y a une raison pour laquelle vous pensez n'être pas capable de rejoindre l'hélico, tirez fort sur mon gilet. Je vous porterai. On ne quittera pas ce putain de désert sans vous, sergente. Absolument pas.

Pénélope sentit les larmes lui monter aux yeux. Merde... Non ! Elle ne pouvait pas se permettre de craquer. Pas maintenant. Pas alors qu'elle était si proche de la liberté.

— Merci.

Elle marqua un temps d'arrêt puis demanda :

— Comment vous appelez-vous, déjà ?

— Dude. Et derrière vous, c'est Cookie. Je ne sais pas si vous vous en souvenez ou pas, mais Wolf et Benny nous ont ouvert la voie à travers le camp, tandis que Mozart et Abe ont couvert nos arrières. On va tous s'entasser dans l'hélico avec vous, alors une fois qu'on y sera, reculez autant que vous pouvez vers le fond. Vous connaissez les MH-60 ?

— Oui, lui répondit Pénélope, impressionnée par le professionnalisme et les compétences dont il avait fait preuve jusque-là. Il peut facilement transporter dix personnes à l'arrière. Le pilote, le copilote, le canonnier et le chef d'équipage s'installent à l'avant.

— Vous connaissez les MH-60.

Cette fois, ce n'était pas une question.

Pénélope sourit. Elle aimait quand elle parvenait à surprendre les gens. Cela arrivait tout le temps parce qu'on la jugeait sur sa taille et son apparence. C'était agréable, pour la première fois depuis de longs mois, d'être traitée comme d'égal à égale.

— Préparez-vous.

La voix de Dude était basse, et Pénélope se prépara. Quelques secondes plus tard, elle entendit le vrombissement des rotors de l'hélico. Avant d'avoir rejoint l'armée, elle n'avait eu connaissance que des hélicos à un rotor qui étaient principalement utilisés par les hôpitaux et les services ambulancier. Un rotor unique émettait un bruit saccadé typique. Mais le MH-60 était un véhicule plus grand et plus puissant, qui comprenait ainsi plusieurs pales sur l'hélice. Elle n'avait jamais entendu rien de plus beau dans sa vie que cet hélicoptère qui effectuait un vol stationnaire au-dessus d'eux dans l'obscurité.

L'engin volait bas et sans lumières. Il pénétra dans la clairière et descendit jusqu'à ce qu'il ne soit plus qu'à quelques dizaines de centimètres du sol.

— Allons-y. Maintenant ! dit Dude.

Pénélope le sentit se relever. Elle s'était déjà raccrochée à son gilet et avait ouvert les paupières. Elle n'eut même pas le temps de reprendre ses esprits qu'ils couraient déjà vers l'énorme véhicule. Elle tituba une fois, mais la prise qu'elle maintenait sur le gilet du soldat la retint de s'étaler à plat ventre sur le sol impitoyable du désert. Elle resta debout et continua de courir comme si elle avait les chiens des enfers à ses trousses. Puis elle sentit une main sur son dos et n'eut pas besoin de se tourner pour savoir que c'était l'autre soldat qui était resté à ses côtés durant leur marche hors du camp.

Ils parvinrent à la porte de la cabine sur le côté droit de l'hélico et un homme, probablement le responsable du personnel, était là, leur tendant la main, paré pour les aider à grimper.

Pénélope lâcha le gilet auquel elle se retenait et Dude bondit dans la carlingue. Il se tourna immédiatement pour l'aider à monter. Elle tendit les deux bras et sentit les hommes déjà présents dans l'hélico lui attraper les mains. En même temps, une autre main sous ses fesses la poussa vers le haut. Quand on la lâcha, elle s'écarta immédiatement de la porte ouverte et se déplaça à reculons sur ses mains et ses genoux.

Elle vit cinq autres silhouettes bondir à bord de l'hélico, avec l'aide minimale de Dude. Le chef de l'équipage regagna son siège sur le côté droit de l'appareil et Pénélope sentit l'engin s'élever dans les airs environ deux secondes après que le dernier soldat eut bondi dans la carlingue.

Une fois que tous les sept se furent assis, la zone semblait soudain plus petite qu'elle en avait donné l'impression quand on l'avait hissée à bord. Elle n'eut pas le temps de s'attacher dans un des sièges, alors elle se laissa glisser à reculons jusqu'à ce que son dos touche quelque chose de solide. Elle se prépara au départ et s'accrocha alors que l'hélicoptère filait dans la nuit noire.

10

— Cade, cela fait trois mois à présent que votre sœur a disparu. Pensez-vous la revoir un jour ?

— Oui, absolument.

— Comment pouvez-vous en être certain ?

— Comment peut-on être certain de quoi que ce soit ? Ma sœur est une battante, mais plus que tout, elle est intelligente. Vous l'avez vue dans ces vidéos ; toute l'Amérique l'a vue. Elle fait exactement ce qu'on lui dit de faire, et c'est ce qui lui a permis de rester en vie pendant aussi longtemps. Ces connards la gardent en vie afin de se servir d'elle. Elle est jolie, et ils l'utilisent comme outil de propagande. Elle a seulement besoin que le gouvernement lui envoie quelqu'un pour venir la chercher. La connaissant, elle leur balancera sûrement à la figure qu'ils ont mis du temps avant d'arriver.

— Le gouvernement n'a cessé de répéter qu'ils ne négocient pas avec les terroristes. Pensez-vous vraiment qu'ils vont dépenser ce qui représente probablement des millions de dollars, et risquer des vies innombrables, pour envoyer une équipe la secourir ?

— *Premièrement, pas besoin de négociations. Ils peuvent y aller et la secourir en douce. Ensuite, je suis choqué que vous mettiez un prix sur la tête de ma sœur. C'est une soldate américaine. Elle a accepté de mettre sa vie en péril quand on l'a envoyée là-bas. Le gouvernement américain l'a envoyée là-bas, alors ils peuvent tout aussi bien aller la récupérer.*

— *Quels seront les premiers mots que vous direz à votre sœur si vous devez la revoir ?*

— *Quand je la reverrai, je lui dirai que je l'aime et que je n'ai jamais cessé d'essayer de la retrouver.*

Le reporter se tourna vers la caméra pour la première fois et dit aux téléspectateurs :

— *Au cas où vous l'auriez manquée, voici la dernière vidéo en date de la sergente Turner qui lit un message des terroristes de l'État islamique...*

* * *

Assises ensemble, Fiona et Melody regardaient Akilah jouer avec la petite Sara. Jessyka était soulagée de laisser Fiona garder un peu sa fille. C'était une brève séparation bienvenue pour la mère comme pour la fille. Akilah ne parlait pas encore parfaitement l'anglais et l'enfant de deux ans non plus, aussi n'avaient-elles aucun mal à se divertir mutuellement.

— Je suis tellement fière que Tex et toi ayez adopté Akilah.

— Et moi, je suis contente que Tex ait été capable de s'occuper des modalités aussi rapidement pour que nous puissions l'adopter.

— Ça ne te dérange pas que Tex… enfin, soit capable de faire bouger les choses… aussi rapidement ?

Melody savait ce que Fiona était en train de lui demander.

— Tu sais quoi ? Je fais explicitement confiance à Tex. Il est bien trop honnête pour faire quoi que ce soit pour lui, ou pour nous, qui soit illégal.

Fiona rit, saisissant bien le « pour nous » que Melody avait glissé dans sa phrase.

— Eh bien, je sais que tu es déjà au courant, mais Tex occupe une place particulière dans mon cœur. Je ferais n'importe quoi pour lui et je suis vraiment contente que vous vous soyez trouvés.

— Qu'il m'ait trouvée, tu veux dire, la corrigea Melody.

— Oui, c'est ce que je voulais dire. On a toujours dit que Tex était capable de retrouver n'importe qui, et bien sûr, on avait raison.

Fiona remarqua que le regard de Melody était braqué sur sa fille. Elle regarda dans cette direction et vit qu'Akilah regardait la télévision avec une attention particulière. Elle se tourna vers l'écran et vit que la dernière vidéo en date de cette pauvre soldate américaine venait de se terminer.

— Qu'y a-t-il, Akilah ? demanda doucement Melody.

L'enfant se contenta de hausser les épaules et recommença à jouer avec Sara. Melody et Fiona se regardèrent à nouveau.

— Est-ce qu'elle va vraiment bien ? Je ne m'imagine pas le genre de choses qu'elle a dû voir en Irak, demanda Fiona à voix basse.

— Je crois. Parfois, je la surprends à regarder dans le vide, mais elle me sourit toujours et me répond qu'elle va bien quand je lui demande si tout se passe comme elle veut.

— Tu crois que ça lui manque ?

— Parfois, oui. C'est comme si on déménageait soudain en Allemagne sans parler allemand. On pourrait s'acclimater, mais parfois, on aurait envie d'un bon hamburger, tu vois ce que je veux dire ?

Fiona comprenait, et mieux que Melody ne le pensait, après avoir passé un long moment au Mexique durant son enlèvement. Étonnamment, que Julie déménage dans la même ville qu'elle avait été cathartique. Avoir quelqu'un à qui Fiona puisse parler de ce qu'elles avaient traversé, et savoir que l'autre femme comprenait sincèrement ce qu'elle avait vécu et ce qu'elle ressentait était un soulagement. Même si Julie et elle ne passaient pas beaucoup de temps ensemble, leur relation avait suffisamment progressé pour qu'elles se considèrent comme amies et aillent déjeuner de temps en temps.

Elles restèrent encore un peu, puis Melody se dit enfin qu'il était temps de rentrer chez Caroline. Elles allaient toutes essayer de se retrouver au Aces pour dîner, et Melody savait qu'Akilah aurait besoin de faire un break avant qu'elles ne sortent pour aller rencontrer un aussi grand nombre de personnes. Elle se débrouillait très bien, mais Melody ne voulait pas trop la pousser.

Elles étaient dans la voiture de Caroline, qu'elle les avait laissées emprunter, et étaient sur le trajet du retour quand Akilah lui demanda depuis la banquette arrière :

— C'est quoi, à la télé ?

Melody regarda sa fille dans le rétroviseur, se disant pour la millionième fois que Tex et elle avaient de la chance de l'avoir dans leur vie. Elle essaya d'expliquer sans trop rentrer dans les détails. Akilah n'avait que 12 ans, mais elle avait vu assez de choses dans sa vie pour se comporter parfois comme une femme de 30 ans. Melody aurait voulu qu'elle profite de sa jeunesse le plus longtemps possible.

— Une soldate américaine a été enlevée par le Daesh.

— Celle sur la vidéo ?

— Oui, les gens pensent que c'est elle.

Akilah resta silencieuse un moment, puis dit d'un ton bizarre :

— Je parle arabe.

— Oui, ma chérie, je le sais.

— Il y avait de l'arabe à la télé.

Melody décocha un regard attentif à sa fille.

— Oui, j'ai vu des hommes parler à l'arrière-plan. Tu sais ce qu'ils se disaient ?

Akilah n'avait pas l'air contente.

— Oui.

— Tu les as entendus.

— Non. Lèvres.

— Tu as pu lire sur leurs lèvres ? Et ils parlaient en arabe ?

Akilah hocha la tête, ouvrant de grands yeux.

— C'était quelque chose de mauvais ?

— Oui.

— Tu as besoin d'en parler à Tex ?

Akilah regarda par la vitre et réfléchit à ce qu'elle devait dire à Melody. Elle n'avait peut-être que 12 ans, mais elle en connaissait assez sur son nouveau père pour savoir qu'il était différent de tous les autres papas dans l'école spéciale dans laquelle elle allait. Elle savait que Tex était comme elle – il lui manquait un membre –, et un soir, il lui avait parlé de ce qu'il faisait. Il avait été honnête, et Akilah avait presque tout compris. Il se servait de ses ordinateurs pour aider les gens. Il retrouvait les gens qui étaient perdus. Il faisait des recherches pour aider les soldats américains et le gouvernement américain, et il pouvait... elle ne connaissait pas l'expression étrange que Tex avait utilisée, mais elle s'en était souvenue et avait compris qu'elle signifiait qu'il pouvait faire des choses spéciales hors de portée des autres personnes. Tout ceci grâce à son ordinateur.

Il tirait des ficelles. C'était l'expression américaine bizarre dont il s'était servi. Si son nouveau père pouvait tirer des ficelles et aider cette pauvre femme américaine qui était perdue et qui avait un accent horrible quand elle avait lu les quelques mots arabes de la lettre, alors elle devait lui répéter ce qu'elle avait entendu.

— Oui, dit solennellement Akilah.

— D'accord. On va l'appeler dès qu'on sera arrivées chez Caroline.

Akilah se rassit et se relaxa légèrement. Elle était très contente que Melody la traite comme si elle était importante. Quand elle parlait, Melody écoutait. Ce n'était pas comme dans son pays, où souvent, les opinions et les pensées des femmes étaient niées ou ignorées. Elle se sentait bien et heureuse d'être là en Amérique avec sa nouvelle famille. Elle voulait tout faire pour les aider.

11

Quelqu'un tendit à Pénélope un casque avec des écouteurs. Elle entendait les pilotes discuter entre eux à voix basse, et de temps en temps, les soldats échangeaient quelques mots. Mais elle gardait le silence. Elle était tellement reconnaissante d'être en vie et loin de ces satanés ravisseurs ! Mais si elle s'abandonnait une seconde à songer à ce qu'elle venait de vivre, elle savait qu'elle perdrait la tête.

Pénélope savait aussi que pour l'instant, elle ne voulait pas penser à ce pauvre soldat australien, ou à Thomas, Henry et Robert. Elle se souviendrait de leur vie – et de leur mort – plus tard et ailleurs. Ce n'était pas le moment. Si elle était reconnaissante d'être sortie du camp de réfugiés, elle en avait assez entendu de la part du pilote et des soldats pour savoir qu'ils n'étaient pas complètement tirés d'affaire.

Entre les mains de l'État islamique, il n'y avait pas un seul moment où elle n'avait pas eu peur parce qu'elle était une femme au beau milieu d'une société dominée par les hommes, et qui était assurément misogyne.

Elle avait compris qu'elle aurait pu être violée à n'importe quel moment et passer entre les mains de tous les terroristes. Dieu seul savait pourquoi ils l'avaient laissée tranquille durant tous ces mois. Elle crut se rappeler avoir lu une fois que les femmes blondes étaient considérées avec une certaine méfiance dans la culture islamique, mais elle se trompait peut-être. Quelle qu'en soit la raison, elle était plus reconnaissante qu'elle n'aurait su l'exprimer.

Mais en cet instant, dans cet hélicoptère, entourée par dix hommes très masculins... des hommes qui auraient pu facilement la maintenir et faire ce qu'ils voulaient d'elle, elle n'avait pas peur du tout. Premièrement, c'étaient des soldats américains ; ensuite, ils étaient venus la secourir. Finalement, elle sentait – du moins pour les soldats – qu'ils irradiaient l'honneur et l'envie de la protéger. Elle était en sécurité avec eux. Entièrement et complètement en sécurité. Pénélope était déshydratée et affamée, et elle avait été tabassée plus d'une fois. Mais elle était là, elle était vivante et pour l'heure, elle ne courait pas de danger. Il fallait qu'elle s'en contente.

Pénélope commençait à peine à se détendre et s'endormait à moitié quand elle entendit l'un des pilotes jurer dans les écouteurs qu'elle portait.

— Merde ! Préparez-vous à l'impact ! Droit devant !

Ce furent les derniers mots dont elle se souvint avant que l'hélico ne fasse une embardée après une énorme explosion. Puis tout devint noir.

12

— Salut, Tex. C'est moi. S'il te plaît, rappelle-moi dès que possible. Je sais que tu t'es terré dans ta caverne, mais c'est important. Akilah a besoin de te parler de quelque chose qu'elle a vu aux informations. Elle regardait un clip de cette soldate kidnappée qui lisait un texte, et elle a vu des hommes à l'arrière-plan qui parlaient arabe. Apparemment, elle a lu sur leurs lèvres, et elle ne veut pas me répéter ce qu'ils ont dit, mais elle admet que tu as besoin de savoir. S'il te plaît. Appelle-moi dès que possible.

Melody raccrocha et soupira. À part faire un coup bas, comme de mettre sa puce dans une poubelle qui serait emportée à la décharge – ce qui attirerait certainement l'attention de son mari –, elle ne savait pas quoi faire. Il était généralement très protecteur envers elle et Akilah, mais avec tout ce qui se passait, il avait probablement perdu la notion du temps. Il finirait bien par sortir de sa caverne pour prendre une douche ou manger, et il aurait remarqué qu'elle avait laissé un message sur son téléphone portable et sur leur vieux fixe.

En attendant, elle fit de son mieux pour aider ses amies. Jess se sentait sur les nerfs, car à ses deux enfants s'ajoutaient ses « nausées de l'après-midi », comme elle les appelait. Alabama se débrouillait avec Brinique et Davisa, mais les deux filles étaient très en demande depuis le départ de Christopher.

Summer se portait bien, radieuse et s'étant parfaitement remise de la naissance d'April, mais elle avait du mal à reprendre le travail et passer la journée loin d'April une fois son congé maternité terminé. Melody savait que Caroline s'inquiétait pour Fiona. Elle n'était pas passée souvent, parce qu'elle bossait beaucoup, et toutes les femmes s'inquiétaient toujours pour elle quand leurs hommes étaient en mission. Et enfin, il y avait Cheyenne. Caroline avait essayé de la convaincre de venir dormir chez elle, comme cela, si elle devait partir accoucher en pleine nuit, Caroline serait là pour l'aider. Jusque-là, cependant, elle avait refusé, disant qu'elle allait bien et qu'elle ne voulait pas être dans les pattes de quelqu'un.

Melody, comme toujours, était impressionnée par Caroline. Elle portait beaucoup de poids sur les épaules, mais cela semblait plutôt la galvaniser. Elle pouvait effectuer une journée entière au labo, rentrer chez elle, surveiller les enfants, donner des conseils et même organiser un dîner de retrouvailles pour toutes les femmes et leurs petits… et en ressortir toujours avec le sourire.

Pénétrant dans la cuisine, elle tomba sur Caroline qui enseignait à Akilah comment préparer des cookies maison. Akilah était obsédée par la cuisine. À chaque fois qu'elle mangeait quelque chose qu'elle aimait, elle demandait comment le plat était préparé et insistait pour que Melody et elle le préparent ensemble. Melody se disait que c'était parce que durant son enfance en Irak, elle avait manqué de nourriture, aussi n'avait-elle aucun problème à partager ses connaissances avec sa nouvelle fille. Trop vite, Akilah deviendrait une adolescente qui n'aurait probablement plus de temps à consacrer à sa mère.

Le téléphone de Caroline sonna alors qu'elle était occupée à mélanger la pâte à cookies à la main, soutenant que c'était la seule manière de s'assurer que tous les ingrédients soient mixés correctement. Elle affirmait même que sa formation de chimiste prouvait que c'était vrai.

— Je réponds, dit Melody en lui prenant le téléphone. Allô ?

— Caroline ?

— Non, c'est Melody. Cheyenne ?

— Oui... euh...

— Ça va ?

Melody l'entendait haleter à l'autre bout du fil, puis son amie répondit :

— Oui, mais ça y est.

— Ça y est ? Le bébé arrive ? Tu en es certaine ?

— Oui. J'en suis certaine.

Melody posa la main sur le téléphone et cria à Caroline :

— Ça y est !

Puis elle retira sa main et répondit à Cheyenne :

— Où es-tu ? Tu as appelé une ambulance ? On vient te chercher.

— Je suis toujours à la maison. Je n'ai pas encore appelé d'ambulance… J'ai téléphoné à Caroline, mais…

— D'accord, alors on arrive. Tu as ta valise près de toi ? On ne doit pas l'oublier.

— J'appelais pour le dire à Caroline, mais j'allais appeler une ambulance. Est-ce que vous pouvez me retrouver à l'hôpital ?

— Oui, bien sûr. Mais tu ne veux pas qu'on vienne te chercher ? Le bébé ne sortira pas au cours des dix prochaines minutes… Ou alors… ? Non… ?

— Non, je ne crois pas… mais… je saigne. Ça ne va pas.

— Merde, bon… je raccroche. Appelle les urgences immédiatement et on te rejoint à l'hôpital. Je suis certaine que ça va. Ne panique pas. D'accord ?

— D'accord. Melody ?

— Oui, Cheyenne ?

— J'ai peur.

— Ça va aller. Alors maintenant, au revoir, raccroche et appelle les urgences.

— D'accord. On se voit tout à l'heure.

Melody raccrocha et vit que Caroline s'était déjà lavé les mains et attendait impatiemment de savoir ce qu'il se passait.

Melody lui fourra son téléphone dans les mains puis chercha le sien dans sa poche arrière.

— C'était Cheyenne, tu as bien compris. Elle va accoucher, mais elle saigne. Cette bécasse t'a appelée toi avant d'appeler les urgences. Je te jure, la police, les médecins, les infirmières et apparemment, les opératrices des urgences sont toujours les derniers à appeler à l'aide quand ils en ont besoin. Appelle Alabama et Fiona. Je vais appeler Jessyka et Summer. Il faut qu'on aille à l'hôpital. Sur les chapeaux de roues.

Caroline hocha la tête et composa immédiatement le numéro. L'opération Bébé Cooper était lancée. Tout de suite.

13

Pénélope reprit soudain connaissance. Elle avait toujours lu que les gens revenaient graduellement à eux après avoir été assommés, mais ce n'était pas le cas pour elle.

Elle pouvait sentir le carburant pour hélicos et de la fumée. Elle ouvrit les yeux et prit la mesure du chaos qui l'entourait. Seigneur !

Elle se rappelait à présent que l'hélicoptère s'était manifestement écrasé, ou plutôt avait probablement été descendu.

Elle regarda autour d'elle et ne vit que des roches et des buissons broussailleux. Ils étaient visiblement dans les montagnes, mais elle ne savait pas lesquelles ou dans quel pays. Mais elle avait des priorités. Son entraînement de secouriste la rappela à l'ordre. Elle se mit douloureusement à genoux et s'immobilisa pour scanner son corps.

Elle ne paraissait pas avoir de fracture, à part peut-être une côte ou deux. Elle pourrait faire avec, pas de problème. Cela lui faisait terriblement mal, mais étant donné sa situation actuelle, c'était négligeable. Elle présentait également des coupures, des égratignures, et probablement bon nombre d'ecchymoses. Dans l'ensemble, elle s'en était remarquablement bien tirée vu qu'elle venait de tomber du ciel dans une boîte en métal.

Elle regarda autour d'elle et vit trois hommes allongés près d'elle. Elle rampa vers eux et remarqua vaguement que c'étaient trois des soldats d'élite qui l'avaient aidée à s'échapper. Pénélope ne se souvenait pas de leurs noms, mais pour l'instant, peu importait. Ils étaient inconscients tous les trois, mais après avoir vérifié, elle fut reconnaissante de voir qu'ils respiraient. Les observant rapidement, Pénélope se dit que l'un d'eux avait le bras cassé – il reposait au-dessus de sa tête à un angle bizarre – et les deux autres semblaient relativement entiers. Cela dit, elle ne voyait pas s'ils présentaient des hémorragies internes ou des blessures au crâne.

Elle leva les yeux quand elle entendit un bruit. C'était Dude, l'homme qui était apparu dans la tente où elle était retenue prisonnière comme un ange descendu du ciel.

— Ça va ? demanda-t-il d'une voix bourrue.

Il portait un des hommes qui s'étaient trouvés dans l'hélicoptère ; il n'avait pas l'air bien.

Pénélope hocha la tête.

— Ça va. Qu'est-ce que je peux faire ?

Dude observa attentivement la petite femme. Ils vivaient dans un monde de douleur, et ils n'y survivraient pas s'ils ne se reprenaient pas. Alors pourquoi ne pas l'utiliser au mieux de ses capacités ? Il ignora les pincements dans sa cheville blessée et lui dit d'une voix solennelle :

— Le copilote est mort. Le canonnier et le chef d'équipage sont mal en point. Mes coéquipiers sont OK en général, mais ils ont plusieurs blessures. Les pilotes se sont bien débrouillés pour nous faire atterrir sans nous tuer tous. Mais on ne s'en sortira pas si on ne se tire pas de là.

Dude attendit que Pénélope hoche la tête et poursuivit :

— Je vais tirer tout le monde de là, mais j'ai besoin de votre aide pour les organiser. Vous pouvez le faire ?

— Oui. J'étais urgentiste au Texas. Je vais faire de mon mieux.

— Merci.

Ce mot était bref et sincère.

Pénélope hocha la tête et se retourna vers les deux hommes allongés devant elle. Elle se tourna et vit un sac rouge orné d'une croix blanche. Par le passé, elle se serait demandé comment il était arrivé pile là où elle avait besoin qu'il soit au bon moment, mais après avoir vu plus d'un miracle en tant que pompière et urgentiste, elle en était à présent venue à les accepter. Elle se dirigea vers le kit de secours et le traîna à nouveau vers les soldats. Elle vit que l'un d'eux avait ouvert les yeux et l'observait avec attention.

— Bonjour, vous vous souvenez de moi ? Je suis Pénélope et je vais vous aider.

Elle avait adopté automatiquement sa voix d'urgentiste. C'était une chose qui lui était familière.

— Ça va ? Vous avez mal quelque part ?

Elle regarda l'homme s'interroger. Il remua lentement les jambes, puis les bras, et enfin, il tourna la tête de droite à gauche.

— Je crois que je suis en un seul morceau. J'ai mal de partout, mais rien de cassé. Quelle est la situation ?

Pénélope poussa un soupir de soulagement. Dieu merci, il était vivant ! Un homme d'examiné ; encore sept autres à voir.

— Je crois qu'un lance-roquette a fait s'écraser l'hélico, répondit-elle. Un mort, sept à confirmer.

— Je suis Cookie. Je ne sais pas si vous vous rappelez qui je suis.

— Non, et je ne peux pas vous promettre de m'en souvenir plus tard, mais merci. Pouvez-vous m'aider ?

Pénélope désigna d'un geste l'homme qui avait visiblement le bras cassé et qui n'avait pas encore repris connaissance.

— De quoi avez-vous besoin ?

— Il faut qu'on remette son bras en place. Ça va lui faire terriblement mal et je ne suis pas certaine de pouvoir le maintenir s'il se réveille en plein milieu.

— Merde ! Ça ne va pas faire plaisir à Wolf.

— Wolf ?

— Oui. C'est Wolf, notre chef d'équipe. Et l'homme là-bas, dit Cookie en désignant d'un geste l'autre soldat inanimé, s'appelle Benny.

Pénélope hocha la tête et ils se mirent tous les deux à l'œuvre. Cookie avait également une formation de secouriste, probablement plus qu'elle puisqu'il était dans les forces spéciales, et ils furent rapidement capables de replier le bras de Wolf contre son corps, le maintenant en place. Celui-ci reprenait ses esprits quand Dude revint vers eux avec le pilote qui avait une large blessure au crâne et saignait abondamment.

— Le pilote est mal en point. Je ne sais pas si on peut déplacer un seul des Night Stalkers.

C'était à Cookie qu'il adressait ces paroles.

Celui-ci hocha la tête.

— Laisse-moi t'aider à t'occuper des autres et on passera au plan D.

Les deux hommes partirent pour regagner la carlingue de métal à moitié détruite qui était autrefois un MH-60, et Pénélope passa à Benny. Cookie et Dude revinrent vite, portant chacun un des membres de l'équipage.

— Mozart est en train de se réveiller dans l'hélico. Il a une grosse entaille sur le biceps, mais à part ça, il est intact. Où est Abe ?

— Merde ! C'est le seul qu'on n'a pas retrouvé.

Pénélope se sentit soudain écrasée par le poids de la culpabilité. Elle s'assit sur ses talons et regarda les six hommes allongés sur le sol devant elle, brisés. Merde !

— Ce n'est pas votre faute.

Pénélope se tourna et regarda l'homme au bras cassé, Wolf, qui venait de s'exprimer.

— Comment avez-vous deviné ce que j'étais en train de penser ? demanda-t-elle, surprise.

— C'est inscrit sur votre visage, ma belle.

— Je ne crois pas vous avoir donné la permission de m'appeler ma belle.

Wolf éclata de rire. Un vrai rire.

— Excusez-moi, mais vous êtes toute petite et toute mignonne, alors j'aurais du mal à vous appeler autrement que ma belle, malgré votre rang et vos compétences militaires évidentes.

— Vous vous foutez de ma gueule ? C'est la chose la plus sexiste que j'ai entendue depuis que je suis dans ce pays, et ce n'est rien de le dire, gronda-t-elle.

Il rit à nouveau en voyant son regard noir.

— Pardon. Aidez-moi à me redresser.

Sa voix avait repris un ton de commandement.

Pénélope l'aida à s'installer en position assise.

— Ce bras va vous faire terriblement mal. On vous a donné de la morphine, mais pas trop. Cookie s'est dit que ce n'était pas bon d'être dans les vapes pendant qu'on essayait d'éviter des insurgés dans ces putains de montagnes... je le cite.

Wolf hocha la tête.

— Comment vont-ils ?

C'était comme s'il ne lui avait rien dit tout à l'heure. Pénélope était beaucoup plus à l'aise avec cette conversation formelle qui s'en tenait aux détails.

— Le copilote est mort. Je n'ai pas encore contrôlé les trois autres hommes. Je ne vois rien qui cloche chez... Benny, je crois que c'est son nom, et ils sont partis à la recherche d'Abe. Dude boite un peu, mais il fait semblant d'être insensible à la douleur, alors ce n'est certainement pas si grave. Mozart paraît aller bien et bougera probablement son cul d'ici dans un petit moment. Une fois encore, je cite.

Wolf se dirigea rapidement vers les pilotes de l'armée

toujours inconscients et Pénélope resta sur ses talons. Ils s'activèrent en silence, Wolf l'aidant comme il le pouvait à poser des bandes et lui offrant des suggestions. Ils entendirent des bruits dans les buissons derrière eux, et avant que Pénélope ne puisse réagir, Wolf s'était tourné et avait braqué un pistolet vers l'endroit d'où provenaient les pas.

— Du calme, Wolf, c'est nous, entendit Pénélope juste avant que les trois soldats d'élite émergent des fourrés touffus.

L'homme qu'ils avaient appelé Abe marchait... presque. Il y avait du sang sur le bas de son pantalon et il était évident que sans l'aide de ses camarades, il n'aurait pas été mobile.

— Putain, Abe ! Qu'est-ce que tu nous as fait ?

Dude répondit à sa place :

— On a retiré un bout de métal relativement impressionnant de sa cuisse. On l'a bandée, mais il aura besoin de points de suture avant qu'on se mette en route.

Ils posèrent Abe à terre près de Benny, qui reprenait enfin connaissance. Un examen plus approfondi révéla qu'il allait bien. Il avait un mal de crâne terrible, mais pas de blessure ouverte à la tête, ce qui, malheureusement, signifiait qu'il souffrait probablement d'une commotion. Mozart s'était avancé parmi eux, titubant légèrement, mais debout et mobile. C'était déjà ça.

— On va discuter du plan D, dit Wolf d'une voix basse et sérieuse. Sergent Turner, écoutez, vous faites à présent partie de cette équipe aussi.

Pénélope hocha la tête, contente qu'ils n'essayent pas

de l'exclure pendant qu'ils prenaient toutes les décisions. Elle ressentait le *besoin* soudain de savoir ce qu'il se passait. Cela faisait des mois qu'on ne lui disait rien. Cela faisait du bien de se sentir incluse.

— Abe est diminué avec sa jambe, ce qui signifie qu'il aura besoin que deux d'entre nous l'aident. J'ai le bras cassé, Benny a une commotion. Mozart est mobile, mais son bras sera tout aussi inutile que le mien. Tiger paraît avoir mal du côté droit ; j'en déduis qu'elle doit avoir des côtes fêlées ou cassées.

— Hein, quoi ? Tiger ?

Pénélope n'était pas certaine d'apprécier ce surnom, même si c'était bien mieux que celui qu'on lui avait donné à la caserne.

— Aussi féroce qu'un tigre, commenta Wolf sans même un sourire avant de poursuivre comme si elle ne l'avait pas interrompu. Alors, ça nous laisse Dude et Cookie qui s'en sont sortis relativement sains et saufs, mais vous aurez besoin d'aider Abe.

Il regarda tristement les Night Stalkers.

— On ne peut pas les prendre avec nous.

Les hommes restèrent silencieux un moment, puis Benny dit :

— Nos puces électroniques. On en a cinq. Si on en laisse une sur chacun d'entre eux, Tex pourra les traquer.

— Quelle est la situation radio ? demanda Abe.

Cookie secoua la tête pour toute réponse.

— Pas de radios. Elles sont mortes. Je suis d'accord avec Benny. On ne peut pas les prendre avec nous, mais on ne peut pas non plus les laisser à la merci des insurgés, dit-il.

— Quoi ? dit Pénélope, qui avait l'impression d'être un disque rayé. Les radios sont mortes ? Et les puces ? Quelles puces ?

— Pas le temps de tout expliquer, mais en gros, cinq d'entre nous portons des traqueurs qui sont surveillés par le meilleur hacker que j'aie jamais rencontré. Il veille constamment sur nous, y compris quand on est en mission, lui dit Mozart.

— Mais ce n'est pas légal, si ?

— On s'en fiche ! Pour l'heure, c'est tout ce qu'ils ont. C'est leur seule chance de se tirer de ce putain de pays sans se faire décapiter, dit Benny d'un ton légèrement amer.

Pénélope grimaça. Merde. Il avait raison.

— Mais le copilote ? Il est déjà mort...

Wolf ne la laissa pas terminer :

— Un soldat d'élite n'abandonne jamais un autre soldat d'élite, jamais. Il est peut-être déjà mort et il est probable que les insurgés ignorent son corps et le laissent tranquille. Mais s'ils ont l'intention de l'emmener quelque part et de profaner son cadavre pour l'une de leurs putains de vidéos, j'espère qu'on sera en mesure de le retrouver avant que cela n'arrive. On laissera également des traceurs sur les autres. Si les insurgés leur mettent la main dessus, ils risquent d'être séparés, alors qu'ils aient chacun une puce permettra à la cavalerie de les retrouver plus facilement.

Pénélope déglutit. D'accord, elle avait compris. Ces hommes étaient terriblement loyaux, même si les Night Stalkers faisaient partie de l'armée, pas de la marine. Ils étaient venus la chercher, et ils avaient également refusé de l'abandonner. C'était le type de soldats qu'elle voulait avoir en sa compagnie.

— Très bien.

Cookie se dirigea vers Wolf, Abe et Benny pour récupérer leurs puces. Pendant qu'il s'affairait à les installer sur les autres hommes, Pénélope demanda :

— Pourquoi y en a-t-il seulement cinq si vous êtes six ?

C'est Mozart qui répondit sans hésiter :

— Parce que je suis l'imbécile qui a oublié le sien. Vous pouvez parier que ma femme va me botter le cul quand je rentrerai. Croyez-moi, je le ferais moi-même si c'était possible.

Pénélope regarda Cookie parler à chacun des hommes blessés, leur expliquant manifestement la situation. À son retour, son visage était sérieux et sombre.

— Bon, je viens au rapport. Le pilote a dit que la roquette était venue du sud-est. Nous sommes trop loin de Yüksekova pour rejoindre la base à pied. Nous sommes au milieu de la chaîne de montagnes appelée Hakkari Dağlari, qui sépare l'Irak et la Turquie. Notre meilleure solution pour l'heure est de trouver un endroit sûr où se terrer et rester en attente. Il faut qu'on se positionne en hauteur si on veut avoir la moindre chance de survivre à une attaque de l'État islamique ou d'Al-Qaïda. Tex saura où on s'est écrasés et il contactera probablement le Groupe opérationnel interarmées. Ils devraient nous envoyer la Delta Force ou même l'équipe des forces spéciales de Rex. Nous n'avons pas beaucoup de temps, mais Benny et moi allons déplacer les Night Stalkers blessés en terrain plus sûr, puis tous les sept, on se tirera d'ici. On va grimper dans les montagnes où il existe un réseau de cavernes plus important.

— Mais ce ne sont pas dans les grottes que les insurgés se terrent, d'habitude ? demanda Pénélope d'un ton incertain.

Cookie se contenta de hausser les épaules en hochant la tête.

— Comment allons-nous les éviter ?

— La chance.

Pénélope gronda. Elle n'aimait vraiment pas les réponses qu'ils lui fournissaient.

— Ne serait-ce pas mieux de rester ici avec les pilotes et de laisser votre ami faire son boulot ? Si quelqu'un arrive, on pourra se défendre.

Sa protestation ne mit pas Wolf en colère, mais ses paroles étaient impatientes, comme s'il savait que le temps leur était compté.

— Cookie, Benny, allez déplacer les autres. On préparera ce qu'on pourra pendant que vous serez partis.

Il se tourna vers Pénélope pour répondre à sa question :

— On ne peut pas défendre cette position. Regardez autour de vous. On est dans un trou. Il faut qu'on grimpe plus haut pour avoir une bonne visibilité. Nous sommes des cibles trop faciles ici. On a toujours la puce de Dude, Tex comprendra qu'il se passe quelque chose, et il sera capable de nous localiser.

— Mais...

Pénélope vit les hommes que Dude et Cookie étaient en train d'aider adopter une position plus défensive.

— Est-ce qu'ils ont conscience que cette position est aussi difficile à défendre ?

Wolf hocha sombrement la tête.

Putain de merde. Pénélope déglutit fort une fois. Puis deux. En acceptant de rester, en n'exigeant pas de les accompagner, ces hommes étaient simplement en train de signer leur arrêt de mort. Mais s'ils insistaient pour partir avec eux, ils seraient *tous* en grave danger.

La voix de Wolf était basse et douce, mais semblait également emplie de tristesse.

— Le canonnier a les deux jambes cassées. Le chef d'équipage n'a toujours pas repris connaissance et saigne des oreilles et du nez. Le pilote s'est brisé les deux chevilles et les deux poignets dans le crash. Avec nos blessures, on ne peut pas les porter. Ils connaissent leur pronostic, Tiger. Je suis simplement reconnaissant de pouvoir leur laisser les puces. Ça leur donnera plus de chances de s'en sortir que s'ils ne les avaient pas.

Pénélope se détourna abruptement et commença à rassembler tout équipement dont elle pensait avoir besoin. Elle savait qu'elle verrait le visage de ces hommes et entendrait leurs voix dans ses rêves pendant des années. Elle se promit de s'assurer que tous les Américains comprennent quel sacrifice immense ils avaient fait et le courage dont ils avaient fait preuve face à une mort certaine.

Elle sentit une main sur son avant-bras et leva les yeux. C'était Dude.

— Tex les retrouvera. Il les renverra à leurs familles. Il les trouvera, et la cavalerie nous trouvera *nous*.

Pénélope hocha la tête, sachant que si elle ouvrait la

bouche, elle ne ferait que s'embarrasser en éclatant en sanglots. C'était beaucoup et elle avait presque atteint sa limite. Cookie, Dude, Wolf, Mozart et Pénélope rassemblèrent autant d'équipements qu'ils étaient en mesure de porter sans difficulté, s'assurant de prendre autant de munitions et d'armes à feu que possible. Pénélope ne dit pas un mot quand Dude lui tendit un couteau de combat et un pistolet chargé. Elle le remercia du menton, se remémorant la conversation qu'ils avaient eue dans la tente, et ils se préparèrent au départ. Elle ne se sentait pas mieux que lors de son sauvetage du campement, mais le jeu avait changé. Elle était à présent un membre vital de l'équipe et puisqu'elle était l'une des moins blessés de l'unité, elle devait endosser ses responsabilités.

Wolf ouvrit la route, tandis que Dude et Cookie soutenaient Abe de chaque côté en le suivant. Ce fut ensuite le tour de Benny, puis de Mozart, et enfin de Pénélope. Elle comprenait l'importance d'être en bout de file. C'était à elle de couvrir leurs arrières. Ce n'était pas quelque chose qu'elle prenait à la légère. Elle allait prendre ses responsabilités auprès de ces hommes, même si elle devait y perdre la vie. Son frère ne l'avait pas tancée et poussée à passer l'examen pour devenir pompière pour rien. Elle était une Turner, et elle ne les décevrait pas.

Alors qu'ils se dirigeaient vers les montagnes, Pénélope jeta un autre regard en arrière avant d'amorcer leur montée. Elle voyait de la fumée noire qui s'élevait de la carcasse de l'hélicoptère, un signe immanquable pour tous les insurgés qui pourraient se trouver dans la zone. Elle ne distinguait pas le pilote et ses compagnons, mais elle savait qu'ils étaient dans l'ombre, attendant de se battre, risquant la mort.

Cette pensée fut trop pour elle. Elle laissa les larmes couler tout en marchant, sachant que les soldats qui la précédaient étaient trop préoccupés pour s'en rendre compte.

Les nouvelles du monde. Une source à la maison blanche nous confirme le crash d'un hélicoptère MH-60 dans la chaîne de montagnes appelées Hakkari Dağlari, situées entre la Turquie et l'Irak. Nous ne savons pas s'il y a des blessés ou combien de personnes se trouvaient à bord, mais on pense que les occupants étaient ou bien en route pour essayer d'aller secourir Pénélope Turner, la soldate américaine enlevée, ou bien sur le chemin du retour. Nous ignorons encore si le sauvetage a été tenté ou s'il a porté ses fruits, et nous ne possédons aucune information sur les éventuelles victimes de la catastrophe. Rejoignez-nous pour d'autres actualités au journal de 10 heures.

* * *

Melody baissa les yeux vers le téléphone qui vibrait dans sa main. Dieu merci.

— Allô ?

— Cheyenne va avoir le bébé ?

Melody n'était pas surprise que Tex sache qu'elles étaient toutes à l'hôpital et que la seule raison – enfin, la seule bonne raison – était parce que Cheyenne accouchait.

— Oui, elle a saigné quand elle a perdu les eaux et on l'a convaincue d'appeler les urgences. Elle a fini par le faire et maintenant on est toutes en train d'attendre.

— J'ai eu ton message. Je suis désolé de n'avoir pas répondu quand tu as appelé. Je te promets d'essayer de faire de mon mieux pour m'assurer de garder mon téléphone avec moi et allumé, s'excusa Tex.

— Je sais. Est-ce que... tout va bien ?

Melody avait vu les infos. C'était inévitable.

— Est-ce qu'Akilah est là ? Je n'ai pas beaucoup de temps.

Merde ! S'il ne lui répondait pas, c'est que quelque chose était grave. Elle ne protesta pas et ne posa pas davantage de questions.

— Oui, elle est là. Une seconde... d'accord ?

— Bien sûr. Mel ?

Melody s'interrompit alors qu'elle se tournait vers sa fille.

— Oui, Tex ?

— Je t'aime. Je t'aime plus que j'ai jamais aimé quiconque ou quoi que ce soit dans ma vie. Tu le sais, n'est-ce pas ?

Oh, non ! oh, non ! Il se passait quelque chose de grave. Repensant aux nouvelles concernant le crash de l'hélicoptère, Melody sentit sa bouche se dessécher et elle eut envie de vomir. Mais elle n'allait pas lui poser la question. Elle ne serait pas capable de cacher quelque chose d'aussi important à ses amies, alors elle ne voulait pas savoir. En plus, Cheyenne s'apprêtait à avoir son bébé. Ce n'était pas le moment de lui ajouter de la douleur et des tracas.

— Je t'aime aussi, Tex. À Vegas et partout ailleurs.

C'était leur petite phrase. Depuis qu'ils avaient traversé deux fois le pays en voiture – la deuxième fois pour se marier –, c'était devenu leur truc à eux.

— Va me chercher Akilah. Prends soin de toi. Je t'aime.

— J'y vais. Je t'aime aussi. Ne raccroche pas.

Melody se tourna et fit signe à Akilah qui n'avait cessé de la regarder pendant tout ce temps. Elle tendit le téléphone à l'enfant de 12 ans.

— C'est Tex, dit-elle d'une voix douce. Dis-lui ce que tu as vu à la télévision.

Akilah prit le téléphone et hocha la tête, puis elle sortit de la zone d'accueil et franchit les portes de l'hôpital.

— Allô ?

— Bonjour, ma belle. Mel dit que tu as entendu quelque chose ?

— Lu les mots à la télévision en arabe.

Tex s'était habitué à lire entre les lignes.

Et quant à l'anglais imparfait d'Akilah, elle s'était vraiment améliorée au cours des derniers mois. Mais particulièrement au téléphone, il devait l'aider à trouver les mots justes.

— Tu regardais les infos, tu as vu quelqu'un parler en arabe et tu as su ce qu'ils disaient en lisant sur leurs lèvres ?

— Oui.

— Qu'est-ce qu'ils ont dit ?

— La dame lisait la lettre en anglais. L'homme en noir debout derrière. Il a tourné pour parler à autre homme.

— Très bien, continue.

— Il a dit qu'il voulait prendre plus d'Américains.

— Prendre ? Comme la femme soldate ?

— Oui. Dit : « Maintenant, c'est bien. Beaucoup de soldats dans le camp. »

Ce n'était guère surprenant pour Tex. Il savait que le gouvernement avait parfaitement conscience que l'État islamique souhaitait kidnapper et torturer le plus de soldats anglophones possible, mais il était tout de même impressionné par sa fille.

— Autre chose ?

— Non.

— Merci, Akilah, tu es géniale.

— J'ai aidé ?

— Tu m'as beaucoup aidé.

Akilah sourit. Elle aimait se sentir utile. Tex et Melody prenaient toujours soin de lui dire qu'ils étaient fiers d'elle et heureux qu'elle soit avec eux.

— Tu me manques.

— Oh, ma chérie, tu me manques aussi. Dis à Mel de vous ramener vite, d'accord ?

— D'accord.

— Prends soin de Melody pour moi. Je t'aime.

— D'accord. Je t'aime aussi.

À l'autre bout du pays, Tex afficha un large sourire. Il se disait que c'était la première fois qu'Akilah avait prononcé ces mots. Cela dit, il ne voulait pas en faire toute une histoire. Cela risquerait de l'embarrasser et elle hésiterait à les répéter à l'avenir.

— On se reparle plus tard. Si tu entends ou lis quelque chose d'autre aux informations, appelle-moi tout de suite.

— Oui.

— D'accord. On se parle une autre fois.

— Au revoir.

— Au revoir, Akilah.

Tex raccrocha et se retourna vers les nombreux écrans d'ordinateur disposés devant lui. Il avait su que l'hélicoptère s'était crashé à la seconde où il avait amorcé sa chute. Le programme qui traquait ses amis tournait, et il avait vu les points rouges s'arrêter soudain de bouger bien avant qu'ils n'atteignent la base des forces spéciales à Yüksekova. Quand quatre points restèrent immobiles alors qu'un autre commença à grimper dans les montagnes, Tex eut la certitude qu'ils avaient des problèmes. Qu'ils se séparent n'était pas une procédure standard. Il avait immédiatement prévenu ses contacts et leur avait communiqué les coordonnées des quatre points.

Il avait été informé que le Groupe opérationnel inter-armées était actuellement en train de rassembler une équipe de la Delta Force pour aller chercher ses amis dans les montagnes. Les informations fournies par Tex réduiraient de façon considérable la durée de leurs recherches, mais il était soulagé d'apprendre qu'ils avaient déjà connaissance que quelque chose s'était produit et qu'ils s'apprêtaient à amorcer le sauvetage.

Cela dit, il ne savait pas ce qu'ils trouveraient. Il ignorait sur qui étaient fixés les quatre traqueurs immobiles et il espérait simplement ne pas avoir à dire à son épouse ou aux femmes qu'il avait fini par apprécier comme des sœurs que certains de leurs hommes ne rentreraient pas chez eux en vie.

15

———

Pénélope s'était sentie bien pendant leur première heure de marche, propulsée par l'adrénaline et la nervosité, mais lentement, alors que leur grimpette progressait, ses forces s'étaient épuisées. Le manque d'exercice, la pénurie de nourriture, la déshydratation plus quelques côtes cassées commençaient à faire des ravages.

Mais cela la rassurait de voir qu'elle n'était pas la seule. Apparemment, Abe n'était pas léger, et Cookie et Dude peinaient à franchir les rochers et les collines qui les séparaient de la sécurité précaire d'un trou dans le côté d'une montagne. Abe faisait de son mieux pour les soulager, mais le shrapnel qui avait pénétré sa cuisse l'avait largement diminué, et malgré ses efforts, la progression était lente. Pénélope ne savait pas comment Wolf et le reste des hommes allaient décider *quelle* caverne leur conviendrait le mieux, mais elle savait qu'ils sauraient trouver l'endroit parfait.

Elle se répétait de mettre un pied devant l'autre. Elle ne voulait vraiment pas les ralentir. Elle se sentait déjà assez coupable de les avoir tous fourrés dans cette situation. Certes, rationnellement, elle savait qu'*elle* n'avait rien fait, mais elle ne pouvait pas éluder le fait qu'ils étaient tous là à crapahuter dans les montagnes de Turquie, blessés et probablement pourchassés par des insurgés, parce qu'ils étaient venus la secourir.

Pour ce qui lui parut être la millième fois, Pénélope essuya son front en sueur, reconnaissante d'avoir pu ingérer assez de liquide pour être *capable* de suer, et elle poursuivit sa route à pas lourds. Enfin, elle vit Dude et Cookie déposer Abe à terre et poussa un soupir de soulagement. Dieu merci ! Elle ne savait honnêtement pas si elle aurait pu réellement continuer plus longtemps.

— On va s'arrêter là pour la nuit. On ne pourra pas rester ici éternellement, mais on a parcouru assez de chemin. On a tous besoin d'une pause. Abe, on va recoudre ta jambe correctement et te bourrer d'antibiotiques. Mozart, pareil pour toi. Tiger, si tu as besoin qu'on te bande les côtes, on le fera aussi.

— Et v... et toi, Wolf ? Comment va ton bras ? osa demander Pénélope, s'irritant lorsque tous les hommes lui sourirent. Quoi ? Qu'est-ce que j'ai dit de si drôle ?

Elle était fatiguée, affamée, assoiffée, et ses côtes lui faisaient un mal de chien. Alors elle n'appréciait vraiment pas que six mecs super chauds se moquent d'elle.

Mozart s'éclaircit la gorge et fut le premier à parler :

— Il n'y a rien de drôle, Tiger. Je suppose que c'est simplement parce que tu nous rappelles nos femmes. Elles sont un peu comme toi. Avec du répondant, mais aussi maternelles.

Pénélope les considéra d'un air horrifié.

— Je ne suis pas maternelle.

Benny fut le seul à ne pas parvenir à retenir son hilarité. Il marqua son incrédulité d'un reniflement et il la taquina en l'imitant à la perfection.

— Comment va ton bras, Wolf ?

— La ferme ! Juste parce que j'ai un peu d'empathie ne signifie pas que je suis maternelle. Admettez-le, vous aviez tous envie de le savoir vous aussi.

— Oui, mais c'est toi qui le lui as demandé, plaisanta Abe malgré sa douleur.

Pénélope leva les yeux au ciel.

— Très bien. J'espère que son bras va se décrocher, et lui sa tête, et toi ta jambe, dit-elle d'un air grognon en regardant respectivement Wolf, Benny et Abe.

— Allons, on a du boulot pour préparer la zone à nous accueillir pour la nuit. Ce n'est pas une situation idéale, mais il faudra que ça fasse l'affaire, dit Wolf, interrompant leurs taquineries.

Cookie et Dude s'escrimèrent à confectionner pour chacun d'eux une couchette de fortune qu'ils cherchèrent à dissimuler au mieux.

Pénélope s'assit près d'Abe et fit de son mieux pour nettoyer, recoudre et bander sa jambe. La plaie était irrégulière et profonde, et ses sutures n'auraient pas remporté un concours de beauté, mais elle ne pensait pas qu'Abe s'en préoccupait. Plus important encore que sa maîtrise de l'aiguille était l'espoir que la crème antibiotique et les médicaments qu'il avait ingérés parent à toute infection.

Autant épuisés les uns que les autres, ils se couchèrent peu après avoir désigné qui monterait le premier tour de garde. Ils avaient décidé de planifier la garde par binômes, pour s'assurer que la personne ne s'endorme pas. Cela aurait été catastrophique si un insurgé s'infiltrait dans le camp parce que quelqu'un était trop fatigué ou trop blessé pour rester éveillé. Pénélope insista pour prendre également un tour de garde, et elle fut soulagée quand Wolf ne protesta pas et la laissa rejoindre un des binômes. La ration qu'elle avait eue au dîner était l'une des meilleures choses qu'elle avait mangées de toute sa vie. Certes, ce n'était vraiment pas de la nourriture de gourmet, mais après autant de temps passé sans vraies calories et repas équilibré, c'était le paradis. Elle n'avait pu en avaler que la moitié, car son estomac avait véritablement diminué de volume durant sa captivité. Mais elle aurait pu jurer qu'elle sentait littéralement son corps absorber les précieux nutriments. On lui avait donné sa propre gourde, remplie de l'eau la plus fantastique et la plus goûteuse qu'elle avait jamais eu le privilège de boire. Et même si les tablettes purifiantes qu'ils avaient utilisées pour s'assurer qu'elle soit saine lui donnaient un goût métallique, Pénélope n'allait pas s'en plaindre.

Enfin, après un moment de silence, Wolf l'interrogea enfin sur le sujet qu'elle avait attendu qu'il aborde durant la majeure partie de la journée :

— Alors, Tiger... peux-tu nous dire ce qu'il s'est passé ? Comment ces bâtards ont-ils réussi à mettre la main sur toi et les autres ?

Pénélope soupira. Elle n'hésita pas à raconter aux soldats ce qu'il s'était passé. Elle attendait depuis longtemps de pouvoir dire à quelqu'un, n'importe qui, qu'elle ne pensait honnêtement pas que ce soit leur faute s'ils s'étaient fait capturer, qu'ils n'étaient pas des idiots qui se baladaient dans la section la plus dangereuse du camp comme s'ils étaient à Disneyland.

— On nous a ordonné de patrouiller du côté ouest du camp et de repérer s'il y avait des problèmes.

— Tout seuls ? Quel idiot vous a donné un tel ordre ? demanda immédiatement Dude.

Après avoir passé du temps dans le camp à sa recherche, ils étaient manifestement au courant pour le côté ouest.

— Oui, tout seuls. J'ai contesté cet ordre du mieux que j'ai pu, mais le major était nouveau. Nouveau dans l'unité et nouveau au combat. Certes, ce n'était pas vraiment un combat, mais il ne savait pas à quel point cette partie du camp était devenue dangereuse. Le reste d'entre nous qui étions là depuis plus longtemps le savions, et on avait simplement évité d'y envoyer des patrouilles. Ça ne servait vraiment à rien. Les malfrats et les terroristes contrôlaient entièrement ce côté-là, mais le major avait décidé qu'*il* savait mieux que nous et que nous étions en désaccord par simple esprit de contradiction. Alors on y est allés.

Pénélope haussa les épaules avant de continuer.

— C'est Thomas qui a perçu le danger en premier. On savait tous qu'on nous observait de près pendant nos patrouilles, mais il avait remarqué que les mêmes hommes qui nous observaient ce jour-là nous avaient suivis la veille. Pendant qu'on marchait, ils nous ont entourés, nous bloquant sur tous les fronts. Nous étions quatre contre vingt. On était cuits. Ils nous ont battus et pris nos armes. Ils m'ont entraînée à l'écart des garçons.

Pénélope essaya de neutraliser toute émotion dans sa voix et posa une question à laquelle elle connaissait déjà la réponse :

— Ils sont morts, n'est-ce pas ?

— Oui, confirma Dude.

Pénélope ne voulait pas connaître les détails. Ils étaient morts, voilà tout. Alors elle poursuivit :

— Ils m'ont battue pendant plusieurs jours puis ont décidé de me mettre devant une caméra pour lire ces bêtises qu'ils qualifiaient de manifeste ou une connerie dans ce genre. Je leur ai obéi sans protester.

— Est-ce qu'ils t'ont violée ?

Les paroles de Cookie étaient rageuses et empressées... ainsi que sans détour. Pénélope se dit qu'elles devaient dissimuler quelque chose, mais elle ne l'interrogea pas et ne s'offusqua pas de la question. Pour être honnête, elle-même était surprise de ne pas avoir été violentée.

— Non. Et avant que vous ne me posiez la question, je ne mens pas. Ils m'ont demandé si j'étais vierge, et j'ai répondu que non, ce qui est la vérité, d'ailleurs. Je ne voulais pas qu'ils m'utilisent comme trophée pour leur idéologie perverse. Bien entendu, un kamikaze est censé avoir les soixante-dix-sept vierges *après* sa mort, mais je ne voulais pas risquer que quelqu'un puisse vouloir prendre une vierge de son vivant.

— Tu sais que c'est un mythe, non ? Les musulmans n'y croient pas vraiment, lui dit Cookie d'un ton détaché.

— Je le sais, mais j'ignorais complètement ce que ces

gars-là pensaient. On sait tous que le soleil se lève à l'est et se couche à l'ouest, mais une personne endoctrinée serait capable de jurer devant un juge que c'est le contraire.

Les hommes acquiescèrent, compréhensifs.

— Tu as été retenue au camp durant tout ce temps ?

C'était Mozart qui avait posé la question.

— Oui, j'en suis à peu près certaine. C'était dur à dire au début. Les violences me faisaient vraiment perdre connaissance, mais une fois qu'ils ont arrêté, je ne pense pas qu'ils m'aient déplacée très loin.

— À propos, le tissu rose était une idée géniale, lui dit Wolf.

Pénélope rit à moitié.

— Euh, je ne sais pas si c'était une idée géniale, mais je me suis dit que ça ne pouvait pas faire de mal. Quand je l'avais enfilée il y a plusieurs mois, je n'aurais jamais pensé que ma jolie petite culotte se retrouverait disséminée dans un camp de réfugiés. Puisqu'ils me momifiaient à chaque fois que je sortais de la tente, j'ai compris qu'on ne serait pas capable de me reconnaître, et que le moindre indice que je parviendrais à disposer aiderait quelqu'un à me retrouver si on me recherchait.

— Comment savais-tu qu'on te rechercherait ?

— Eh bien, je n'en étais pas certaine. Mais je connais mon frère. Cade ne m'aurait pas laissée me volatiliser dans la nature.

— Tu seras contente d'apprendre que tu as raison. Il est partout aux informations en Amérique. Il monte des pétitions, organise des rallyes, envoie des lettres au président. En bref, il est l'épine dans le pied de tout le monde, lui dit Benny.

— Super... je parie qu'il a diffusé cette photo stupide prise pendant ma cérémonie de remise des diplômes, n'est-ce pas ?

Wolf sourit.

— Si c'est celle où vous êtes l'un à côté de l'autre et où il pose son coude sur ta tête pendant que tu es pliée en deux de rire, alors oui.

Pénélope éclata de rire.

— Pile-poil ! Je déteste cette photo, mais il l'adore. Et le reste lui correspond bien, et je comptais dessus pendant ma captivité. Il s'est démené pour parvenir où il en est aujourd'hui. C'est l'un des meilleurs pompiers que San Antonio ait jamais connus.

— Mais tu n'es pas partiale, plaisanta Benny.

— Je ne suis pas partiale, dit Pénélope d'une voix parfaitement sérieuse. Certes, c'est mon frère, mais je l'ai vu en action, insista-t-elle, essayant de s'expliquer. Une fois, on est arrivés à un bâtiment dont les trois derniers étages étaient entièrement consumés par les flammes, mais quelqu'un a dit qu'il y avait peut-être un enfant prisonnier à l'intérieur. Je sais que c'est notre travail, mais aucun des autres pompiers n'a voulu y aller. Cade n'a même pas hésité, mais s'est précipité dans la maison, la retrouvée et l'en a tirée vivante.

— Ça me semble impulsif et risqué, commenta Dude d'un ton sec.

— Vu de l'extérieur, probablement, oui, mais il ne fait jamais rien d'impulsif. Rien qui s'en approche. Cade connaît le feu. Il sait comment il se comporte et comment ça marche. Il l'a étudié et le comprend étrangement. Il m'a dit après coup qu'en le regardant, il avait su qu'il avait le temps d'entrer, de trouver la fille et de ressortir. C'est l'homme le moins impulsif que je connaisse.

Pénélope savait que son discours était passionné, mais elle était prête à défendre son frère devant n'importe qui, à n'importe quel moment. Il était *vraiment* doué pour son travail.

— Tu as quelqu'un qui t'attend au pays ? demanda Abe.

— À part ma famille et mes camarades pompiers à la station 7 où je travaille ? Personne. Entre être pompière et dans l'armée de réserve, je n'ai pas vraiment le temps de sortir. Même si après ça, je vais me retirer de la réserve. Je serai très contente de ne plus jamais mettre les pieds hors du Texas.

Ils rirent tous doucement.

— Et vous ? Je crois que vous êtes tous mariés, non ? C'est plutôt rare pour une équipe des forces spéciales, je me trompe ?

Wolf répondit pour le groupe :

— Peut-être. Mais être mariée à un soldat d'élite n'est pas un long fleuve tranquille. Nos femmes n'ont pas le droit de savoir où l'on va et quand on va revenir. La plupart ne tolèrent pas toute cette pression.

— Mais les vôtres en particulier en sont capables ? demanda Pénélope, sincèrement curieuse.

— Oui, nos femmes le peuvent, répondit fermement Dude.

— C'est cool, vraiment. Des enfants ?

— Ouais. Abe a deux filles adoptives. Ils les ont retirées à leur mère qui ne s'en occupait pas et ne l'ont jamais regretté. Mozart a une fille de 6 mois. Benny a deux enfants : une fille de 2 ans et un fils d'un an. Et ma femme est enceinte.

Dude s'interrompit et éclata de rire, mais Pénélope voyait bien qu'il n'était pas amusé.

— Enfin, elle l'était à mon départ. J'espérais rentrer à temps pour assister à la naissance de ma fille, mais on dirait bien que ça ne va pas se produire.

Pénélope ne savait pas quoi dire. Des excuses n'auraient pas suffi et d'ailleurs, ce n'était pas elle qui avait fait se crasher l'hélicoptère. Au bout d'un moment, elle répondit enfin d'une voix qu'elle ne parvint pas à rendre enthousiaste :

— Ça a l'air génial.

— Oui, ils sont tous géniaux, acquiesça Mozart à mi-voix.

Puis la conversation se tarit. Ils étaient tous perdus dans leurs propres pensées, songeant à ceux qu'ils aimaient et se demandant s'ils allaient les revoir un jour.

16

Fiona faisait les cent pas dans la salle d'attente de l'hôpital. Puisque Faulkner n'était pas disponible, Caroline avait eu le droit d'être dans la salle de travail avec Cheyenne. Elles étaient restées là presque toute la journée parce qu'elles ne voulaient pas risquer de partir et de rater la naissance du bébé de leur amie. Mais après une journée confinées, Jess était partie faire respirer un peu d'air frais à John et Sara, tandis qu'Alabama avait enfin cédé et emmené Davisa et Brinique se mettre quelque chose sous la dent. Cela laissait Summer avec son bébé, Melody et Akilah, et enfin Fiona... et celle-ci était incapable de rester assise une minute de plus.

Caroline était venue les rejoindre de temps en temps pour leur donner des nouvelles. Apparemment, l'hémorragie que Cheyenne avait eue à la maison quand elle avait perdu les eaux n'était pas vraiment grave, même si les médecins la surveillaient toujours. Mais les femmes n'avaient pas eu de nouvelles de Caroline depuis un moment et Fiona était sur le point d'exploser.

Pile quand elle se dit qu'elle ne serait pas capable de le tolérer plus longtemps, Caroline apparut dans l'encadrement de la porte. Elle était aussi pâle que le carrelage blanc sous leurs pieds.

— Oh, mon Dieu ! Est-ce que le bébé va bien ? Cheyenne ? Qu'est-ce qui ne va pas ? s'inquiéta Fiona en se précipitant pour attraper les mains de Caroline.

— Le bébé est parfait. 4,3 kilos. Pas étonnant que Cheyenne ait eu l'air d'attendre des triplés. Ses poumons ont l'air de bien fonctionner et il a dix doigts et dix orteils. Le plus joli bébé que j'ai jamais vu... même en comptant les enfants de Jess.

— Mais alors, qu'est-ce qui ne va pas ? lui demanda Fiona.

— C'est Cheyenne. Elle a des saignements que les médecins ont du mal à enrayer. Ils m'ont demandé de partir, mais j'ai entendu une infirmière dire au médecin qu'elle pensait que Cheyenne faisait une hémorragie post-partum.

Summer aspira brusquement.

— Oh, mon Dieu ? Une hémorragie. Ça a l'air grave. Ils l'ont stoppée ?

— Je ne sais pas. Ils m'ont jetée dehors.

Caroline inspira profondément puis expira dans un sanglot.

— Elle était tellement heureuse que... que... que le bébé aille bien ; elle était te-tellement inquiète. Elle l'a tenu dans ses bras et m'a regardée et a dit qu'elle se sentait mal. Puis elle n'a plus eu de force et a simplement perdu connaissance. Il a fallu que je rattrape le bébé pour qu'il ne lui tombe pas des bras.

— Oh, Caroline, viens ici.

Fiona prit Caroline dans ses bras et sentit Melody venir se plaquer contre son dos. Summer vint derrière elles et passa un bras autour des épaules de Caroline tout en tenant April dans son autre bras. Les quatre femmes étaient dans les bras les unes des autres au milieu de la salle d'attente bondée, essayant de tirer de la force et du réconfort de leur présence mutuelle. Fiona sentait Caroline frémir contre elle et se sentait vraiment impuissante de ne pas pouvoir faire quelque chose pour elle ou pour leur amie.

Caroline se reprit enfin et s'écarta.

— On était tellement inquiètes pour le bébé qu'on n'a même pas pensé qu'il pouvait arriver quelque chose à Cheyenne. Elle est trop jeune pour ça.

— Je ne sais pas si l'âge a quelque chose à y voir, dit doucement Summer. Est-ce qu'on devrait appeler les autres ?

— Je crois que Jess et Alabama reviendront bientôt de toute façon. Mais on ne devrait pas les effrayer avant d'avoir plus d'informations, dit Fiona, ignorant si c'était la bonne décision. Le temps qu'elles arrivent, les médecins viendront peut-être nous dire qu'elle va s'en sortir.

— Venez, allons nous asseoir. Nous n'avons plus qu'à attendre, les rassura Melody.

Elles se dirigèrent alors toutes vers un groupe de chaises disposées dans un coin de la pièce.

Vingt minutes plus tard, Jessyka revint avec ses gamins et dix minutes après, Alabama les rejoignit, Davisa et Brinique à sa suite. Elles furent accueillies par un groupe morose qui attendait des nouvelles du médecin. Elles auraient dû être absolument ravies que le nouveau-né soit en bonne santé, mais au lieu de cela, elles espéraient ne pas avoir à envoyer un message d'urgence au commandant Hurt pour qu'il essaye de faire rentrer Faulkner afin d'enterrer son épouse.

Une autre heure se passa avant que le groupe n'ait des nouvelles de Cheyenne, et entre-temps, elles avaient vraiment envie qu'on vienne les prévenir. Les enfants ne tenaient plus en place et leur morosité mettait les nerfs de tout le monde à l'épreuve.

Une infirmière se présenta enfin dans la salle d'attente et demanda à voir la famille de Cheyenne. Les six femmes se redressèrent et quand l'infirmière vit qu'elles étaient aussi nombreuses, elle les mena jusqu'à une salle de conférence privée. Puis elle observa en silence le rassemblement de femmes et d'enfants comme si elle ne savait pas par où commencer.

— S'il vous plaît, dites-nous tout, l'implora Caroline, incapable de supporter le suspense plus longtemps.

— Comment va Cheyenne ? Quand pourrons-nous la voir ?

— Comme vous le savez toutes, il y a eu... des complications. Cheyenne a tellement saigné qu'elle a dû être transférée en salle d'opération.

— Oh, mon Dieu ! murmura Melody, disant à haute voix ce qu'elles pensaient toutes. Est-ce qu'elle est toujours vivante ?

Leurs yeux restèrent braqués sur l'infirmière fatiguée qu'on avait envoyée dans la fosse aux lions afin d'informer la famille de l'état de la patiente.

— Je comprends que son mari est militaire et qu'il est en mission à l'étranger ?

Les voyant hocher la tête, elle dit d'un ton grave :

— Je recommande de le contacter le plus rapidement possible. Il faut qu'il rentre. Tout de suite.

La pièce resta silencieuse un instant jusqu'à ce que Caroline inspire doucement et répète la question de Melody d'une voix dévastée :

— Est-ce que Cheyenne est toujours vivante ?

17

Dude se réveilla soudain et fit un bond, s'étranglant dans un sanglot.

— Merde, murmura-t-il dans l'air frais de la nuit.

— Ça va, Dude ? demanda Wolf, qui était à ses côtés.

Dude se passa une main sur le visage et tenta d'effacer de son esprit les images bien trop réelles, avant de réaliser que sa main était en train de trembler. Sa main *tremblait*. Il était généralement imperturbable. C'était lui qui prenait tout avec détachement. Le dominant qui gardait toujours le contrôle. Mais pour l'heure, il ne se sentait vraiment pas fort.

— Non, répondit-il à son ami.

— Tu veux en parler ?

— Non.

Dude ne voulait pas en parler, mais il le fit quand même, se disant que ça l'aiderait peut-être à se remettre sur les rails.

— J'ai rêvé que Cheyenne avait le bébé.

— C'est bien, non ? demanda Wolf en s'appuyant sur

son coude valide et sans hausser la voix afin de ne pas déranger les autres.

— Oui, mais après la naissance, Cheyenne m'a regardé, a dit qu'elle m'aimait et que je devrai m'assurer que le bébé sache à quel point elle était aimée par sa maman, puis elle a fermé les yeux et elle est morte. Devant moi. Je pouvais entendre notre bébé qui pleurait et tout le reste.

— C'était juste un rêve, Dude. Tu es stressé à l'idée de ne pas pouvoir être là-bas, dit Wolf qui essayait de rassurer son ami.

— Oui, c'était un rêve. Mais ça semblait bien trop réel.

Wolf ne sut pas quoi lui répondre. Ils avaient tous les deux vu des choses folles dans leur vie, des choses que d'autres personnes trouveraient impossibles. C'est pour cela qu'ils savaient tous les deux que le rêve de Dude n'était peut-être pas tant un rêve qu'une prédiction. Enfin, il dit à son camarade d'une voix sincère :

— Je fais tout mon possible pour qu'on puisse rentrer.

— Je sais.

Dude se frotta à nouveau la main sur le visage, sentant la barbe qui y était apparue au cours des semaines qui avaient suivi leur arrivée. Changeant de sujet, il demanda :

— Combien de chemins vers le nord nous reste-t-il à parcourir ?

Dude savait aussi bien que Wolf qu'ils avaient besoin de gagner en hauteur et de trouver un endroit correct pour se terrer et se défendre. Si les choses s'aggravaient et se transformaient en échange de balles, ils finiraient par perdre, simplement parce qu'ils n'avaient pas assez de munitions pour avoir le dernier mot avec les insurgés. Leur meilleure chance de survie serait de se replier et de rester invisibles pendant assez longtemps pour que Tex et le gouvernement leur envoient un autre hélico pour les tirer de ce merdier.

— Vers le nord ? répéta Wolf. Aussi loin que possible. On ne parviendra probablement pas à rester indétectés bien longtemps, particulièrement puisqu'on court le risque qu'ils possèdent des détecteurs thermiques. Et puis nous sommes sept. Si nous n'étions qu'un ou deux, on aurait pu rester discrets, mais on ne peut pas laisser Benny et Abe seuls, et je ne peux pas faire grand-chose avec ce bras cassé, alors il faut qu'on se serre les coudes.

— Comme si on allait se séparer ! railla Dude.

Wolf sourit sombrement. Ils savaient tous les deux qu'il était hors de question qu'ils abandonnent les autres. Ils étaient trop proches pour que cela arrive et en plus, leur conditionnement le leur en empêchait.

— Qu'est-ce que tu penses de Tiger ? demanda Dude. Tu crois qu'elle est sincère quand elle soutient ne pas avoir été violée ?

— Oui, je la crois, répondit immédiatement Wolf en se tournant pour regarder celle qui dormait par terre non loin d'eux.

Ils l'entendaient ronfler légèrement, mais elle était clairement profondément endormie, profitant du sommeil de quelqu'un qui savait que pour le moment, elle était en sécurité.

— Elle est coriace. Je crois qu'elle se montrerait plus prudente avec nous si elle avait été violée.

— J'aurais tendance à être d'accord, mais je pense aussi qu'elle va continuer jusqu'à ce qu'elle s'écroule juste pour éviter qu'on ne la croie faible, fit remarquer Dude. J'ai déjà vu des femmes comme ça. Elles ne veulent pas montrer le moindre signe de faiblesse, alors elles mentent et dissimulent leur douleur, leurs émotions, ou leurs pensées, même si on leur demande continuellement si elles vont bien.

Wolf savait que Dude parlait de son expérience de dominant, et il avait raison, mais quelque part, Wolf sentait au fond de lui que cette fois, il avait tort.

— Turner n'est pas le genre de soldat, ou de femme, à garder les choses pour elle. Si elle était contrariée, elle nous le dirait. Hier, quand elle avait faim, elle nous a demandé quelque chose à manger. Tu m'as dit toi-même que la première chose qu'elle a faite quand tu es entré dans sa tente a été de te demander à boire.

Dude hocha la tête.

— C'est vrai.

Wolf poursuivit :

— Elle me rappelle beaucoup Caroline. Elle se battrait jusqu'à la mort pour survivre et se faire respecter. Je crois que c'est pour cela qu'elle est tellement efficace en tant que pompière.

— Ouais.

— Si vous avez fini de parler de moi, on peut passer à autre chose ?

Dude et Wolf levèrent des yeux, surpris, se rendant alors compte que Pénélope était réveillée et les observait en s'appuyant sur un coude.

— Oui, dès qu'on aura levé les autres, on pourra finaliser nos plans pour la journée.

Wolf ne prit pas la peine de s'excuser d'avoir parlé d'elle dans son dos, et il sourit un peu en la voyant afficher un air noir.

— Super ! marmonna Pénélope en se rasseyant, se tenant les côtes et grognant.

Elle ignora la douleur, qui était gérable, et se dirigea vers Abe qui était également en train de se réveiller.

— Comment va ta jambe ? Je peux y jeter un œil ?

— Fais-toi plaisir, Tiger.

Abe parlait doucement et si elle n'avait pas passé beaucoup de temps à s'occuper de gens blessés, elle aurait pu se laisser berner par son ton nonchalant. Il avait mal. Vraiment. Elle écarta son pantalon déchiré et défit les bandes qu'elle avait posées plus tôt. Puis elle grimaça quand elle vit la plaie.

— Merde ! souffla Cookie dans son dos.

Abe ne leva pas la tête.

— C'est infecté, n'est-ce pas ? demanda-t-il d'un ton neutre.

— Ouais, confirma Cookie.

Pénélope interrompit leur conversation monosyllabique :

— Bon, pousser des jurons ne va pas magiquement tout arranger. Cookie, tu crois que tu peux me trouver des lingettes désinfectantes ? Et quelle sorte d'antidouleurs est-ce qu'on a ? Il faut qu'il prenne quelque chose si on veut arriver à le trimballer jusqu'au sommet de cette montagne vers un endroit plus sûr.

— Oui, madame ! répondit Cookie avec un sourire.

Il n'y avait aucune raison de sourire, mais Pénélope était tellement mignonne et fougueuse qu'il ne pouvait pas s'en empêcher.

— Je crois..., dit Abe.

Mais Pénélope l'interrompit :

— Non.

— Non quoi ? demanda Abe, confus.

— Non à ce que tu allais dire. Ça allait être des conneries, lui dit Pénélope sans rancœur, se concentrant toujours sur sa jambe.

Benny, qui s'était assis juste après s'être éveillé, éclata de rire.

— Elle t'a bien mouché, Abe.

— Va chier, répondit Abe à son coéquipier avant de fermer les yeux, mais sans chercher à exprimer ce qu'il avait voulu dire plus tôt.

Pénélope sourit, appréciant la camaraderie entre les deux hommes ; elle lui rappelait les garçons avec lesquels elle bossait à San Antonio. Taco et Driftwood étaient les comédiens du groupe, qui avaient toujours une pique ou une plaisanterie aux lèvres. Chief ressemblait beaucoup à Wolf ; il se chargeait de tout le monde, mais était également leur ami. Squirrel et Crash étaient pour elle comme des frères. Et il y avait bien entendu Cade, connu sous le nom de Sledge, qui *était* son frère. Moose était taciturne et préférait l'introspection, mais il ne ratait jamais rien de ce qu'il se passait autour de lui. Ils lui manquaient tous terriblement, et elle aurait fait tout son possible pour les retrouver et les entendre plaisanter et se taquiner dans toute la caserne.

C'est Wolf qui lui tendit les lingettes désinfectantes

du kit de secours. Pénélope commença immédiatement à nettoyer la blessure d'Abe, essayant de ne pas trop lui faire mal, tandis que Cookie lui injectait plus d'antidouleurs et d'antibiotiques dans les veines.

— Bon, on va continuer la grimpette, comme hier, dit enfin Wolf. On s'arrêtera plus souvent pour boire et jeter un œil aux blessures de tout le monde. Il faut qu'on soit aussi près de cent pour cent que possible si on veut s'en sortir. Benny, il faudra que tu nous le dises si tu continues à avoir la tête qui tourne ou bien si tu as la nausée. Dude, bande ta cheville bien serré, mais n'en fais pas trop. Quand on s'arrêtera, il faudra que tu la poses en hauteur pour l'empêcher d'enfler. Abe, préviens-nous pour ta jambe. Je ne voudrais pas qu'elle se détache le long du sentier.

Cela fit ricaner les autres, et Wolf poursuivit :

— Tiger, on va te bander les côtes avant de continuer, mais malheureusement, on ne peut pas y faire grand-chose. Si tu as besoin de quelque chose pour la douleur, dis-le-nous. Il faudra aussi que tu boives plus que nous. Tu as du retard à rattraper. Assure-toi également de manger régulièrement quelques snacks pendant la journée. Même si tu es plus petite que nous, tu as besoin de calories et d'énergie.

Pénélope hocha la tête. Wolf avait raison, et elle savait déjà qu'elle devait faire tout ce qu'il disait si elle voulait être capable de continuer à avancer de son propre chef. Même si c'était de son sauvetage qu'il était question, elle ferait tout ce qui était en son pouvoir pour ne pas être un fardeau.

— Je m'occuperai moi-même de mon bras. Il est

douloureux, mais ce n'est pas intolérable. Vous l'avez parfaitement remis en place, complimenta Wolf en regardant Pénélope et Cookie.

— Il faut qu'on se trouve une bonne planque dans la journée. Si ces connards ont des détecteurs thermiques, il faudra qu'on soit capable de s'enfoncer suffisamment, hors de portée des scanners. Mais en même temps, on doit être capables de sortir pour rejoindre un hélicoptère de secours en quelques secondes. Alors gardez tous les yeux ouverts.

Après avoir hoché la tête, le groupe se prépara au départ. La journée allait être difficile, mais comme le savaient tous les soldats d'élite, la seule journée facile était hier.

Dans la petite salle de conférence, Jess et Summer étaient assises avec leurs bébés, tandis que les autres restaient debout, attendant que l'infirmière continue de leur expliquer la situation de Cheyenne. Une fois encore, Akilah leur sauvait la vie en se chargeant de divertir Sara.

— Cheyenne a été transférée en salle d'opération par pure précaution. Basiquement, l'hémorragie post-partum est une condition qui fait que l'utérus ne se contracte pas correctement après avoir donné naissance. On lui a donné des antidouleurs et on a extrait le placenta manuellement. Généralement, une fois que le placenta est extrait, l'utérus peut se contracter de lui-même, et les saignements cessent, expliqua l'infirmière d'une voix lente et prudente tout en regardant les femmes les unes après les autres afin de s'assurer qu'elles comprennent.

Une fois qu'elles eurent toutes hoché la tête, elle poursuivit :

— On lui a donné des médicaments afin d'aider l'utérus à se contracter et pour qu'ainsi les saignements s'arrêtent d'eux-mêmes, mais peine perdue ! Les saignements ont ralenti, mais ne se sont pas arrêtés. Enfin, après une transfusion sanguine, et avec d'autres médicaments plus forts, l'hémorragie s'est arrêtée. On n'a pas eu à procéder à une hystérectomie, qui aurait été l'étape suivante si on n'avait pas pu arrêter l'hémorragie par d'autres mesures.

— Oh, mon Dieu ! Une hystérectomie ! souffla Jessyka en posant une main sur son ventre encore plat comme si cela l'aiderait à protéger de ce mot le bébé qui y grandissait.

— En effet, mais on n'a pas eu à y avoir recours. Cheyenne va bien pour le moment. Elle dort à cause des antidouleurs. Je vous recommande de faire revenir son mari aussi vite que possible parce qu'elle l'a réclamé quand elle a repris connaissance. Elle est vraiment passée près aujourd'hui, et honnêtement, elle ne s'en est pas encore complètement sortie. Elle va devoir rester ici probablement ce soir et demain soir. Après quoi, le médecin va venir la voir et décidera si elle peut rentrer chez elle. Mais une fois chez elle, il faudra qu'elle se repose et s'assure d'avoir beaucoup de sommeil, de liquides et de bonne nourriture saine. Pas de fast-food et pas de cochonneries de ce genre pendant au moins deux semaines. Elle aura besoin de se reposer et de ne pas trop forcer. Selon mon expérience, les nouvelles mères veulent reprendre leur routine habituelle dès que possible, mais ce n'est pas dans son intérêt. Le médecin lui prescrira des vitamines postnatales pour s'assurer que ses taux d'acide folique et de fer soient suffisamment élevés.

— Est-ce qu'elle sera capable de donner le sein ? demanda Summer.

— Bien entendu. Rien d'autre ne changera dans les soins qu'elle apportera à sa fille.

L'infirmière les laissa toutes hocher la tête, soulagées, avant de poursuivre :

— Si quelqu'un a d'autres questions, n'hésitez pas à demander à l'infirmière de garde à son étage. Elle sera en réa cette nuit, mais se verra probablement être transférée vers un service normal demain matin. Une seule d'entre vous sera autorisée à la voir ce soir, mais une fois qu'elle aura complètement repris connaissance, sera tirée d'affaire et se retrouvera installée dans une chambre normale, vous pourrez lui rendre visite... même si je vous recommande de ne pas toutes y aller à la fois.

Cette fois, les femmes rirent un peu, soulagées d'apprendre que Cheyenne allait probablement s'en tirer.

— On peut voir le bébé ? demanda Akilah.

L'infirmière se tourna vers elle et acquiesça.

— Oui, mais encore une fois, chacune son tour. Vous êtes vraiment nombreuses.

— C'est noté, dit Caroline, voulant rassurer la sympathique infirmière. Merci d'avoir pris le temps de nous parler et de nous rassurer au sujet de Cheyenne. Je ne suis pas certaine de pouvoir faire revenir son mari, ou même les nôtres, pour le moment, mais on va s'occuper d'elle jusqu'à ce qu'ils soient en mesure de le faire. On restera auprès d'elle chacune à son tour et on la convaincra de ne pas trop forcer. C'est ce qu'on sait faire de mieux.

— Je vous en prie. Et c'est bien de voir qu'elle a des

amies aussi géniales. Et tant que j'y suis, merci à tous vos époux pour les services qu'ils ont rendus à notre pays. Même si ce sont eux qui sont aux premières lignes sur le champ de bataille, je sais que leurs conjoints font également de nombreux sacrifices. Alors merci.

Les femmes acquiescèrent et regardèrent l'infirmière quitter la pièce. Cela faisait toujours plaisir d'être incluses dans les remerciements, même si, comme l'avait dit l'infirmière, ce n'étaient pas elles qui étaient aux premières lignes.

— Caroline, toi, Akilah et Melody passerez voir Bébé Cooper en premier, dit Fiona d'un ton catégorique. On attendra que vous soyez revenues.

— Tu en es certaine ? demanda Caroline, observant tour à tour les femmes du groupe.

— Bien entendu, s'enthousiasma Jessyka. On va attendre.

— Caroline, Cheyenne a-t-elle donné un nom au bébé ? demanda Alabama à voix basse.

— Je ne sais pas, répondit-elle. Elle n'en a pas eu le temps avant de s'évanouir. Le médecin venait de lui mettre la petite dans les bras et elle comptait les doigts et les orteils quand c'est arrivé.

Alabama rit un peu.

— Bon... alors on devra l'appeler Bébé Cooper jusqu'à ce que Cheyenne reprenne connaissance et précise au médecin quoi mettre sur le certificat de naissance.

— Taylor ! dit Davisa, brisant le silence.

— Quoi, ma belle ? demanda Alabama à sa fille.

— Taylor. C'est le nom du bébé.

Alabama essaya de contredire sa fille gentiment afin qu'elle ne soit pas déçue.

— Davisa, c'est un très joli nom, mais Cheyenne et Faulkner ont probablement déjà un nom en tête.

— Taylor, s'acharna à nouveau la fillette de 5 ans.

— On verra, dit Alabama qui cherchait à éviter un caprice.

Les autres mères présentes éclatèrent de rire, reconnaissant la technique d'esquive.

— Bon, alors on va revenir. Alabama, Jess et Summer, vous devez ramener vos enfants chez vous et les mettre au lit. On va faire vite et ce sera votre tour. Fiona et moi allons rester ici cette nuit et le reste d'entre vous pourrez revenir demain, dit Caroline, essayant d'organiser le groupe.

— Je reste aussi, insista Akilah.

Caroline se tourna vers Melody, qui regardait sa fille, décidant si elles devaient rester ou pas. Enfin, elle hocha la tête.

— Oui, nous aussi, on va rester avec vous.

— D'accord, alors on fait comme ça. On va se dépêcher et vous pourrez voir le nouveau bébé et sortir de là.

Elles furent toutes d'accord et le trio sortit alors de la salle de conférence pour continuer vers la pièce où l'on pouvait voir les bébés qu'on gardait alors qu'ils attendaient de pouvoir rentrer chez eux avec leurs nouveaux parents.

Une fois en route, Caroline demanda doucement à Melody :

— Tu vas appeler Tex ? Je peux appeler le commandant si tu t'occupes de Tex.

Melody hocha la tête.

— Oui, je le ferai dès que j'aurai vu le bébé de Cheyenne.

Elles savaient toutes les deux que Tex ferait tout son possible pour communiquer à l'équipe la condition de Cheyenne et la naissance de la fille de Faulkner. Melody se remémora alors les infos et l'hélicoptère qui s'était écrasé, et elle décida une fois encore de garder cela pour elle. Ce n'était pas le moment d'en parler, et puis cela ne les concernait peut-être même pas.

19

———————

Pénélope observa la caverne d'un œil critique. Elle n'était pas immense, mais elle était assez grande pour les loger confortablement tous les sept. Le temps qu'ils parviennent à ce trou sur le côté de la montagne, Cookie et Mozart en avaient été réduits à porter Abe. C'est Wolf qui avait repéré la grotte le premier.

Elle se trouvait à peu près au milieu d'une pente raide et rocheuse, et l'ouverture n'était que partiellement visible depuis l'endroit où ils se trouvaient. Cookie, Mozart et Wolf avaient gravi le terrain inégal afin d'aller y jeter un œil. Ils étaient revenus une demi-heure plus tard en disant qu'ils pensaient que cela ferait l'affaire.

Pénélope se sentait mal pour Cookie et Mozart, qui avaient dû remonter la montagne à trois reprises pour aider leurs camarades à grimper jusqu'à leur nouvelle cachette.

Il y avait quelques buissons qui poussaient le long de l'ouverture, leur offrant un endroit où faire leurs besoins. Il n'y avait pas de sentier discernable ou facile pour continuer le long de la montagne s'ils avaient besoin de s'éclipser rapidement, mais il y avait bien d'autres buissons qui leur permettraient de rester à couvert s'ils en avaient besoin.

Pénélope ne voulait pas demander, mais elle n'avait pas pu s'en empêcher. Ce n'était pas son genre de se retenir quand elle avait des questions, alors elle n'essaya même pas.

— Qu'est-ce qu'on fait, maintenant ?

— Quoi, maintenant ? demanda Mozart.

— Oui, quoi ? On va rester tapis dans ce trou dans la montagne, mais pendant combien de temps ? Quel est le plan ?

— Le plan est d'attendre, répondit calmement Wolf.

— Attendre ? demanda Pénélope d'un air incrédule. Attendre quoi ?

— Tex.

Pénélope se massa les tempes.

— Qui est ce Tex ? C'est la troisième fois que vous parlez de lui. Et je préfère vous prévenir que je n'aime pas attendre.

Aucun des hommes ne se tendit, aucun ne sembla s'irriter d'une quelconque façon. C'est Cookie qui répondit, mais pas comme Pénélope s'y serait attendue.

— Il y a environ deux ans et demi, nous étions au Mexique en mission de sauvetage. On avait été envoyés pour récupérer une jeune femme qui avait été enlevée. Quand on est arrivés, on a trouvé une autre femme qui avait également été kidnappée, mais que personne ne recherchait. On a fini par quitter le pays sains et saufs.

Il s'interrompit, ce qui donna à Pénélope le temps de lui demander :

— Je ne comprends pas...

— Écoute, Tiger, la gronda Wolf.

Pénélope ferma la bouche et hocha la tête, retenant ses frustrations face à cette réponse cryptique à sa question.

— Vu de l'extérieur, Fiona semblait aller bien. Elle était courageuse et stoïque, un peu comme toi, Pénélope. On l'avait droguée, mais elle s'est battue contre l'addiction et elle s'en est sortie. Je n'ai pas suivi mes instincts et j'ai pensé qu'elle allait bien. On était en mission quand Fi a eu un flash-back. Elle pensait qu'elle était de retour au Mexique et elle s'est enfuie. Elle fuyait des ravisseurs fantômes qui n'existaient que dans son esprit. J'étais hors du pays et je n'ai pas pu rentrer pendant au moins un jour et demi. En attendant, elle était dans la nature, seule, terrifiée et en souffrance.

Cookie inspira profondément avant de poursuivre :

— Tex l'a retrouvée. Il a remonté sa trace et s'est assuré qu'elle soit en sécurité le temps que je rentre. Je mets ma vie entre les mains de Tex, ainsi que celle de ma femme, de mes coéquipiers et de leurs femmes. Tex nous retrouvera. Je parierais tout ce que j'ai, y compris ma propre vie.

— Vous pariez votre vie, murmura Pénélope, qui n'était toujours pas certaine à cent pour cent qu'ils aient raison de placer tous leurs œufs dans le même panier.

— Tiger, nous devons tous ce que nous avons à Tex. D'une certaine façon, il nous a aidés à sauver la vie de nos femmes. Je peux te garantir qu'à l'instant même, il fait tout son possible pour nous aider à rentrer chez nous, dit sérieusement Benny.

Pénélope regarda parler le soldat qui avait été le plus silencieux jusque-là.

— On ne lui pose pas la question et il ne nous dit rien, mais on sait tous que ce qu'il fait n'est pas vraiment légal. Et on s'en fiche ! Il connaît des gens. Il était dans les forces spéciales autrefois, mais il travaille pour la CIA, le FBI, la Delta Force, les Rangers, et je ne serais pas surpris s'il ne connaissait pas personnellement un putain de terroriste, ici en Irak, qui lui doit une faveur. S'il le faut, Tex mobilisera chacune de ses ressources pour nous tirer de là. Il faut simplement garder la foi.

— Ce n'est pas ma personnalité d'avoir la foi, répondit honnêtement Pénélope, mais je vous fais confiance. Vous m'avez tirée de l'enfer dans lequel j'étais détenue. Si vous dites que je dois faire confiance à ce Tex, alors je vous suis.

— C'est bien, dit Benny avec un geste de satisfaction.

— Mais...

Les six hommes grondèrent et Pénélope ne put s'empêcher de sourire. Ils se comportaient tellement comme... des mecs, que c'était drôle.

— Est-ce qu'on a un plan si jamais les insurgés nous trouvent avant que Tex n'arrive à nous envoyer la cavalerie ?

— Oui. On reste en vie.

La réponse d'Abe tira un grognement de frustration à Pénélope. Elle secoua la tête.

— J'ai bien fait de demander. Bon sang !

Wolf reprit la parole :

— On a tous des munitions et des armes, Tiger. On combattra tous ceux qui oseront montrer le bout de leur nez près de cette caverne. On ne va pas se contenter de rester assis là et de nous laisser tuer.

— Et s'ils utilisent un lance-roquette ? demanda Pénélope, exprimant une de ses plus grandes peurs.

— C'est possible.

Pénélope n'était pas rassurée par le commentaire de Wolf, mais il poursuivit avant qu'elle ne puisse dire quoi que ce soit :

— Mais c'est un risque que nous sommes forcés de courir. On va rester discrets jusqu'à ce que nous n'ayons absolument pas d'autre choix que de les affronter. Si la chance nous sourit, ils auront au pire des grenades.

— Merde, murmura Pénélope, horrifiée.

Elle s'imaginait qu'on jetait dans la caverne un de ces petits engins insidieux et qu'il explosait, les tuant tous.

— Merde, souffla Dude. Tu lui fais peur, Wolf.

— Écoute, la prévint ce dernier, je ne peux pas garantir qu'on s'en sorte vivants, mais si tu suis nos ordres, on te protégera. On a de l'expérience dans ce domaine.

Pénélope y réfléchit et décida de cesser de protester. Wolf avait raison. Elle les harcelait de questions sur des choses qu'ils n'auraient pas su prédire. Ils étaient des soldats d'élite entraînés. Quand ils se retrouvaient dans des situations dangereuses, ils agissaient, comme elle quand elle se retrouvait dans un bâtiment en feu. S'il y avait des civils dans un bâtiment en proie aux flammes, aurait-elle voulu qu'ils lui posent autant de questions qu'elle venait de le faire ? Non. Cela n'aurait fait que la contrarier. Elle leur aurait dit de lui faire confiance et de suivre ses ordres.

Alors elle inspira profondément et les rassura :

— Vous avez raison. Je ferai tout ce que vous me direz de faire si jamais ça commence à péter. Je vous le promets.

Wolf, soulagé, hocha la tête.

— C'est bien.

Un silence stressé s'abattit sur le groupe alors qu'ils attendaient que quelque chose se passe... quoi que ce soit.

Tex se concentra sur l'écran d'ordinateur placé devant lui. Il avait par le passé bossé avec Keane Bryson, dit Ghost, lors d'une mission. Le soldat de la Delta Force était terriblement doué pour son travail et avait sauvé la vie de Tex. Ils n'avaient pas communiqué en personne après cette mission, mais ils étaient restés périodiquement en contact par Internet au fil des années.

Le commandant Hurt avait déjà appris que l'hélicoptère s'était écrasé, mais il ne savait pas où. Tex lui avait transmis les coordonnées et il savait que l'équipe des forces spéciales qui se trouvait déjà dans le pays était mobilisée, mais il avait la sensation que ses amis auraient besoin de renforts supplémentaires.

Il semblait évident que Wolf et son équipe avaient laissé quatre traqueurs auprès des quatre personnes qui étaient ou bien blessées ou bien mortes, et avaient gardé le dernier pour eux. Sans quoi ils ne se seraient jamais dispersés. Tex regarda le point rouge solitaire qui se dirigeait vers le nord, loin des autres. La question était : sur qui était placée chacune des puces ?

Si Wolf avait besoin de renforts supplémentaires, c'est exactement ce qu'il allait se démener pour leur obtenir. Les soldats n'auraient pas pu s'écraser dans un endroit pire que celui-ci. Ils avaient atterri au beau milieu de la zone insurgée. C'était comme si on les avait lâchés sur un nid de frelons… et lentement mais sûrement, les frelons sortaient de ce nid pour voir ce qui venait de les déranger.

Mais c'est là qu'intervenaient Ghost et son équipe de la Delta Force. Tex avait contacté Ghost dès qu'il avait raccroché après son appel au commandant. Celui-ci avait entendu l'inquiétude de Tex et avait immédiatement pris contact avec *son* commandant. Le gouvernement ne fonctionnait généralement pas aussi vite, mais Ghost et son équipe avaient apparemment beaucoup d'influence puisque quelques heures plus tard, des membres de la Delta étaient en route vers le Moyen-Orient.

Tex garda les yeux braqués sur l'écran. Du côté gauche se trouvaient quatre points rouges qui clignotaient, tandis qu'un autre point rouge solitaire s'éloignait d'eux de plus en plus. Sur le côté droit de l'écran se trouvait une image satellite. La résolution était étonnamment nette et précise. Tex avait piraté les satellites top-secret du gouvernement et regardait une transmission directe des montagnes de Turquie. Impuissant, il regarda les silhouettes sombres qui s'approchaient de plus en plus des quatre points immobiles dissimulés au pied de la montagne.

Il retint son souffle, frustré, sachant bien qu'il ne pouvait rien y faire.

20

Cela fait deux jours qu'on a rapporté qu'un hélicoptère s'est écrasé dans les montagnes entre les Turquie et l'Irak. Nous n'avons reçu aucune confirmation concernant l'identité des occupants du véhicule ou bien s'il y a eu des morts à la suite de la catastrophe. Le président n'a pas communiqué sur l'incident et, chose peu caractéristique, aucune information n'a fuité.

Aucun groupe terroriste n'a encore assumé la responsabilité de l'accident et même l'État islamique est resté silencieux.

Vous vous rappelez peut-être que la sergente Pénélope Turner a été enlevée par des terroristes du Daesh et a été vue relativement régulièrement dans des vidéos de propagande. Nous n'avons pas encore de nouvelles de Turner, mais on soupçonne une connexion entre le crash d'hélicoptère et la sergente.

Retrouvez notre bulletin à 10 heures. Nous explorerons de façon approfondie la vie d'un soldat des forces spéciales et les détails de la préparation d'une tentative de sauvetage. Nous nous entretiendrons avec un membre à la retraite de l'équipe 6 des forces spéciales qui, comme vous le savez, a été l'un des acteurs principaux de la mission qui a finalement donné lieu à la mort d'Oussama ben Laden en 2011.

Cheyenne leva la tête vers l'une de ses meilleures amies alors qu'elle tenait son bébé dans ses bras, et elle dit :

— J'ai rêvé que j'étais allongée dans mon lit et que je regardais Faulkner. Je lui disais que je l'aimais et que je voulais qu'il s'assure que notre bébé sache à quel point je l'aimais. Puis j'ai fermé les yeux et je suis morte.

Jessyka s'assit au chevet de Cheyenne et serra fort sa main libre.

— Mais tu es là, maintenant.

Cheyenne hocha la tête, mais elle ne dit rien pendant un long moment. Elle baissa simplement des yeux pleins d'amour vers sa fille.

Jess rompit enfin le silence :

— Alors… tu vas arrêter de nous faire mariner et nous dire comment tu vas appeler ta ravissante fille ?

Jess fut horrifiée en voyant les larmes monter aux yeux de Cheyenne et rouler le long de son visage.

— Oh, mon Dieu, qu'est-ce que c'est ? Qu'est-ce que j'ai dit ? demanda frénétiquement Jess, craignant d'avoir dit quelque chose qui avait contrarié son amie.

Cheyenne leva à nouveau les yeux vers Jess.

— C'est stupide. C'est simplement que… c'est simplement que je pensais que je vivrais ça avec Faulkner. Qu'on rencontrerait notre bébé ensemble. Qu'on remplirait son certificat de naissance ensemble.

Jess se pencha et fit de son mieux pour étreindre

Cheyenne sans écraser le bébé entre elles. Serrant son amie dans ses bras, elle lui murmura à l'oreille :

— Sérieusement, je *comprends*. Mais il rentrera vite et vous aurez des tonnes d'autres souvenirs à créer ensemble. C'est triste qu'il ne soit pas là, mais pense au moment où tu pourras la lui donner quand il rentrera et que tu lui présenteras sa fille pour la première fois. Ce n'est pas la même chose, mais ça sera spécial à sa manière.

Jess sentit Cheyenne hocher la tête contre elle et renifler. Elle s'écarta d'elle pour prendre un mouchoir. Puis elle essuya les larmes du visage de Cheyenne et le lui tendit afin qu'elle puisse se moucher. Une fois que son amie eut repris le contrôle de ses émotions, Jess lui redemanda :

— Alors... tu vas me dire son nom, ou bien tu vas garder le secret pour toujours et me forcer à l'appeler « ta fille » pour le reste de sa vie ?

Cheyenne sourit. Elle avait compris que c'était le but de la plaisanterie de Jess.

— Taylor Caroline Cooper.

Jess afficha un instant de surprise, puis elle se fendit d'un large sourire.

— Seigneur ! Davisa m'a dit que c'est comme ça que tu allais l'appeler, mais je ne l'ai pas crue. Tu l'as déjà dit à Caroline ?

— Elle est intelligente, cette petite, et non, je n'en ai pas encore parlé à Caroline.

— Promets-moi de m'autoriser à être là quand tu le feras.

Cheyenne rit doucement.

— C'est promis.

Jess étreignit son amie une dernière fois, puis elle se redressa.

— Bon, il faut que j'aille retrouver mes petits monstres, mais on reviendra tous ce soir pour vous ramener toutes les deux chez Caroline.

— Oh, mais j'avais pensé…

— Non, l'interrompit Jess. Je sais que tu avais pensé rentrer chez toi, mais non. Le médecin a dit que tu devais prendre du repos et on sait toutes que si on te laissait chez toi, tu ne le ferais pas. Alors tant que Faulkner ne sera pas rentré, on va faire en sorte que tu suives à la lettre les conseils du médecin.

— Je ne…

Jess l'interrompit à nouveau :

— Si, on le sait. Mais maintenant, tu ne pourras pas.

Cheyenne soupira, feignant l'agitation, puis elle souffla :

— Très bien.

— C'est bien, sourit Jess. Alors, comme je le disais, on reviendra dans l'après-midi pour te ramener chez Caroline. Sois sage et je te vois tout à l'heure. J'ai appelé l'infirmière et elle va venir reprendre Taylor. Tu auras besoin de te reposer avant qu'on te sorte de là.

— D'accord. Merci, Jess.

— Tu n'as pas besoin de me remercier. Tu nous as fait une peur bleue. On est simplement contentes que tu ailles bien, et on a bien l'intention de s'assurer que ça ne change pas.

— Tu es aussi autoritaire que Faulkner.

— Ah ! Impossible, ricana-t-elle. Il est la définition même d'autoritaire... et ça te plaît !

— Certes... Tu as des nouvelles ?

Jess savait de quoi Cheyenne voulait parler.

— Non. Rien.

— Tu as demandé à Melody ?

Jess secoua la tête.

— Non. Je ne veux pas vraiment la forcer à me dire quoi que ce soit. Je ne veux pas qu'elle ait l'impression d'être une médiatrice entre nous et les informations que possède Tex.

Cheyenne hocha la tête.

— Oui, ce n'est pas juste qu'on lui demande, n'est-ce pas ?

— Pas vraiment, non, mais je suis certaine qu'elle nous le dirait si elle était au courant de quoi que ce soit.

— Hum...

Cheyenne ne s'engagea pas. Elle n'avait vu Melody qu'une seule fois depuis qu'elle avait repris connaissance à l'hôpital, mais le pli inquiet de sa bouche et le sourire qui ne semblait pas aussi sincère que d'ordinaire lui faisaient penser que Melody en savait plus qu'elle ne voulait bien le dire. Cependant, elle ne releva pas.

— Merci pour tout. On se voit tout à l'heure.

Jess acquiesça et s'en alla, souriant à l'infirmière qui arrivait pour ramener la petite Taylor à la pouponnière.

* * *

Melody était assise dans la pièce où Caroline et Wolf avaient créé une sorte de studio au sous-sol de leur maison. Adossée au mur, elle avait plié les genoux contre sa poitrine et les avait serrés dans ses bras. Elle aurait pu s'asseoir sur une chaise ou le lit confortable, mais pour une raison quelconque, elle se sentait plus à l'aise recroquevillée là où elle l'était. Elle tenait le téléphone collé à son oreille, et ses doigts blanchissaient contre le plastique.

— Tu n'as pas eu de nouvelles d'eux ? demanda-t-elle à Tex d'une voix larmoyante.

— Non.

Elle savait que Tex restait vague délibérément, mais son ambiguïté ne la rassurait pas.

— Tu penses qu'ils sont vivants ?

— Oui.

— Comment le sais-tu si tu n'as pas eu de nouvelles ?

— Mel, lui répondit-il d'une voix basse et rassurante. Ce sont peut-être les maris de tes amies, et tu les connais peut-être comme des papas qui sont gagas de tout ce que peuvent faire leurs gamins, mais pour moi, ce sont des soldats d'élite mortels et coriaces.

Melody savait lire entre les mots.

— Très bien.

— Je t'aime, ma belle. Ne t'inquiète pas pour ça. Enfin, autant que faire se peut. Je ne sais sincèrement pas ce qu'il en est, mais rassure-toi : je fais tout ce qui est en mon pouvoir pour les ramener à la maison. C'est d'accord ?

— Oui, Tex.

— Bon, comment va ma fille ?

Melody sourit, sachant à quel point Tex aimait Akilah.

— Elle va bien. Je l'ai aidée avec sa prothèse hier soir, même si elle n'a plus vraiment besoin de mon aide. Elle se débrouille très bien avec les enfants de Jess et la petite Sara s'est vraiment attachée à elle.

— Vraiment ?

— Oui.

Tex resta silencieux un moment, puis il se lança :

— J'y ai réfléchi. On en a parlé avant qu'Akilah n'entre dans nos vies, mais on n'a pas eu l'occasion d'en rediscuter depuis. J'ai envie d'avoir un enfant avec toi, Melody. Je veux une fille qui ait tes cheveux blonds, tes beaux yeux, et qui te ressemble, qui coure partout dans la maison. J'aimerais donner à Akilah une petite sœur à elle.

Voyant que Melody ne répondait pas, Tex lui demanda d'un ton inquiet :

— Mel ? Je suis désolé. Je ne voulais pas te faire pleurer.

— Tu le pensais vraiment ?

— Absolument.

— J'en ai envie aussi, souffla-t-elle en essuyant ses larmes.

— Dieu merci ! dit Tex à voix basse. Quand rentres-tu ?

— Cheyenne sort de l'hôpital aujourd'hui. Jess et moi allons nous occuper de John et de Sara. Je n'ai pas vraiment de date à l'esprit, mais tu m'as donné envie de rentrer à la maison demain.

Tex ricana.

— Ça ne presse pas, Mel. Il faudra que tu arrêtes la

pilule, et ça risque de toute façon de prendre un moment avant que tu ne tombes enceinte.

— Je sais, mais ça ne m'empêchera pas d'apprécier le processus.

— Seigneur, Mel ! Sérieusement... ne me fais pas ça.

Melody pouffa.

— D'accord, désolée. Dis-moi ce que tu en penses. Je vais rester ici une autre semaine. J'espère que ça te donnera le temps de faire revenir les garçons. Je pourrai soulager Jess et passer du temps avec le reste des filles.

— Ça me paraît bien.

— Alors c'est d'accord. Mais, Tex...

— Oui, ma belle ?

— Tu crois qu'Amy pourrait s'occuper d'Akilah pendant un week-end quand on rentrera ? J'aimerais vraiment essayer de faire un bébé, et ce sera plus facile si notre fille n'est pas dans la pièce d'à côté.

— Je l'appellerai dès qu'on aura raccroché, mais considère que c'est fait. Amy est ta meilleure amie ; elle ferait n'importe quoi pour toi. Je t'aime vraiment, Mel.

Melody sourit et serra davantage les genoux contre elle.

— Je t'aime aussi. Embrasse Baby de ma part.

— Je n'y manquerai pas. Elle gémit devant la porte d'entrée tous les soirs. C'est évident que tu lui manques.

La voix de Tex redevint sérieuse :

— Reste forte, Mel. Je ferai mon possible pour que les garçons rentrent chez eux rapidement.

— Je sais. Tu es Super Tex. Tu sais ce que tu fais.

— Envoie-moi des textos pour me tenir au courant de ce que tu fais.

— Très bien. Je t'aime, Tex.

— Je t'aime. À Vegas et partout ailleurs. Prends soin de toi.

— Au revoir.

— Au revoir.

Melody raccrocha et posa la tête sur ses genoux. Tant d'émotions se bousculaient dans son cerveau qu'elle ne savait pas par quoi commencer. L'inquiétude pour ses amis, la satisfaction qu'Akilah s'intègre bien, la joie que Cheyenne s'en sorte et ait un nouveau-né en bonne santé, l'amour pour son mari, le *désir* pour lui, puis un contentement profond à l'idée que Tex ait envie d'avoir un bébé avec elle.

Elle sourit et se releva enfin. Il était temps d'aller chercher Cheyenne et son nouveau-né et de les installer.

21

———

L'écho d'un coup de feu fit sursauter Pénélope et elle redressa l'échine, déboussolée. Regardant autour d'elle, elle vit que Dude et Cookie étaient allongés sur le ventre à l'entrée de la grotte. Mozart et Benny n'étaient plus là. Wolf se tenait sur le côté et serrait un pistolet contre lui. De temps en temps, il se penchait pour jeter un œil à l'extérieur avant de rentrer la tête.

Derrière elle, Abe était étendu, immobile et silencieux. Il n'allait pas mieux, malgré tous les antibiotiques qu'ils lui avaient injectés. Sa jambe avait besoin de plus de soins médicaux qu'ils ne pouvaient lui en fournir sur le terrain. S'il n'en obtenait pas rapidement, Pénélope craignait qu'il risque au mieux de perdre sa jambe et au pire... la vie.

Ils entendirent d'autres tirs et malgré un nouveau sursaut, elle se força à ramper vers l'endroit où se tenait Wolf.

— Que se passe-t-il ? murmura-t-elle, se sentant

stupide d'essayer de ne pas faire de bruit, mais ne pouvant pas s'en empêcher.

Ils étaient en planque, aussi était-ce adéquat, mais il était impossible que quelqu'un ait pu l'entendre, vu la distance qui séparait les coups de feu de leur emplacement.

— Des coups de feu, dit succinctement Wolf.

— Non, vraiment ? s'irrita Pénélope, qui redevint sérieuse quand elle vit que personne ne se déridait. C'est sur nous qu'ils tirent ?

— Non.

Elle soupira. C'était vraiment difficile de leur faire dire quoi que ce soit. Elle s'allongea sur le ventre, ignorant ses côtes qui la lançaient, et elle rampa vers Dude et Cookie. Puis elle jeta un œil en dehors de la grotte, mais elle ne vit rien.

— Sur qui sont-ils en train de tirer ?

— Je ne sais pas.

— Et c'est bien ou pas ? demanda Pénélope.

— Les deux, lui répondit Dude.

— Alors qu'est-ce qu'on fait ?

— On attend, dit Cookie.

— C'est chiant d'attendre, murmura Pénélope en quittant l'entrée de la caverne pour revenir vers Abe.

Elle voulait inspecter à nouveau sa jambe et la nettoyer, espérant que cela puisse servir à quelque chose.

* * *

Ghost leva la main pour indiquer à son équipe de s'arrêter. Ils s'étaient parachutés dans le pays avant de se diriger vers les coordonnées que Tex leur avait communiquées. Ghost avait un énorme respect pour cet homme et il était content de le connaître. C'était un gars qui savait comment obtenir des résultats. Et si Tex avait besoin d'une faveur, Ghost et le reste de son équipe étaient plus que disposés à la lui accorder. Dieu savait qu'il les avait tirés d'un mauvais pas plus d'une fois.

Fletch et Coach prirent à droite tandis que Hollywood et Beatle couvraient sa gauche. Ghost savait que Blade et Truck protégeaient leurs arrières. Il s'accroupit et attendit que les insurgés montrent le bout de leur nez. Ils n'avaient pas envisagé de pouvoir se rendre pile à l'endroit où Tex avait indiqué la présence d'au moins quatre hommes sans rencontrer le moindre problème. Et effectivement, les problèmes se manifestèrent.

Il entendit une mise en garde dans son oreille alors que le premier coup de feu résonnait dans les montagnes. L'équipe de la Delta Force se dirigea rapidement vers l'origine du tir, pleine d'adrénaline, prête à se battre.

Sporadiquement, des coups de feu sonores résonnèrent à travers les collines. Au lieu de se précipiter, le fusil à la main, Ghost et son équipe opérèrent comme des fantômes, faisant honneur à son surnom. Quatre terroristes étaient déjà morts avant d'avoir compris que quelqu'un se trouvait derrière eux. Ghost fit signe à Fletch et à Beatle de se diriger vers l'ouest tandis que Coach, Blade et lui prendraient par l'est. Truck et Hollywood montèrent en silence vers l'endroit où ils espéraient trouver les soldats disparus.

Les militaires se débarrassèrent rapidement des terroristes qui s'attardaient dans la zone, sachant très bien que d'autres arriveraient pendant qu'ils iraient rejoindre leurs camarades.

— Cinq à Un, entendit Ghost dans son oreillette.

— Cinq, c'est Un, j'écoute, répondit-il.

— Nous sommes parés à approcher.

— Allez-y.

Ghost savait que les autres hommes avaient entendu la conversation et qu'ils se rapprochaient avec précaution de l'endroit où les forces spéciales étaient censées se trouver. Mais à leur arrivée, ils découvrirent quatre hommes et non six, et la sergente kidnappée brillait par son absence.

Ils furent surpris de se rendre compte que c'était l'unité des Night Stalker de l'hélicoptère. Le copilote et le canonnier étaient décédés. Le pilote et le chef d'équipage étaient encore en vie, mais salement amochés. C'étaient eux qui avaient tiré sur les terroristes et défendu leur position.

Ghost s'accroupit près du pilote et regarda Truck l'examiner puis commencer à lui administrer les premiers soins. Il se tourna vers le chef d'équipage et vit que Beatle faisait son possible pour le mettre à l'aise.

— Situation ? demanda-t-il au pilote.

— Onze personnes à bord. La roquette est venue de nulle part et on s'est écrasés. Le copilote a été tué dans l'accident.

— Le statut des autres ?

— Honnêtement, je n'en sais rien, dit le pilote d'une voix faible et pleine de douleur. J'avais quasiment perdu connaissance. Ils nous ont parlé avant de partir, mais ils ne nous ont pas révélé leur plan. Certains étaient blessés.

— La femme ?

— Indemne, monsieur.

Quelque chose se détendit à l'intérieur de Ghost quand il apprit que la sergente Turner avait apparemment été secourue, mais il n'en laissa rien paraître.

— Ils vous ont laissés ici ?

Ses mots n'étaient apparemment pas aussi neutres et sans émotion qu'il l'avait espéré, et le pilote s'empressa de le rassurer :

— Oui, mais ce n'est pas ce que vous croyez. Ils m'ont parlé des traqueurs qu'ils nous avaient laissés et se sont assurés que l'on connaisse nos chances de survie. On les a encouragés à partir. S'ils avaient essayé de nous emmener avec eux, ça aurait signifié une mort certaine pour tout le monde.

Ghost hocha la tête. Il ne voulait pas penser du mal des soldats, et Dieu merci, ils étaient sur la même longueur d'onde.

— Ils vous ont dit où ils se rendaient ?

— Seulement qu'ils allaient prendre de la hauteur. Ils voulaient trouver une position défendable contre les insurgés et se sont dit qu'ils pourraient probablement en trouver une dans une des cavernes. Ils espéraient également que leur déplacement éloignerait les terroristes de nous.

Ghost hocha la tête, sachant que c'était ce qu'il aurait également fait à leur place. Il réfléchit rapidement à la prochaine étape. Il n'allait pas abandonner ces hommes s'il existait une autre solution.

Il se redressa, s'écarta et fit signe à ses hommes de le

suivre. Ils se rassemblèrent à l'écart afin que les Night Stalkers blessés ne puissent pas les entendre.

Comme d'ordinaire, il présenta au groupe leurs options afin qu'ils puissent décider de leur plan d'action en tant qu'équipe.

— Option une, on laisse les Night Stalkers ici et on monte retrouver les forces spéciales et notre sergente. Option deux, on prend les Night Stalkers avec nous et on va chercher les soldats et notre sergente. Option trois, on appelle un hélicoptère pour venir chercher les Night Stalkers et une fois qu'ils seront en route, on continue plein nord pour aller retrouver les soldats et notre sergente. Option quatre, on se sépare ; trois d'entre nous resteront ici avec les Night Stalkers tandis que les autres partiront. Quand on aura retrouvé les forces spéciales, on redescendra et on appellera un transport.

Les hommes de Ghost répondirent immédiatement, choisissant l'option qu'il avait deviné qu'ils choisiraient :

— Trois, dit Hollywood.

— Trois, confirma Beatle.

— Trois, renchérit aussi Blade.

Les autres acceptèrent aussi et tous choisirent l'option trois, sans hésitation. Il leur aurait été impossible d'abandonner leurs camarades aux mains des terroristes. Les équipes de la Delta Force se trouvaient sous l'égide de l'armée américaine, mais fondamentalement, les membres de toutes les équipes des forces spéciales étaient des frères.

Que l'équipe des forces spéciales ait posé ces mystérieux traqueurs sur les militaires blessés avait permis de sauver au moins deux vies. Ghost savait qu'il devrait avoir une discussion avec Tex à propos de ces puces. Il devait bien exister une raison pour laquelle une équipe d'élite des forces spéciales en portait durant une mission top secrète. Ce n'était évidemment sanctionné ni par le Groupe interarmées ni par la marine, mais pour l'heure, il était bien content de les avoir.

Ghost accepta les suggestions de son équipe, sachant qu'ils avaient pris la bonne décision, et il tira sa radio. La bonne décision n'était pas nécessairement la plus sûre, mais ils géreraient les conséquences quand elles se présenteraient.

Deux heures et deux échauffourées contre des insurgés plus tard, un MH-60 émergea à grand bruit de derrière la colline la plus proche. Si Ghost n'y avait pas été habitué, cela lui aurait fait une peur terrible. Fletch et Coach se saisirent des hommes décédés, tandis que Hollywood et Truck aidaient les deux hommes blessés à grimper dans l'hélicoptère. Ils venaient à peine de déposer les soldats dans les bras de l'équipage que l'engin remonta et repartit par là où il était venu. Toute cette opération de sauvetage avait pris environ une minute et demie.

Quand le bruit de l'hélicoptère s'évanouit dans les montagnes, Ghost regarda son équipe.

— Bon, on a fini de jouer. Allons chercher notre soldate.

Les autres hochèrent la tête, l'air déterminés. Peu importait le nombre de terroristes qu'ils rencontreraient. Il était temps de ramener la sergente Pénélope Turner à la maison.

22

Nous avons reçu des rapports quant au crash d'hélicoptère dont nous avons parlé hier soir dans les montagnes qui séparent la Turquie de l'Irak. Une source confidentielle nous a rapporté que quatre hommes ont été déposés à la base aérienne de Ramstein en Allemagne : deux victimes et deux blessés. Nous n'avons pas été en mesure de confirmer leurs identités, mais notre source affirme qu'ils se trouvaient dans l'hélicoptère quand il s'est écrasé. Nous ne savons pas si l'une des quatre personnes était une femme. Nous continuerons à essayer d'obtenir plus d'informations et confirmer si la sergente Pénélope Turner se trouvait parmi les blessés ou les victimes à bord de l'hélicoptère quand celui-ci s'est écrasé. Retrouvez-nous plus tard dans la soirée.

Caroline se tenait devant le petit écran de télévision de la chambre qu'elle partageait avec Matthew et elle hoqueta en entendant les dernières nouvelles. On n'avait pas dit grand-chose, mais c'était suffisant. Le crash d'hélicoptère. Deux hommes étaient morts, deux autres blessés ; ce n'était pas très précis. Bien entendu, l'équipe de Wolf comprenait six personnes, mais le journal avait peut-être reçu des informations erronées.

Elle sentit son cœur battre bien trop fort, mais les larmes ne vinrent pas. Elle demeura figée devant son écran, qui diffusait alors une publicité stupide. Caroline ne la voyait pas ; elle se noyait dans sa propre inquiétude et sa peur concernant son mari et ceux de ses amies.

— Caroline ? Où est-ce que tu as mis... Caroline ?

La voix de Melody mourut quand elle vit son amie debout au beau milieu de sa chambre, les bras autour de la taille, gémissant doucement. Melody s'approcha d'elle et passa un bras autour d'elle, avant de poser une main légère sur la joue de Caroline et de lui tourner le visage pour mieux la regarder.

— Que se passe-t-il, Caroline ? murmura Melody.

Elle la vit cligner des paupières une fois, puis deux, avant de se reprendre.

— Quoi ? Hum...

Melody lâcha le visage de son amie, mais se tourna vers la télévision alors que les nouvelles reprenaient. Comprenant soudain ce qui avait dû se passer, Melody demanda prudemment :

— Ils ont parlé du crash d'hélicoptère au Moyen-Orient ?

À ces paroles, Caroline se tourna soudainement et la regarda dans les yeux.

— Oui.

— Qu'est-ce qu'ils ont dit ? demanda doucement Melody.

— Deux blessés, deux morts. Ils les ont transférés à la base aérienne de Ramstein en Allemagne.

— D'autres informations ?

— Non.

Melody s'interrompit.

— Je n'ai pas d'autres informations, Caroline, mais pour ce que ça vaut, Tex pense qu'ils vont pouvoir rentrer.

Les deux femmes savaient qu'elles étaient bien près de faire ce dont elles avaient promis de s'abstenir : spéculer sur les missions de leurs hommes. Mais elles étaient soulagées de se rendre compte qu'elles en savaient toutes les deux plus que ce qu'elles ne l'avaient avoué.

— C'est très précieux, lui dit Caroline.

Elles s'étreignirent fort et ne se lâchèrent pas avant d'avoir entendu qu'on frappait à la porte. C'était Akilah.

— Tu as trouvé les assiettes en carton ?

Caroline se recula et regarda Melody d'un air interrogateur.

Celle-ci haussa les épaules.

— J'étais venue pour te demander si tu en avais et où elles étaient. On a pensé que ce serait mieux de servir tout le monde dans des assiettes en carton pour ne pas avoir à faire la vaisselle plus tard.

— C'est bien pensé. Et oui, j'en ai. Je vais descendre pour vous montrer où je les garde.

Melody hocha la tête et elles quittèrent la pièce bras dessus, bras dessous. Tout le monde devait venir chez Caroline et elles seraient toutes là dans une heure environ. Elles allaient servir des amuse-gueules et fêter la santé de Cheyenne qui s'améliorait ainsi que la naissance de sa fille. Cheyenne avait également promis qu'elle révélerait au cours de la soirée le prénom qu'elle allait lui donner.

Elle avait gardé le secret aussi férocement que Kason taisait l'origine de son surnom, et avait tout bonnement refusé de leur annoncer le prénom qu'elle avait choisi, prétextant vouloir attendre qu'elles soient toutes ensemble. Caroline avait levé les yeux au ciel, mais honnêtement, peu lui importait. Cheyenne était vivante et en bonne santé, alors elle attendait qu'elle soit disposée à leur en faire part.

Caroline était reconnaissante envers Melody de l'aider à organiser cette soirée. Sept adultes, deux enfants, une préado, deux gamins et un nouveau-né, ça faisait un peu beaucoup, même pour Caroline.

Melody, Akilah et elle travaillèrent en équipe pour préparer plusieurs types d'apéritifs, un plateau de crudités, des œufs-mayonnaise et des petits sandwichs au beurre de cacahouète pour les enfants. Cheyenne était assise dans la pièce à vivre, faisant une sieste avant l'arrivée de tout le monde.

Enfin, une fois que la nourriture et les boissons furent quasiment prêtes, les autres femmes commencèrent à arriver. Après s'être saluées et extasiées sur le bébé de Cheyenne, elles se répartirent toutes dans la salle à manger. C'était serré, mais elles écartèrent la table basse et allèrent chercher deux chaises à la cave.

Cheyenne était installée dans le grand fauteuil moelleux, tenant sa fille endormie dans ses bras. Jess, Summer et Fiona étaient assises sur le grand canapé en cuir brun foncé et Alabama sur l'autre fauteuil. Caroline et Melody, quant à elles, faisaient continuellement des voyages jusqu'à la cuisine, s'assurant que les verres ne soient jamais vides et rapportant du rab pour tout le monde quand elles se retrouvaient à court. Elles s'installèrent enfin par terre, devant le canapé. Akilah était assise avec Sara devant elles toutes, et jouait avec elle en silence. John s'était enfin endormi après avoir crapahuté dans toute la maison sur ses petites jambes. Et même Brinique et Davisa s'étaient posées et se contentaient de jouer avec de vieilles poupées que Caroline avait dégotées on ne sait où.

La pièce était pleine d'amour et de contentement, et Caroline était ravie d'en faire partie. Elle remerciait sa bonne étoile et le destin tous les jours d'avoir été placée à côté de Matthew sur ce vol plusieurs années en arrière.

— Alors, Cheyenne, crache le morceau, la pressa gentiment Alabama. Je jure que si tu nous fais comme Benny, je vais devoir te chatouiller impitoyablement jusqu'à ce que tu nous le dises. Comment s'appelle ta petite beauté ?

Cheyenne n'hésita pas et afficha un large sourire en annonçant :

— Taylor Caroline Cooper.

Elles poussèrent toutes des *oh* et des *ah* et se redressèrent pour s'approcher de Cheyenne et de Taylor pour la féliciter... à nouveau. Toutes, sauf Caroline.

Davisa la suivit du regard alors qu'elle quittait la pièce pour aller dans la cuisine. La fillette était un peu perdue. Elle aurait cru que l'amie de sa nouvelle maman serait contente que le bébé porte son prénom. Elle tendit à Brinique la poupée avec laquelle elle jouait et suivit Caroline.

Elle la trouva dans la cuisine, calée contre le comptoir, des larmes courant le long de son visage.

— Tu n'es pas heureuse ? demanda Davisa.

Caroline eut un sursaut de surprise, n'ayant pas entendu que quelqu'un l'avait suivie. Elle se tourna et regarda la fille d'Alabama. Celle-ci plissait le front et semblait terriblement inquiète… pour elle. Caroline essuya ses larmes et essaya de se contrôler.

— Si.

— Alors pourquoi tu pleures ?

— Parfois, les gens pleurent quand ils sont heureux, Davisa. J'ai été surprise que Cheyenne donne mon nom à sa fille.

— Ils l'ont choisi il y a longtemps.

— Quoi ? demanda Caroline, surprise.

— Oui. Je l'ai entendue parler avec Tonton Dude un soir quand ils nous gardaient, Brinique et moi. Ils plaisantaient en cherchant des prénoms, mais ils ont tout de suite choisi Caroline comme deuxième prénom.

Caroline sentit les larmes lui monter à nouveau aux yeux. *Bon sang.*

— Et le favori de Tonton Dude parmi tous les autres était Taylor, poursuivit Davisa, alors j'ai pensé que c'était ça que Cheyenne allait choisir.

— Tu es une petite fille intelligente. Tu le sais ? demanda Caroline en continuant d'essuyer ses larmes.

— Oui. Je sais.

Caroline sourit.

— Allons, retournons au salon pour aller voir la petite Taylor Caroline. D'accord ?

— Oui, mais je n'aime pas les bébés. Je vais attendre qu'elle soit plus vieille pour qu'on puisse jouer à la Barbie ensemble.

Caroline n'eut pas le cœur de dire à Davisa que le temps que Taylor soit assez grande pour vouloir jouer à la Barbie, Davisa serait probablement trop mûre et serait passée à autre chose. Elle lui prit la main et elles retournèrent dans la pièce à vivre. Elle vit Cheyenne lui adresser un regard inquiet et Caroline alla la rejoindre directement, lâchant la main de Davisa et la regardant rejoindre sa sœur et une pile de poupées Barbie.

Cheyenne prit la main de Caroline quand elle s'approcha et Caroline s'assit au bord de la chaise.

— Taylor est magnifique. Je n'ai jamais été aussi honorée de toute ma vie.

— Faulkner et moi en avons beaucoup parlé. Il a le respect le plus total envers Matthew, autant en tant qu'homme qu'en tant que chef d'équipe. Si le bébé avait été un garçon, il aurait eu Matthew comme deuxième prénom, mais on s'est dit qu'on pourrait tout aussi bien vous rendre hommage à tous les deux en lui donnant ton prénom aussi. C'était l'étape la plus facile de notre recherche de prénom, je peux te le dire !

Caroline sentit à nouveau sa lèvre trembler, et elle attendit que l'envie d'éclater en sanglots bruyants lui passe avant de prendre la parole :

— Je ne sais pas comment on a fait pour avoir autant de chance, mais je remercie Dieu qu'on se soit toutes trouvées.

Elle aurait voulu dire tellement de choses, mais Taylor choisit ce moment précis pour se réveiller et pousser un cri perçant. Cela réveilla April, qui ajouta ses propres pleurs au vacarme.

Les femmes et les enfants passèrent encore plusieurs heures ensemble, à rire et sourire d'être réunis. Enfin, quand les enfants commencèrent à être ronchons et somnolents, tout le monde plia bagage pour rentrer chez soi.

Melody s'en alla avec Jessyka pour l'aider pendant quelques jours avant de rentrer chez elle en Virginie. Alabama prépara ses filles à partir, prenant la boîte entière de poupées que Caroline leur avait dit de garder jusqu'à ce qu'elles s'en lassent. Fiona aida Summer à rassembler ses affaires, et enfin, Caroline et Cheyenne restèrent seules.

Le silence s'abattit enfin sur la maison.

— Malgré l'amour que je leur porte à toutes, je dois admettre que j'apprécie la paix et la tranquillité qui suivent leur départ.

Cheyenne rit doucement, s'assurant de ne pas réveiller Taylor qui dormait paisiblement dans un couffin placé près de sa chaise.

— Oui, j'ai la sensation que tu seras aussi contente de ne plus me voir dans quelques mois quand Taylor sera plus âgée et plus en demande.

Les deux amies se sourirent.

— Tu veux aller te coucher ? demanda Caroline.

Cheyenne étouffa un bâillement.

— Oui, je crois. Tu trouves ça triste que je sois contente d'aller me coucher tous les soirs ?

— Non, tu as traversé plusieurs journées difficiles. Donne à ton corps le temps de guérir. Ne te montre pas si dure envers toi-même.

— T'ai-je déjà remerciée pour tout ce que tu as fait pour moi, Caroline ?

— Oui, mais tu sais que je ferais n'importe quoi pour toi.

— Le fait que tu aies été là en l'absence de Faulkner signifie tout pour moi... et pour lui aussi. Et il te dirait la même chose s'il était là.

— Ils seront bien rentrés. Je le sens.

— Je l'espère bien.

— Crois-y.

Caroline aida Cheyenne à se redresser et à quitter sa chaise, puis elle prit Taylor dans ses bras avant de descendre l'escalier qui menait au sous-sol.

— Tu as le talkie-walkie pour m'appeler pendant la nuit si tu as besoin d'aide ? demanda Caroline d'une voix autoritaire.

— Oui, madame.

Caroline soupira.

— Tu ne vas pas m'appeler, c'est ça ?

— Non. Mais ça va aller. Je le jure.

— Très bien. Mais sache que je suis là si tu as besoin de moi.

— Je le sais. Et j'apprécie.

Caroline déposa Taylor dans son berceau près du lit et regarda le bébé changer de position avant de tomber à nouveau dans un profond sommeil. Puis elle se pencha et prit Cheyenne dans ses bras.

— Merci de m'avoir rendu hommage de la sorte. Je t'aime, ma belle.

Cheyenne lui rendit son étreinte.

— Je t'aime aussi.

Caroline laissa son amie et gravit les marches. Elle referma la porte du sous-sol et s'assura que toutes les portes de la maison soient verrouillées. Elle jeta un œil à la cuisine et mit le lave-vaisselle en route. Il n'y avait pas grand-chose à laver, seulement quelques assiettes et quelques tasses, mais Caroline voulait que tout soit propre avant d'aller se coucher.

Elle éteignit les spots, à part celui de la cuisine, au cas où Cheyenne aurait besoin de quelque chose en plein milieu de la nuit, et elle monta enfin à l'étage, dans la chambre à coucher qu'elle partageait avec Matthew. Elle se prépara à aller dormir et enfila un t-shirt qui appartenait à son mari. Se glissant sous les couvertures, elle serra contre son corps l'oreiller que Matthew utilisait d'ordinaire. Son odeur avait disparu ; il était parti depuis trop longtemps.

Après tout ce qui s'était passé ce jour-là, Caroline s'autorisa enfin à pleurer. Et ce n'était pas des pleurs retenus. C'était un sanglot déchirant, car son homme lui manquait, elle espérait qu'il était sain et sauf et qu'il lui reviendrait bientôt.

Caroline s'endormit avec des larmes sur le visage et les traits de Matthew gravés dans son esprit.

23

Wolf et ses coéquipiers restèrent en alerte durant toute la nuit et la matinée suivante. Ils entendaient des coups de feu sporadiques, mais ils n'avaient vu personne. Puis Wolf et Cookie se regardèrent quand ils entendirent le son reconnaissable d'un MH-60. Ils attendirent, aux aguets, mais ne parvinrent pas à voir l'hélicoptère.

Ils savaient que Pénélope ne l'avait pas entendu. Ou du moins, elle n'avait émis aucun commentaire. Le véhicule n'était resté que quelques minutes et Wolf espérait vraiment qu'il soit arrivé à temps pour secourir les Night Stalkers. Il ne regrettait pas sa décision de les quitter, mais cela le rongeait toujours comme un ulcère. Ils n'avaient pas l'habitude d'abandonner qui que ce soit, aussi l'espoir que Tex ait réussi à organiser un sauvetage pour secourir leurs camarades le rassurait.

La question présente était : qui viendrait *les* chercher et quand ? Et Wolf savait que quelqu'un finirait par se présenter. Il n'en doutait pas.

— Wolf, à 10 heures.

La voix de Cookie était basse et urgente.

Wolf regarda vers l'endroit que Cookie avait indiqué et vit un mouvement. Il sortit ses jumelles et scanna la zone au-dessous d'eux.

— Je les vois. Et aussi à 9, 3 et 12 heures.

Les insurgés se déplaçaient méthodiquement et rapidement dans la montagne, en direction de leur planque. Bien vite, ils parviendraient à l'endroit précis où l'unité s'était trouvée plusieurs jours auparavant quand ils avaient repéré la petite caverne. Les insurgés se rendraient forcément compte que c'était une cachette excellente, ainsi qu'un endroit qu'ils feraient bien d'attaquer.

— Ne les perds pas des yeux, ordonna Wolf, sachant qu'il n'avait pas vraiment besoin de demander à Cookie de le faire.

Celui-ci s'assurerait de connaître l'emplacement exact de tous ces salauds.

Wolf recula maladroitement en s'appuyant sur son bras valide, ne se redressant pas afin de ne pas trahir prématurément leur position. Quand il se retrouva suffisamment loin de l'entrée de la grotte et put se déplacer librement, il se redressa et se dirigea vers l'endroit où Pénélope était assise avec Abe.

La pensée que son ami soit aussi gravement blessé serrait le cœur de Wolf, mais il lutta contre cette sensation. Il avait d'autres préoccupations. Abe n'aurait pas la moindre chance s'ils ne sortaient pas de là vivants. Et même s'il aurait voulu aider Abe en personne, il avait besoin de l'aide du sergent Turner. Elle n'était pas membre des forces spéciales, mais elle était une soldate entraînée.

Wolf regarda Abe et découvrit que pour l'heure, il était endormi ou inconscient. Il se tourna vers Pénélope et vit qu'elle l'interrogeait du regard. Alors, il lui expliqua la situation :

— En piste, Tiger. On a des insurgés qui s'approchent, et qui s'approchent rapidement.

— Où dois-je me positionner ?

Wolf sourit intérieurement. Seigneur, cette femme était géniale ! À chaque fois qu'elle ouvrait la bouche, elle lui rappelait sa Ice... et le rendait d'autant plus déterminé à lui revenir.

— Ce que je vais te demander va probablement t'énerver, mais je ne le dis pas exprès pour ça, continua-t-il rapidement. J'ai besoin que tu nous aides à recharger. Je n'ai qu'un seul bras valide et je ne peux pas le faire rapidement.

Wolf regarda Pénélope incliner la tête et réfléchir à ce qu'il disait. Son respect pour elle augmenta d'un cran. Il discerna le moment où elle prit sa décision.

— Je comprends. Vous êtes plus entraînés que moi et vous tirez probablement mieux. Je ferai mon possible pour garder le rythme. Il vous reste encore combien de munitions ?

Wolf ferma brièvement les paupières, plus reconnaissant que jamais de la personnalité de Pénélope. Toute cette mission de sauvetage aurait pris un tout autre tournant si elle avait été différente. Wolf repensa à Cookie et aux histoires qu'il lui avait racontées sur sa traversée de la jungle en compagnie de Fiona et de Julie, la fille d'un sénateur. Dieu merci ! Pénélope ressemblait plus à Fiona qu'à Julie, enfant gâtée et absolument pas préparée à la moindre déconvenue.

Cela étant, Julie s'était fait pardonner de s'être comportée comme une garce. Elle s'était efforcée de s'excuser non seulement auprès de Cookie et de Fiona, mais également de toute l'équipe. Wolf n'aurait jamais cru qu'il aurait pu percevoir Julie comme une femme forte simplement mal équipée pour gérer l'adversité, mais il avait pourtant changé d'opinion. Il revint au présent. Il n'avait de temps à perdre à songer à la femme de son commandant et à leur histoire partagée.

Il ouvrit les paupières et répondit :

— Probablement pas assez, mais on se battra aussi longtemps qu'on le pourra. On est entraînés pour faire compter chaque balle. J'espère qu'on parviendra à repousser la première vague, puis qu'on pourra s'échapper avant que la seconde n'arrive.

— Très bien. Tu peux m'aider à déplacer Abe un peu plus en arrière ? demanda Pénélope en se détournant de Wolf.

Elle avait été forcée de se tourner parce qu'elle savait que si Wolf avait pu voir son visage, il aurait réalisé l'ampleur de sa panique. Mais elle n'avait pas le temps de s'y abandonner.

Le moment était venu d'agir ou de mourir.

Wolf la rejoignit et malgré son bras blessé, l'aida de son mieux à installer Abe le plus loin possible de l'entrée de la caverne. Ils entassèrent devant son corps quelques-uns des paquetages que les soldats avaient transportés depuis l'hélico afin de lui offrir une protection supplémentaire contre les balles perdues qui risqueraient de ricocher dans leur antre. Ils s'affairèrent en silence tandis que Cookie et Benny continuaient de surveiller les mouvements des insurgés qui montaient vers leur cachette.

— Wolf, le prévint Cookie.

Celui-ci se dirigea vers l'entrée de la petite caverne et s'étendit maladroitement à côté de son camarade, prenant garde à garder son bras aussi immobile que possible. Pénélope s'allongea par terre et rampa à la suite des hommes. Elle s'installa entre eux afin d'être capable d'atteindre facilement leurs armes déchargées. Elle n'aurait également qu'à se pencher d'un côté ou de l'autre afin de pouvoir atteindre les armes que Benny et Dude avaient alors qu'ils se tenaient de part et d'autre de l'entrée.

— Où est Mozart ? murmura rapidement Pénélope avant que le chaos n'explose.

— En reconnaissance, répondit Wolf d'un ton sec, ce qui ne lui dit pas vraiment grand-chose.

Mais Pénélope n'eut pas le temps de poser d'autres questions alors que le premier tir résonnait dans le paysage silencieux.

Ce bruit la fit tellement sursauter que dans d'autres circonstances, elle aurait trouvé cela drôle. Elle se baissa et braqua son attention sur les hommes qui l'entouraient. Elle avait besoin de s'assurer qu'elle serait un atout et pas un désavantage. Elle n'aurait vraiment pas voulu être un poids pour ces hommes et elle aurait fait tout ce qui était en son pouvoir pour les aider.

Elle ne savait pas combien de temps avait duré la fusillade. Elle était restée concentrée sur sa tâche, avait chargé les pistolets qu'on lui avait tendus quand ils étaient déchargés. Elle avait remarqué que Cookie avait une carabine de sniper, Dieu merci. Sans elle, cela aurait été un combat bien différent ; plus rapproché et plus personnel. En l'état, les insurgés savaient manifestement où ils se terraient, mais la carabine longue distance les tenait à l'écart de l'entrée.

Enfin, les coups de feu se firent moins réguliers avant de s'arrêter entièrement.

— Tout le monde va bien ? demanda doucement Wolf, brisant le silence.

— Affirmatif.

— Affirmatif.

— Affirmatif.

— Je vais bien.

Les trois soldats et Pénélope répondirent par l'affirmative.

— Rapport munitions ?

Les soldats examinèrent les munitions qu'il leur restait et le résultat les consterna. Ils avaient chacun trois cartouches pour leurs pistolets et il restait à Cookie environ vingt tirs de carabine. L'état des munitions de Mozart était toujours inconnu, mais Wolf se disait que ce devait probablement être la même chose.

— La prochaine vague arrivera dans environ une heure, je pense. Certains d'entre eux se sont forcément retirés dès que les balles ont commencé à fuser pour aller chercher des renforts et signaler notre position aux autres. Il faut ou bien qu'on monte plus haut, ou bien qu'on redescende en les évitant pendant qu'ils montent.

Il y eut un instant de silence jusqu'à ce que Benny réponde :

— Je préférerais monter. J'ai peut-être une blessure à la tête, mais ce sera bien plus facile pour un hélicoptère de descendre pour nous récupérer si nous sommes en hauteur.

Wolf acquiesça immédiatement.

— Alors partons.

— Et Mozart ? demanda Pénélope, soulagée de ne plus servir de cible immobile dans une caverne.

— Il nous retrouvera, dit Cookie avec une confiance totale.

Ils firent leur paquetage et discutèrent brièvement de la façon la plus sûre d'extraire Abe de la caverne et de lui faire gravir la montagne. Celui-ci reprit connaissance pendant la discussion. Pénélope se dit qu'il allait proposer de rester là, mais elle n'avait jamais passé de temps avec des forces spéciales avant. Il était évident que ses coéquipiers ne l'auraient jamais, jamais abandonné, et il ne le suggéra même pas.

— Je ferai de mon mieux pour vous aider. Donnez-moi un pistolet. Si on se retrouve dans la merde, je pourrai au moins tirer pendant que vous vous trimbal-lerez mon gros cul.

Wolf éclata de rire. Pénélope n'arrivait pas à croire que quelqu'un puisse rire de ce qu'Abe venait de dire. Dans son esprit, ce n'était absolument pas drôle, mais elle trouvait que ces soldats ressemblaient beaucoup aux mecs de sa caserne. L'adrénaline et le danger leur déliaient vraiment la langue. Et pour être honnête, c'était rassurant.

— Et avec la chance que tu as, c'est toi qui vas nous tirer dans le cul, Abe.

Quand le groupe fut prêt, Cookie et Dude prirent Abe par les bras et l'aidèrent à se redresser. Il tremblait et ne parvenait absolument pas à s'appuyer sur sa jambe blessée, mais au moins, il était debout. Cookie colla son épaule sous son aisselle et lui passa le bras autour du dos. Abe enroula le bras autour de la taille de Cookie, puis ils titubèrent jusqu'à l'entrée de la caverne.

— On dirait que vous vous préparez au Championnat du monde de course à trois jambes à la foire communale du Texas, ne put s'empêcher de dire Pénélope.

Elle était soulagée que Cookie et Abe éclatent de rire, plutôt que de s'irriter de son humour un peu déplacé.

— Alors on en fera une quand on sera rentrés. Hein, Abe ? demanda Cookie avec un sourire.

— Ouais, quand on sera rentrés, répondit Abe d'une voix basse mais moins stressée.

— Bon, Benny va sortir en premier. On lui donnera dix minutes d'avance. Nos radios ne marchent absolument pas, alors on va attendre. S'il ne revient pas pour nous dissuader, Dude et Tiger partiront ensuite, suivis des deux compères, et je surveillerai vos arrières. Ne vous redressez pas quand vous arriverez au sommet et attendez qu'on vous rejoigne. S'il arrive quelque chose, terrez-vous quelque part et on se retrouvera dès qu'on le pourra. C'est compris ?

Quand tout le monde hocha la tête, Benny se glissa à l'extérieur et disparut à l'angle de leur terrier. Pénélope attendit en retenant son souffle. Dix minutes s'écoulèrent aussi lentement qu'une course de tortues. Pénélope grimaça. Elle ne savait pas pourquoi elle commençait à penser en clichés.

Enfin, Wolf leur adressa un signe. Elle inspira profondément et émergea de derrière Dude, restant aussi près de lui qu'elle l'avait fait quand ils avaient quitté sa tente dans le camp de réfugiés.

La première partie fut la plus difficile. Pénélope glissa plusieurs fois, s'éraflant les mains en se rattrapant. Elle ne savait pas comment Cookie allait porter un Abe à demi conscient jusqu'au sommet de la montagne, mais elle se dit que si quelqu'un en était capable, ce seraient les soldats d'élite. Ils semblaient capables de faire n'importe quoi. Du moins, d'après ce qu'elle avait vu jusque-là.

Elle s'assura de rester derrière les petits buissons de ronces qu'ils longaient, juste au cas où les insurgés étaient toujours en train de les observer. La perspective de se prendre une balle dans le dos ne l'attirait vraiment pas.

Elle atteignit le sommet de la crête et regarda autour d'elle, ne voyant ni Benny ni Mozart, quand elle sentit un bras l'attraper par-derrière. Une main couvrit sa bouche et elle se sentit attirée contre un corps grand et dur.

Elle se débattit immédiatement, essayant de s'écarter, mais elle fut un poil trop lente.

Un autre bras s'enroula autour de sa taille et la tint si fort qu'elle n'entretint pas l'ombre d'un espoir de s'échapper. Le bras autour d'elle pressait contre sa poitrine et ses côtes fêlées. Elle avait mal et elle paniqua. Non, certainement pas ! Elle n'avait pas surmonté tout cela pour se retrouver enlevée à nouveau. Elle se débattit frénétiquement entre les bras qui la retenaient, mais c'était peine perdue. Elle sentit qu'on la traînait et la portait en arrière, et elle ne pouvait rien faire contre.

Mais alors que Pénélope s'apprêtait à céder au désespoir le plus complet, elle entendit la voix de Mozart. Elle leva la tête et vit un soldat d'élite d'un mètre quatre-vingt-cinq fou de rage. Il braquait un pistolet au-dessus de sa tête et ses mots étaient étouffés mais mortels.

— Lâche-la, connard, et je vais voir si je te laisse en vie.

Pénélope retint son souffle quand l'homme derrière elle ne bougea pas.

24

Nous n'avons toujours pas de nouvelles de Pénélope Turner, la sergente américaine disparue. Voilà quasiment quatre mois qu'elle a été enlevée par l'État islamique et cela fait un moment qu'une vidéo d'elle n'a pas été diffusée. Nous continuerons de couvrir ce sujet.

Par ailleurs, une nouvelle émission de télé-réalité débute ce soir, mettant en compétition des hommes qui veulent tous devenir l'Alaskain idéal. Dans quelques minutes, vous pourrez voir l'interview d'un des participants.

Caroline éteignit la télévision, dégoûtée. Elle ne comprenait vraiment pas comment quelqu'un pouvait regarder cette merde de télé-réalité. Ce n'était pas comme si c'était réel. Le seul programme de télé-réalité qui avait éveillé un tant soit peu son intérêt était une sorte de jeu de séduction situé en Australie... au moins, le candidat paraissait avoir les pieds sur terre. Elle ne se rappelait pas comment cela s'était terminé, mais elle se souvint d'une sorte de scandale, même s'il avait fini par trouver le véritable amour.

La sonnerie de son téléphone portable interrompit ses pensées. Elle alla le chercher là où elle l'avait laissé sur le comptoir de la cuisine. Elle reconnut le préfixe de la base navale, mais pas le numéro en lui-même.

— Allô ?

— Allô, est-ce bien Caroline Steel ?

— Elle-même, qui est-ce ?

— C'est le commandant Hurt.

— Oh, pardon, Patrick. Je n'ai pas reconnu votre voix.

Caroline se raidit soudainement. Oh, merde ! Pourquoi le commandant de Wolf l'appelait-il ?

— Est-ce que tout va bien ? Julie ? Les garçons ?

Ignorant sa question, Hurt dit d'un ton solennel :

— Je voulais que vous l'appreniez de ma bouche plutôt que des agents d'assistance qui vont se présenter chez vous dans moins d'une heure.

Caroline sentit ses genoux céder alors qu'elle glissait à terre, le dos contre les meubles de la cuisine. Elle ne parvint pas à prononcer le moindre mot.

— Wolf et son équipe sont considérés comme disparus au combat.

Caroline expira bruyamment.

— Quoi ? murmura-t-elle.

— Disparus au combat. On n'a pas eu de leurs nouvelles depuis que l'autre équipe des forces spéciales avec laquelle ils travaillaient a rapporté qu'ils avaient accompli leur mission. Ils auraient déjà dû être rentrés, mais nous n'avons pas de nouvelles.

Patrick ne disait pas toute la vérité à Caroline, mais il ne voulait pas lui révéler tout ce qu'il savait… pas encore. Tex lui avait fourni les coordonnées de l'endroit où il pensait qu'ils se trouvaient, mais tant que leur emplacement ne serait pas confirmé par l'équipe de la Delta Force, le gouvernement les considérerait comme disparus au combat. Les puces n'étaient pas de notoriété publique et Patrick ne voulait pas trahir un tel détail à son commandement.

Caroline inspira profondément.

— Ils ne sont pas morts ?

Le commandant baissa la voix.

— Nous ne savons pas. Pour l'heure, ils sont portés disparus.

Caroline hocha la tête. C'était quelque chose qu'elle pouvait gérer.

— Alors, ils sont juste manquants. Ils ne sont pas morts. Ils trouveront une solution et nous contacteront dès qu'ils le pourront.

— Caroline…

Le ton du commandant était sympathique et légèrement compatissant, mais Caroline ne se laissa pas affecter.

— Avec le respect que je vous dois, Patrick, dit-elle, interrompant l'officier sénior qu'elle connaissait depuis longtemps, j'apprécie que vous m'ayez informée à l'avance. Vraiment. Mais j'espère, vu que vous connaissez Matthew et son équipe depuis autant de temps, que vous savez qu'ils sont durs comme du roc. Tant que je n'aurai pas vu et touché le cadavre de Matthew, je ne penserai jamais, jamais qu'il est mort. Vous pouvez bien me trouver naïve ou me traiter d'idiote, mais je sais au plus profond de mon cœur qu'ils sont doués pour ce qu'ils font. S'il existe un moyen pour eux de rentrer à la maison, ils le feront. Même s'ils n'ont qu'une chance sur cent. Ou sur mille. Il existe toujours une possibilité. Alors si vous voulez bien m'excuser, j'ai besoin de lancer l'opération « Entre filles » et réunir ma bande. J'en déduis que les autres aussi recevront des visiteurs ?

— Oui.

Il avait placé tellement de respect dans ce simple mot que Caroline eut envie de pleurer.

— Bon, alors je vais devoir gérer les officiers qui s'apprêtent à venir sonner à ma porte, puis appeler les filles.

Sa voix se radoucit et prit un ton incertain :

— Vous me tiendrez informée ?

— Oui, madame. Je prendrai soin de vous contacter personnellement à la seconde où j'aurai des nouvelles.

— Merci. Et je vous inviterai pour la grosse fête qu'on fera quand nos hommes seront rentrés. Marché conclu ?

— D'accord. Contactez-moi si vous avez besoin de quoi que ce soit. Et je suis sincère, Caroline. C'est le moins que je puisse faire.

— Dites-moi simplement la vérité. Et tenez-moi au courant. C'est tout ce dont j'ai besoin.

— Bien compris. Caroline ?

— Oui ?

— Julie voulait que je vous demande si vous accepteriez qu'elle vienne aussi. J'ai dit que je vous poserai la question. Elle ne veut pas s'imposer, mais elle s'inquiète pour vous toutes.

Caroline déglutit fort. Elle et les autres femmes

n'avaient pas été très gentilles avec Julie quand elles avaient compris qui elle était. Savoir que c'était la femme avec laquelle Fiona avait passé du temps au Mexique et qui s'était montrée si horrible avec elle avait été un choc surprenant pour toute la bande. Mais petit à petit, Julie avait prouvé qu'elle avait changé, et elles avaient toutes décidé que si Fiona était capable de lui pardonner, alors elles le pouvaient aussi.

En plus, elle était à présent mariée au commandant Hurt. Elles la voyaient tout le temps et étaient sincèrement enthousiastes de voir que le supérieur de leurs hommes était aussi heureux avec elle.

— Oui, je crois qu'on aura besoin d'elle.

— Merci. Je le lui dirai et vous l'enverrai dans un moment.

— C'est bien. Je vous reparle une autre fois, alors ? Vous me préviendrez à la seconde où vous apprendrez quelque chose ?

— Bien entendu. Au revoir, Caroline.

Celle-ci raccrocha et posa brièvement la tête sur ses genoux avant de redresser le dos. Elle avait des choses à faire et n'avait pas le temps de pleurer. D'ailleurs, il n'y avait aucune raison de le faire. Tout ce qu'elle avait dit au commandant venait de ses tripes. Matthew était vivant. Ils l'étaient tous. Elle devait continuer à y croire.

Plus tard dans la nuit, Caroline était à nouveau assise dans son salon alors que sa maison était pleine de monde. Elle avait été en mesure de parler à toutes ses amies au téléphone avant qu'elles ne reçoivent la visite des officiers de la base, à part pour Fiona. Elle était allée faire des courses, et avait manqué tant l'appel que la visite de la base… heureusement.

Alabama avait fini par parvenir à la joindre et lui avait dit de lâcher ce qu'elle était en train de faire et de ramener son cul chez Caroline. Elle fut la dernière arrivée. Même Julie s'était présentée avant Fiona, et avait été aussi choquée et bouleversée que les autres. Et à présent, elles étaient assises ensemble, à discuter de ce qui arrivait peut-être à leurs hommes.

— Caroline, tu penses qu'il se produit quoi, en vrai ?

Caroline réfléchit sérieusement à la question de Fiona, essayant de décider quoi leur dire. Elle accrocha le regard de Melody de l'autre côté de la pièce et la vit hocher légèrement la tête. Elle inspira profondément.

— Nous n'avons jamais été le genre de femmes de soldats à remettre nos hommes en question, ou même spéculer où ils pourraient se trouver quand ils sont en mission. Ça me met mal à l'aise de le faire maintenant, mais dans la situation actuelle, je crois qu'on en a besoin.

Elle regarda ses amies et sut qu'elle avait toute leur attention. La plupart des enfants étaient endormis. Sara et John étaient au sous-sol, April et Taylor ronflaient dans les bras de leurs mères, et Akilah était en haut avec Brinique et Davisa, les divertissant pendant qu'elles jouaient à la poupée. Elles étaient huit en tout. Six femmes inquiètes et stressées pour les hommes qu'elles aimaient, puis Melody et Julie, qui avaient tout aussi peur que les amis de leurs époux ne reviennent jamais.

— Je suis quasiment certaine qu'ils sont partis au

Moyen-Orient pour essayer de secourir la soldate américaine enlevée.

Caroline ignora leurs cris de surprise et poursuivit rapidement :

— Matthew ne m'a rien dit, mais j'ai deviné, et il a répondu à suffisamment de mes questions pièges pour confirmer mes soupçons.

— Le crash d'hélicoptère ? avança Summer à voix basse.

Caroline hocha la tête.

— Oui, c'est ce que je pense.

— Mais les nouvelles disent qu'il n'y avait que quatre hommes à bord, et qu'ils ont été transportés en Allemagne, dit Cheyenne.

Caroline essaya de tirer la situation au clair à haute voix.

— Oui, et ça n'a aucun sens. La seule explication que je vois est que l'hélico s'est crashé pendant qu'ils se retiraient. Et Patrick a dit qu'ils avaient disparu, pas qu'ils étaient morts. Alors je pense qu'ils ont peut-être retrouvé cette femme, et qu'ils ne sont simplement pas capables de communiquer avec qui que ce soit pour une raison quelconque. Ils sont peut-être en planque quelque part, attendant que le moment soit venu de se tailler de là.

— Comment peuvent-ils être portés disparus s'ils ont leurs traqueurs ? Est-ce que Tex ne pourrait simplement pas dire au commandant où ils se trouvent ? demanda Jessyka au groupe.

Elles se tournèrent toutes vers Melody et Julie. Les deux femmes semblaient incertaines.

— Laissons Melody et Julie en dehors de ça, dit Caroline à la cantonade alors qu'elle tirait son téléphone. Ce n'est pas juste de les mettre sur la sellette. J'aurais dû y penser avant, mais je vais appeler Tex et voir ce qu'il est en mesure de nous dire.

Julie répondit avant que Caroline ne puisse contacter Tex :

— Je ne sais pas.

— Quoi ? demanda Summer.

— Je n'ai aucune information sur vos maris. Patrick et moi ne parlons pas de son travail. Je sais que ce qu'il fait est extrêmement confidentiel et qu'il risquerait d'avoir de gros problèmes s'il me disait quoi que ce soit, alors je ne lui ai jamais posé la question et il ne m'en parle jamais. Je vous le dirais si j'avais la moindre information. Je vous le jure.

— Merci, dit Alabama à voix basse. On apprécie vraiment.

Caroline salua Julie du menton, composa un numéro et posa son téléphone sur la table basse. Les huit femmes se recroquevillèrent autour et attendirent que Tex réponde.

À la cinquième sonnerie, il décrocha enfin.

— Qu'est-ce qu'il y a, Caroline ?

— Où sont les garçons ?

Tex resta silencieux un instant avant de répondre :

— Pourquoi me poses-tu la question ?

— Arrête tes conneries, Tex, dit Fiona bien plus rudement qu'elle ne l'avait jamais fait avant. Je suis sûre que tu es déjà au courant qu'on a toutes reçu la visite des officiers d'assistance. Ils ont déclaré Hunter et les autres disparus au combat. Mais on veut savoir comment ils peuvent avoir disparu s'ils portent leurs puces ?

Tex s'éclaircit la gorge.

— Tu sais qu'on ne peut pas en parler, Fi. Même si je ne suis plus en service, j'ai encore un devoir de confidentialité puisque je travaille pour le gouvernement, et ce n'est pas cool de me mettre dans cette position.

— Et tu sais que je ne le ferais pas si je n'étais pas absolument terrifiée de perdre le meilleur homme que j'aie jamais connu, l'amour de ma vie, ainsi que les hommes les plus courageux que j'aie jamais rencontrés. On est toutes à bout, Tex. Alors s'il te plaît, est-ce que tu peux nous dire quelque chose ?

La voix de Fiona, initialement forte et inébranlable, céda la place à des sanglots à la fin de sa supplique passionnée.

— Oh, bon sang, dit Tex.

Il soupira profondément, visiblement affecté par le ton de la voix de Fiona, puis il dit :

— Seul cinq d'entre eux ont emporté leur puce avec eux. Je devine que l'un d'eux a oublié la sienne. Je doute que quelqu'un l'ait volontairement laissée chez lui.

— Tu sais qui l'a oubliée ? demanda Jess.

— Oui, mais je ne vais pas vous le dire. Ça n'a aucune importance, lui dit Tex.

— Alors ils ont vraiment disparu ? murmura Cheyenne d'une voix stressée.

— On peut dire ça.

— On peut dire ça ? lâcha Caroline. Seigneur, Tex ! Tu nous tues. Crache le morceau… et en anglais correct, pas avec tous ces codes que tu manies si bien.

Tex ignora le sarcasme dans la voix de Caroline, sachant qu'elle était plus stressée que ce qu'une femme normale aurait été en mesure de supporter. En réalité, tout bien considéré, elle et les autres femmes prenaient très bien la chose.

— Ils ont disparu, oui, mais je crois avoir repéré leur emplacement approximatif. J'espère qu'on aura bientôt de nouvelles informations.

Tex aurait voulu dire tellement de choses aux femmes ! Qu'un traqueur fonctionnait toujours et qu'il était quasiment certain qu'un membre de l'unité le portait. Qu'il avait été en communication avec le commandant de la Delta Force. Qu'il savait qu'ils avaient secouru l'équipage de l'hélicoptère et remontaient la trace de Wolf et de ses hommes. Il espérait que les femmes lui fassent confiance et sachent qu'il faisait ce qu'il y avait de mieux pour leurs hommes.

Le silence remplit la pièce pendant un moment avant que Summer ne prenne la parole :

— Merci, Tex. Sérieusement. Je sais que tu n'avais pas à nous dire tout ça, mais ça signifie énormément de choses pour nous.

— Ouais... Mel ?

Melody prit la parole pour la première fois :

— Je suis là.

— Tu rentres toujours à la maison demain ?

Elles parvenaient quasiment toutes à sentir le besoin dans la voix de Tex. Parfois, elles oubliaient qu'il était plus que la personne qui veillait sur elles et les protégeait. Il était un père, un mari, ainsi qu'un homme qui avait de la peine de savoir ses amis disparus et avait besoin de son épouse à ses côtés.

— Oui. On partira vers midi et on atterrira vers 8 heures, de ton côté.

— Je vous attendrai à l'aéroport.

— D'accord, Tex.

— Vous avez besoin d'autre chose, les filles ? demanda Tex aux autres occupantes de la pièce.

— Non, on a tout ce dont on avait besoin pour le moment, lui répondit honnêtement Alabama.

— D'accord. Alors pour ce que ça vaut, j'ai le sentiment qu'on aura bientôt de bonnes nouvelles, dit Tex d'un ton modérément optimiste.

— Que Dieu puisse t'entendre, dit Caroline avec ferveur.

— On se reparle un autre jour. Je te vois demain, Mel, dit-il d'une voix plus basse.

Elles lui dirent toutes au revoir et Caroline raccrocha. Les femmes se regardèrent toutes pendant un moment avant que Caroline n'annonce :

— Il est temps d'aller se coucher. Personne ne sortira d'ici tant qu'on n'aura pas retrouvé nos hommes. Toi aussi, Julie. Tu es là, alors tu restes. On a besoin de tout le soutien possible.

Personne ne protesta. Elles trouvaient leur présence mutuelle réconfortante, et peu leur importait d'être serrées ou de savoir que cela allait être difficile de gérer autant de monde dans une maison. C'était mieux que de rentrer dans leurs maisons vides et solitaires qui leur rappelleraient leurs époux disparus.

Julie ne se plaignit pas, reconnaissante de n'être enfin

plus considérée comme une « simple connaissance », chose qui s'était dressée entre elle et les autres femmes. Au cours des deux ans qu'elle venait de passer avec Patrick, elle n'avait cessé d'entendre dire que toutes ces femmes étaient vraiment extraordinaires. Le fait que Caroline lui ait demandé de rester signifiait beaucoup pour elle. Elle resterait avec elles et les soutiendrait jusqu'à ce que leurs hommes reviennent à la maison... ou bien à travers leur douleur si jamais ils ne revenaient pas.

25

———

Pénélope retint sa respiration et ne bougea pas d'un pouce. Même si elle en avait été capable, elle serait restée pile où elle était. Ce n'était pas drôle de se retrouver en face d'un revolver, même si elle savait qu'il n'était pas braqué sur elle. Son attention resta concentrée sur l'homme qui se tenait derrière elle et l'immobilisait entre ses bras.

— J'ai dit lâche-la. Tout de suite.

La voix de Mozart indiquait qu'il lui restait cinq secondes avant de perdre son calme ou bien d'exploser la tête de quelqu'un.

— Et si vous baissiez plutôt votre arme et arrêtiez de la braquer sur mon coéquipier ?

Pénélope retint son souffle. Oh, merde ! Tout ceci se transformait en un immense merdier. Il y avait un autre homme habillé en camouflage qui braquait à présent un pistolet sur la tête de *Mozart*. Elle ne pensait pas que ce soit un insurgé, non seulement parce qu'elle ne les avait vu porter que des vêtements déchirés et pas un uniforme, mais également parce que l'homme parlait parfaitement anglais, avec juste une pointe d'accent du sud des États-Unis. Cela dit, elle ne savait absolument pas qui il était. Et cette scène aurait pu être drôle si elle l'avait vue à la télévision dans son appartement de San Antonio. Mais la vivre en personne n'était pas amusant du tout. Elle ne put retenir quelques propos sarcastiques, mais malheureusement – ou heureusement –, ils furent incompréhensibles parce que son assaillant avait toujours la main sur sa bouche.

Cela étant, son intention avait dû être claire, parce que l'autre homme qui était sorti de nulle part dit :

— Capitaine Keane Bryson, Delta Force.

Mozart baissa immédiatement son pistolet et se tourna vers le nouveau venu :

— Il était temps, bordel.

Ils se sourirent de cette façon étrangement virile qu'avaient les hommes, comme s'ils n'avaient pas été sur le point de se buter mutuellement deux secondes auparavant.

Pénélope se tortilla à nouveau dans les bras du militaire qui la retenait et qui la lâcha enfin. Elle se tourna alors pour lui décocher un regard noir et poussa des deux bras sa poitrine, contrariée de ne même pas parvenir à lui faire faire un pas en arrière. Elle se tourna alors vers Mozart et l'homme qui s'était présenté comme Keane Bryson pour lui dire d'une voix sarcastique :

— Je ne sais pas comment vous nous avez retrouvés ou quel est votre plan, mais est-ce qu'on peut se tailler d'ici, s'il vous plaît ? Au cas où vous ne l'auriez pas remarqué, on n'est pas en train de faire un pique-nique.

Le nouveau venu l'ignora et se tourna vers Mozart.

— Elle a du répondant, je ne m'y attendais pas.

Mozart haussa les épaules et acquiesça.

— Oui, mais c'est une super bonne soldate.

Pénélope s'apprêtait à lever les bras au ciel, exaspérée par la conversation, mais en entendant les paroles de Mozart, elle ne put que le regarder, bouche bée. Lui, un membre des forces spéciales, pensait qu'elle était une bonne soldate ? Bon, d'accord...

Il tendit la main au nouveau venu.

— Mozart. Content que vous soyez là. On a bien besoin d'aide. On a un homme blessé et le reste de l'unité n'opère pas à cent pour cent.

— Situation, demanda le capitaine, redevenu sérieux.

Avant que Mozart ne puisse répondre, Wolf émergea des fourrés. Il avait le doigt sur la gâchette de son pistolet et semblait prêt à s'en servir jusqu'à ce que Mozart lui adresse un signal qui signifiait « allié ». Puis le reste de l'équipe déboula sur les talons de Wolf. Pénélope était soulagée de voir qu'Abe était toujours conscient, quoiqu'à peine. Elle se dirigea vers Cookie et soutint un peu du poids d'Abe sur ses épaules. Elle était tellement plus petite qu'eux qu'elle ne pouvait pas faire grand-chose, mais elle se disait que la moindre aide pourrait être utile.

Ils virent ensuite cinq autres hommes se matérialiser dans le paysage désertique. Pénélope se dit que cela ressemblait presque à un western. Six hommes alignés d'un côté contre sept de l'autre.

Wolf désigna chacun des hommes de son unité.

— Je suis Wolf et voici Mozart, Benny et Dude. Celui qui a l'air sur le point de s'évanouir s'appelle Abe et celui qui le tient est Cookie. Vous avez apparemment rencontré Tiger, autrement dit la sergente Pénélope Turner, ancienne invitée de marque de l'État islamique.

Les hommes de la Delta Force saluèrent tous les membres des forces spéciales du menton, puis leur capitaine les présenta :

— Je suis Ghost et voici Fletch, Coach, Hollywood, Beatle, Blade et Truck.

Il y avait assez de testostérone au sommet de cette montagne pour étouffer un cheval, mais Pénélope ne s'en préoccupait pas. Elle se disait simplement que leurs chances de quitter la Turquie, l'Irak ou l'endroit où ils se trouvaient venaient d'augmenter de mille pour cent. Elle aurait pu embrasser ces hommes des forces spéciales si cela avait été approprié.

Wolf, qui en avait manifestement fini avec les politesses, alla droit au but :

— D'abord, nous avons laissé quatre hommes près de l'endroit où le MH-60 s'était crashé. Vous vous en êtes occupés, par hasard ?

— C'est fait, dit Ghost d'un ton neutre.

Il ne développa pas et Pénélope aurait vraiment voulu en savoir plus sur leur état de santé et ce qu'ils faisaient à présent, mais le moment n'était apparemment pas venu.

Wolf salua Ghost du menton.

— Merci.

Puis il poursuivit son rapport :

— Nous avons repoussé la première vague d'insurgés, mais on en attend une à n'importe quel moment. On s'était terrés en bas, dit-il en désignant l'endroit d'où ils venaient, mais ils nous ont retrouvés, manifestement.

Nous n'avons plus que quelques recharges de cartouches chacun. Abe a une blessure à la jambe qui a besoin de plus de soins médicaux que nous pouvons lui en procurer. J'ai le bras cassé. Mozart a une blessure au bras, mais ça ne semble pas si grave. Benny a une commotion et il saigne, et la cheville de Dude n'est pas au top.

— Et Tiger ? demanda Ghost sans détour.

— Elle est déshydratée, a faim, a des côtes fêlées, mais elle est coriace comme pas deux.

Ghost hocha la tête d'un geste approbateur.

— Ça me rassure de voir qu'on a de grandes chances de s'en sortir.

Pénélope le regarda d'un air ébahi. Il avait fumé ou quoi ? Wolf venait de lui présenter assez de problèmes pour faire grimacer un général, et cet homme à l'air dangereux qui se dressait devant elle se comportait comme si Wolf venait de lui dire qu'ils avaient des missiles détecteurs de chaleur cachés dans leurs paquetages. Elle ne comprendrait jamais les mecs des forces spéciales. Elle préférait les pompiers. Ceux avec lesquels elle travaillait étaient certes un peu lourdingues et très texans, mais au moins, ils n'étaient pas complètement barjos.

— Bon, on va s'organiser en paires. Un de mes hommes et un des vôtres. On va vous fournir des munitions supplémentaires. Truck et Blade prendront Abe. Sergent Turner, restez avec Wolf et moi, et vous vous retrouverez chez vous en un rien de temps.

Pénélope hocha la tête et s'écarta d'Abe alors que deux des soldats de la Delta Force, Blade et Truck, s'avançaient pour le prendre par les épaules. Cookie les salua du menton avec respect et gratitude, tandis que les autres hommes s'empressèrent d'aller répartir leurs paquetages et distribuer des munitions.

Pénélope était calée entre Wolf et Ghost quand le premier coup de feu déchira l'atmosphère.

Elle sursauta et s'accroupit, se souvenant de la fusillade à laquelle ils venaient déjà de survivre.

— Du calme, sergente. On est bons, la rassura Ghost en lui mettant une main sur l'épaule.

Pénélope hocha la tête et attendit. Étonnamment, Wolf et Ghost ne sortirent même pas leurs armes, mais se mirent à discuter de leurs plans de sauvetage alors que leurs hommes tiraient sur les insurgés qui les entouraient.

— Vous avez appelé quelqu'un ? demanda Wolf à Ghost.

— Ouais, un MH-47 est en route.

— C'est probablement mieux d'attendre qu'on ait liquidé la situation.

— Oui, ça sera terminé avant que l'hélico n'arrive.

— Et après ?

— On ira à Incirlik puis à Ramstein.

Wolf acquiesça.

— C'est bien. Vous seriez en mesure de transmettre un message chez nous ? Nos radios sont mortes. Les piles sont vidées.

— Bien sûr.

Wolf se pencha vers Ghost et Pénélope l'entendit parler en code – du moins le pensait-elle –, car elle ne comprit pas un mot de ce qu'il avait dit. Elle commençait à s'irriter et la tête lui tournait, non seulement à cause de la fusillade extrêmement bruyante qui sévissait autour d'eux, mais aussi de sa confusion et probablement de la faim et de la déshydratation.

— L'un de vous pourrait-il m'expliquer ce qui est en train de se passer ? exigea-t-elle, toujours de façon sarcastique.

La situation changeait trop rapidement pour qu'elle suive et c'était particulièrement déroutant et effrayant.

Ghost éclata de rire, mais sans méchanceté.

— Dès que les garçons se seront occupés de ces saligauds, un gros hélicoptère viendra tous nous chercher. On se rendra à la base aérienne américaine d'Incirlik, à l'est d'ici, sur la côte méditerranéenne. De là, on vous expédiera probablement à la base aérienne de Ramstein, en Allemagne. Puis vous et les hommes de Wolf recevrez des soins médicaux, et on vous renverra à la maison.

— À la maison ?

Ces mots s'infiltrèrent dans le psychisme de Pénélope comme un animal qui creusait son trou.

— À la maison, confirma Ghost.

Pénélope se tourna vers Wolf avec un sourire.

— Alors tu peux dire aux gars de se dépêcher, on a un hélicoptère à prendre.

Wolf sourit à la femme minuscule qui se dressait entre eux. Elle ne leur arrivait pas au menton, était toute sale et ne sentait pas la rose, mais sa forte personnalité et son originalité ressortaient parfaitement. Elle était peut-être abattue, mais certainement pas vaincue.

— Oui, madame, lui répondit Wolf en riant.

— C'est sergent, pas madame. Je ne suis pas un officier, dit Pénélope d'un ton hautain tout en gardant le sourire afin qu'il sache qu'elle le taquinait.

Wolf ne répondit pas, mais Pénélope savait qu'il l'avait entendue.

Et Ghost avait raison. Il ne fallut guère de temps pour que le dernier coup de feu résonne dans les montagnes. C'était presque trop silencieux.

— C'est fini ? murmura Pénélope dans le silence soudain.

— Presque.

26

———————

Retrouvez les dernières nouvelles d'Allemagne lors du journal télévisé de ce soir.

✷ ✷ ✷

Caroline était allongée sur son canapé avec son téléphone portable à la main et elle regardait le plafond. Alabama était à l'étage dans son lit avec Brinique et Davisa. Fiona dormait dans l'un des fauteuils près d'elle, et Summer était dans l'autre. Elles avaient confectionné un berceau pour April dans le tiroir d'une commode et l'enfant était profondément endormie aux côtés de sa mère.

Cheyenne et Julie se trouvaient dans l'appartement du sous-sol avec Taylor, et Jess occupait la chambre d'amis avec Sara et John. La maison était bondée, mais aucune des femmes n'aurait voulu être autre part.

Les enfants géraient bien la situation et trouvaient amusant de dormir là. Caroline et Fiona avaient emmené

Melody et Akilah à l'aéroport le jour précédent. C'était toujours triste de devoir dire au revoir à leur amie. Même si elle résidait de l'autre côté du pays, Melody n'en restait pas moins un membre de leur groupe à part entière.

Caroline passa un doigt impatient sur son téléphone portable. Elle avait mal dormi, ayant la sensation qu'il se passait quelque chose. Que ce sentiment ne s'appuie pas sur du concret ne l'empêcha pas de s'imposer.

Entendre la marine dire que Matthew et les autres hommes étaient portés disparus avait été difficile. C'était une chose de dire au revoir à Matthew chaque fois qu'il partait en mission et ne pas savoir où il partait et quand il rentrerait, mais elle et les autres femmes savaient d'ordinaire que quelqu'un possédait ces informations. Mais cette fois, même la marine américaine ignorait où ils se trouvaient, et c'était ce qui la faisait le plus flipper.

Était-il blessé ? Quelqu'un d'autre l'était-il ? Caroline refusait de croire que Matthew soit mort. Elle refusait absolument. Comme elle l'avait dit au commandant Hurt, il faudrait qu'elle voie et touche son cadavre pour y croire… chose que bon nombre d'épouses de soldats n'avaient pas l'occasion de faire.

Même si Caroline espérait et priait pour que son téléphone sonne, elle sursauta quand celui-ci vibra entre ses mains. Le numéro s'afficha comme « inconnu », mais Caroline n'hésita pas à quitter le canapé et à sortir de la maison par la porte de la cuisine. Elle ne voulait réveiller personne, mais elle avait un bon pressentiment à propos de cet appel.

Caroline referma la porte derrière elle et appuya sur

l'écran de son téléphone pour répondre avant que la personne à l'autre bout du fil ne raccroche.

— Allô ?

— Ice, c'est moi.

— Oh, Dieu merci ! Tu vas bien ? Est-ce que tout le monde va bien ?

Elle entendit le sourire dans la voix de Matthew quand il lui répondit :

— C'est bien ma Ice, qui s'inquiète toujours pour les autres ! On va bien.

— Le commandant sait-il où vous vous trouvez ? Il a dit que vous étiez portés disparus.

Wolf éclata carrément de rire. Cela faisait à présent deux ans que Caroline était épouse de soldat, mais elle restait quand même parfois très naïve concernant le mode opératoire de la marine.

— Bien sûr qu'il le sait, ma belle.

— Bon... Je peux vous demander quand vous rentrerez ?

— Je n'ai pas de date exacte, mais je te promets que ce sera bientôt.

— C'est bien. Matthew ?

— Oui, Ice ?

— Je peux le dire aux autres ?

— Bien entendu. J'ai dit aux garçons que j'allais t'appeler. Dis bien aux filles qu'ils les appelleront dès qu'ils le pourront, mais pour le moment, on a des réunions et des choses à faire.

— Je sais, je vais leur dire. Tu vas vraiment bien ?

Wolf entendit la voix de sa femme se briser et sentit les larmes lui monter aux yeux. Il était un soldat d'élite puissant, mais rien ne pouvait le mettre à genoux plus rapidement que sa Caroline.

— On va tous s'en tirer.

Ce verbe faisait une grosse différence dans l'esprit de Caroline, mais elle ne creusa pas. Pour le moment, « s'en tirer » était tout aussi positif que « sains et saufs ».

— D'accord. Alors on se voit à la base ?

— Probablement pas. Il faut qu'on fasse un débrief avec Hurt et les autres avant d'avoir le droit de rentrer. Cela prendra probablement un jour ou deux, mais je t'enverrai un texto quand je serai en chemin.

— Très bien. Matthew ?

Wolf sourit à nouveau.

— Oui, Ice ?

— Vous avez réussi ?

Il savait exactement ce qu'elle voulait dire et fut terriblement fier de pouvoir lui répondre :

— Oui, ma belle, on a réussi.

— Dieu merci. Je t'aime.

— Je t'aime aussi.

— Je savais que tu rentrerais.

— Toujours. Je sais que tu m'attends à la maison. Alors comment aurais-je pu ne pas rentrer ?

— Bon, je suis sûre que tu as plein de choses à faire.

La voix de Caroline avait repris son ton autoritaire, et elle ajouta :

— J'ai six adultes, deux enfants, deux bébés et deux petites filles qui peuvent se réveiller d'un moment à l'autre, et qui auront faim. Faites bon voyage et je te verrai vite, mon chéri.

Elle aurait pu lui donner des détails sur Taylor et la

peur que Cheyenne leur avait faite à l'hôpital, ou bien lui dire que Jess était à nouveau enceinte, mais elle décida que son mari avait assez de choses sur les bras pour le moment. Faulkner et les autres auraient largement le temps d'apprendre ce qu'il s'était passé pendant leur absence. Ils appelleraient leurs femmes dès qu'ils le pourraient. Pour le moment, il lui suffisait de savoir qu'ils n'étaient plus disparus et qu'ils rentreraient bientôt.

— Comptes-y. Prends soin de toi jusqu'à mon retour.

— C'est promis. Je t'aime. À bientôt.

Caroline raccrocha le téléphone, laissa retomber le menton contre sa poitrine et poussa un soupir de soulagement. Dieu merci.

27

———

À la base, Pénélope grimaça quand elle aperçut son reflet dans un miroir. Les forces spéciales et elle étaient arrivées sans incident à la base aérienne allemande. Quitter les montagnes de la Turquie avait été un jeu d'enfant. L'immense hélicoptère Chinook était descendu au ras du sol, ils avaient tous sauté à bord, et ils étaient partis. Point barre.

Ils avaient atterri à la base aérienne d'Incirlik en Turquie, et Pénélope avait vu Ghost et ses hommes s'éloigner de l'hélicoptère sans jeter un regard en arrière. Elle l'avait appelé :

— Ghost !

L'homme immense s'était arrêté pour se tourner vers elle.

Pénélope n'avait pas su quoi dire. Que pouvait-on dire à un homme qui avait contribué à vous sauver la vie ?

— Merci.

Le mot n'était guère adéquat, mais elle n'avait pas eu le temps de trouver autre chose.

253

Ghost n'avait rien dit, mais lui avait souhaité bonne chance d'un geste du menton.

Pénélope avait regardé derrière lui et vu que les six autres membres de la Delta Force s'étaient également arrêtés. Ils attendaient peut-être leur leader, mais pour une raison quelconque, tous les hommes, un par un, levèrent la main et la saluèrent. Les larmes qui embuaient son regard faisaient qu'elle les voyait tout flous.

— Je ne suis pas un officier, vous ne pouvez pas me saluer, parvint-elle à dire.

L'homme qu'elle pensait être Coach avait alors répondu :

— On salue ceux qu'on respecte, et *vous*, ma chère, méritez notre respect.

Dieu du ciel ! Puis le groupe d'hommes s'était tourné et avait poursuivi son chemin. C'était la dernière fois qu'elle avait vu l'unité de la Delta Force. Ils étaient entrés dans un bâtiment de la base et n'en étaient jamais ressortis. Pénélope ne savait pas où ils étaient partis ni quelle serait leur prochaine mission, mais elle ne les oublierait jamais.

Elle passa une main à travers ses cheveux courts. Après la première douche, elle avait décidé qu'il valait mieux s'en débarrasser. Ils étaient tellement sales et emmêlés que c'était plus simple de les couper court et de tout recommencer. Pénélope n'avait jamais été de ces femmes démesurément obsédée par leur apparence. Une fois la chose faite, elle avait même songé que ce serait plus facile de s'en occuper en tant que pompière. Ils seraient plus faciles à entretenir et elle s'inquiéterait moins de savoir s'ils étaient sous son casque pendant qu'elle travaillait.

Durant sa première soirée en Allemagne, elle avait eu une longue conversation avec son frère Cade. Ils avaient pleuré tous les deux et Cade lui avait dit qu'il avait fait tout son possible pour que le gouvernement ne l'oublie pas. Il fallait également qu'elle parle aux avocats et aux psychologues de l'armée. Une perspective qui ne la réjouissait pas.

Dans l'ensemble, elle était épuisée et se sentait légèrement claustrophobe. Elle ne pouvait aller nulle part sans que quelqu'un l'accompagne. Elle ne voulait pas parler à qui que ce soit pour le moment, mais elle ne voulait pas non plus rester seule. C'était ridicule. Elle voulait se sentir en sécurité, et le seul endroit où elle savait qu'elle pouvait l'être était en compagnie des soldats d'élite qui étaient parvenus à la retrouver et à la tirer de l'enfer dans lequel elle était plongée.

Pénélope enfila un t-shirt et un pantalon de jogging. Puis elle regarda à l'extérieur de la chambre située dans les baraquements, et vit que le couloir était vide. Quelqu'un était resté avec elle en permanence depuis qu'ils avaient atterri, ainsi que pendant sa visite médicale et sa brève discussion avec un psychologue de l'armée. Il était tard, aussi n'était-elle pas surprise de ne voir personne, même si elle s'était attendue à ce que quelqu'un reste là en permanence. Elle descendit le couloir sur la pointe des pieds, comme une ado qui s'éclipsait en pleine nuit pour aller retrouver son petit ami.

Elle sortit en douce du bâtiment et traversa la base silencieuse, saluant du menton la sentinelle qu'elle croisa. Elle avait déjà rencontré ce soldat quand on lui avait fait faire le tour des baraquements, et elle était soulagée qu'il la reconnaisse et ne lui demande pas où elle allait. Elle se dirigea vers l'infirmerie et salua l'infirmière de garde dans le service où se trouvait Abe. Elle signa le registre et se dirigea vers sa chambre.

Elle savait qu'on lui octroyait probablement certaines libertés à cause de sa situation. Elle avait découvert que la presse américaine l'avait surnommée « la princesse de l'armée »... chose qui l'irritait vraiment. Elle préférait largement Tiger.

Elle entrouvrit la porte de la chambre d'Abe et se glissa à l'intérieur.

— Il est tard.

Pénélope avait su qu'elle ne parviendrait sûrement pas à entrer sans qu'il le remarque, mais ses paroles la firent tout de même sursauter.

— Je sais.

— Tu ne pouvais pas dormir ?

— Non.

— Moi non plus.

— Comment va ta jambe ?

— Elle est toujours là.

Pénélope soupira. Il était avare en paroles.

— Mais ça va ?

— Ça ira.

— C'est bien.

Ils restèrent tous les deux silencieux un moment, jusqu'à ce qu'Abe lui demande :

— Que t'arrive-t-il, Tiger ?

Pénélope n'essaya même pas de tergiverser.

— Je peux dormir ici ?

— Oui, répondit-il du tac au tac.

Pénélope trouva sa réponse sincère.

Elle ne rajouta rien, mais prit deux couvertures qui se trouvaient au pied du lit d'Abe. Elle en étendit une par terre sous la fenêtre de l'autre côté de son lit, loin de la porte, s'allongea et remonta l'autre couverture sur son corps. Puis elle posa la tête sur son coude et poussa un soupir de contentement.

Elle entendit alors Abe se déplacer au-dessus d'elle et soudain, un oreiller atterrit à terre près de sa tête.

— Tu peux le prendre. Je n'en ai pas besoin.

— Merci, répondit Pénélope à voix basse.

Puis les deux vétérans n'ajoutèrent plus rien.

Abe entendit la courageuse sergente s'endormir et commencer à ronfler doucement. Il n'aimait pas la voir par terre, mais il n'insista pas. Elle ne le savait pas, mais son geste l'aidait vraiment à récupérer un peu de sa fierté blessée. En le choisissant lui parmi tous ses camarades, et en le positionnant entre elle et la porte, le laissant inconsciemment la protéger, elle avait effacé son regret d'être resté inconscient pendant la majeure partie de cette dangereuse opération de sauvetage.

Pénélope fut soulagée qu'aucun des autres soldats n'attire l'attention sur le fait qu'elle avait dormi dans la chambre d'Abe la nuit précédente ou ne lui en fasse le reproche.

Elle s'était réveillée aux bruits d'une conversation discrète et avait vu les cinq coéquipiers d'Abe dans sa chambre. Elle avait oublié pour ses cheveux et avait voulu les écarter de son visage, réalisant à la dernière seconde qu'elle n'avait plus de cheveux à retirer.

Elle s'éclipsa et se rendit vers la petite salle de bains près de la chambre d'Abe. Elle se brossa les dents avec un doigt, se disant qu'elle ne tiendrait plus jamais ce geste pour acquis – et elle s'éclaboussa le visage d'eau. Puis elle avala un grand verre d'eau, arrangea ses vêtements et entra dans la pièce.

— Alors, quand est-ce qu'on rentre à la maison ? demanda-t-elle d'un ton joyeux, espérant que la réponse serait « aujourd'hui ».

— Je crois que tu peux partir ce soir.

— Génial, souffla Pénélope, qui avait du mal à y croire.

Elle avait rêvé de revoir Cade et de retrouver à nouveau son pays, et visiblement, cela arriverait bientôt. Puis elle repensa à ce que Wolf avait dit.

— Attends, *je* peux partir ce soir ? Et vous ?

— On s'en va dans la matinée, lui répondit Cookie.

— On ne part pas ensemble ? demanda Pénélope, un peu perdue.

— Tiger, tu rentres à Fort Hood au Texas. On retourne à Coronado en Californie.

— Oh.

Pénélope se sentait stupide. Bien sûr. Ils faisaient partie de la marine et elle de l'armée. Leurs familles habitaient en Californie. C'était tout de même étrange, même si cela faisait peu de temps qu'elle connaissait ces hommes. Ils avaient connu des épreuves. Ils l'avaient sauvée. C'était bizarre.

— Vos femmes savent que vous allez rentrer ?

— Oui, répondit Wolf pour le groupe.

Pénélope se souvint alors de détails concernant leurs familles.

— Dude, est-ce que ton épouse a eu le bébé ?

Dude serra la mâchoire et il hocha la tête.

— Oui, une petite fille en bonne santé. Elle est née il y a deux jours.

— Je suis désolé que tu aies manqué ça, lui dit Pénélope sincèrement. Si je n'avais pas…

Dude se rendit vers la petite femme qu'ils avaient secourue et posa un doigt sur ses lèvres pour la faire taire.

— J'ai peut-être raté sa naissance, mais elle sera là quand je rentrerai. J'ai accepté d'être ici. Et tu sais quoi ? Le jour où ma fille est née est celui où on t'a extraite de cette tente. Je crois que ça en valait bien la peine.

Pénélope s'écarta de Dude et essaya de lui sourire. Bon sang. Ces hommes… Elle savait qu'ils étaient déjà pris, mais ils étaient tout ce qu'elle avait toujours souhaité avoir chez un mec. Ils étaient certes un peu machos, un peu balourds, mais ils n'avaient pas peur d'accorder leur confiance quand elle était méritée, et elle voyait bien qu'ils aimaient leurs familles du plus profond de leur être. C'était ce dont elle avait envie, bien plus qu'elle ne voulait bien l'admettre.

— Eh bien, merci. Merci à vous tous. Sincèrement. Et vous savez quoi ? À partir de maintenant, pendant les matches de football entre l'armée et la marine... je soutiendrai la marine en votre honneur.

Ils éclatèrent tous de rire, comme elle l'avait espéré. Elle avait eu besoin d'alléger l'atmosphère, et cela avait fonctionné.

— On a le droit de rester en contact ? Je veux dire... je sais que ce que vous faites est plutôt secret, alors je ne sais pas si on pourra communiquer ouvertement ou bien si ce sera mal vu.

Pénélope vit les hommes s'échanger un regard qu'elle ne déchiffra pas, et elle poursuivit :

— Oh, d'accord... je comprends. C'est simplement que...

— Oui, on gardera le contact, l'interrompit Wolf.

— Mais, si ça vous pose problème...

— On gardera le contact, répéta résolument Wolf.

— D'accord. Ça me plaît, dit Pénélope avant d'ajouter rapidement : Il faut que j'y aille... J'ai un rendez-vous ce matin... ou un truc dans le genre.

Elle savait qu'elle ne pouvait pas rester là plus longtemps à bavasser avec ces hommes si séduisants. Elle devait s'en aller.

— Je suis contente que vous vous en soyez tous sortis... Rentrez auprès de vos familles !

Elle les salua tous du menton, tourna les talons et quitta la pièce, sachant que si elle s'attardait plus longtemps ou si l'un d'eux cherchait à lui serrer la main ou – que Dieu l'en préserve – la prendre dans ses bras, elle éclaterait en sanglots.

Après son départ, Benny fut le premier à parler :

— C'est une femme géniale.

— Oui, dit Wolf avant de changer de sujet. Vous êtes prêts à mettre les voiles ?

— Tu plaisantes ? Oui ! dit Abe avec assez d'enthousiasme pour tout le groupe.

— Alors on se tire dans deux heures. Nos femmes nous attendent.

28

Comme nous vous l'avons dit hier soir, la sergente Pénélope Turner, membre de l'Armée américaine, a été secourue au Moyen-Orient. Elle avait été enlevée il y a approximativement quatre mois de cela par l'État islamique. Les trois hommes qui avaient été enlevés avec elle ont été décapités et brûlés, et l'enregistrement de leurs morts avait été diffusé par le Daesh. Turner a été vue sur plusieurs vidéos en train d'exalter l'idéologie de l'État islamique et de dénoncer les gouvernements de l'Occident.

Tard ce week-end, un avion a atterri à Fort Hood, au Texas, avec le sergent Turner, les cheveux courts, flanquée de plusieurs représentants gradés de l'armée. Elle a adressé un signe de la main depuis l'avion et a rapidement grimpé dans la berline qui l'attendait pour aller certainement apporter son témoignage. Avant de revenir aux États-Unis, elle a passé plusieurs nuits à la base aérienne de Ramstein, en Allemagne.

Nous n'avons reçu aucune information sur son sauvetage ou ses sauveteurs, mais nous espérons avoir très vite plus de détails. Et même si la « princesse de l'armée », comme l'ont surnommée les médias, n'a pas encore accepté de donner d'interviews, nous nous entretiendrons avec Cade Turner, son frère, la semaine prochaine, dans le cadre d'une interview exclusive. Restez avec nous pour avoir plus de détails, et nous voulons être les premiers à souhaiter au sergent Turner un bon retour !

* * *

Caroline était assise dans sa maison et elle attendait impatiemment le retour de Matthew. Après lui avoir parlé au téléphone l'autre matin, elle était revenue à l'intérieur et avait eu le plaisir de dire aux autres femmes que leurs hommes allaient rentrer.

Comme d'habitude, elles avaient toutes été compréhensives et avaient accepté que ce ne soit pas possible pour tous leurs maris de les appeler sur-le-champ. C'était triste, mais parfois, leur travail passait en premier, même avant leur famille. Elles savaient toutes qu'ils leur téléphoneraient dès qu'ils le pourraient. Pour le moment, elles se contentaient de savoir qu'ils étaient tous vivants et qu'ils rentreraient bientôt.

Ce matin-là, Caroline avait également parlé au commandant Hurt, et il avait eu le plaisir de lui faire savoir que Matthew était indemne et qu'ils seraient vite là. Caroline omit de préciser que Matthew venait déjà de l'appeler, se disant qu'il le savait peut-être déjà.

Avant son départ, Julie l'avait prise à part pour l'informer que le commandant avait prévenu Dude de la naissance de sa fille. Caroline ne pensait pas que cela contrarierait Cheyenne. Elle savait que les garçons auraient deviné qu'elle avait largement eu le temps d'accoucher.

Caroline et les autres femmes s'étaient envoyé des textos de temps en temps pour essayer de découvrir quand leurs hommes atterriraient, mais personne n'avait encore reçu de leurs nouvelles et elles ne savaient pas s'ils étaient déjà en Californie, même si elles se disaient toutes que cela ne tarderait pas. Caroline ne tenait plus en place et elle avait hâte que Matthew franchisse le seuil de la maison.

Elle était en train de rincer l'assiette du dîner quand elle entendit une clé s'enfoncer dans la serrure grinçante de l'autre côté de la maison. Elle fit volte-face, mais resta étrangement figée. Elle retint son souffle et Matthew apparut enfin dans l'encadrement de la porte de leur cuisine. Le soulagement qu'elle ressentit lui rappela le jour où elle avait vu Matthew apparaître dans la maison dans laquelle elle s'était dissimulée après que leur avion eut été détourné par des terroristes.

Caroline le dévora des yeux. Matthew avait l'air fatigué, il portait un bras en écharpe, mais il était là et en un seul morceau. C'était suffisant. Elle fit un pas en avant, puis un autre, et un autre, et enfin, elle se retrouva dans ses bras. Il avait laissé son sac à la porte d'entrée et il l'entoura de son bras valide, la serrant assez fort pour la soulever du sol. Ils ne dirent rien, mais les mots n'étaient pas nécessaires.

Matthew les dirigea tous vers le canapé et s'assit, sans lâcher Caroline. Elle enfonça son visage contre son cou et inspira, adorant son odeur et réalisant à quel point elle lui avait manqué durant son absence. Elle pouffa, réalisant que Matthew avait enfoui son nez dans ses cheveux pour la humer lui aussi.

Enfin, elle s'écarta et lui prit le visage entre les mains.

— Tu m'as manqué.

— Tu m'as manqué aussi, Ice.

— Tout le monde va bien ?

— Oui, tout le monde va bien.

— Y compris la sergente Turner ?

Wolf sourit à sa femme. Sa nature bienveillante lui plaisait. Elle n'avait jamais rencontré l'autre femme, mais était pourtant pleine de compassion et d'inquiétude pour elle.

— D'après ce que j'ai vu au journal télévisé, elle va bien.

Caroline attendit un instant, regardant Matthew dans les yeux. Puis, voyant qu'elle l'avait poussé dans les retranchements de son secret professionnel, elle n'insista pas. Il ne pouvait pas exactement admettre qu'il savait personnellement comment se portait Pénélope. Alors elle reposa la tête sur la poitrine de son époux.

— Cela dit, je ne serai pas étonné de recevoir une carte de Noël en provenance du Texas, sourit-il.

Les paroles de Matthew la surprirent et elle sourit sans relever la tête. La discussion était terminée. Le temps était venu de montrer à son homme à quel point elle était heureuse qu'il soit rentré.

Caroline posa une main sur sa poitrine et commença lentement à défaire sa chemise. Elle glissa sa main dessous et commença à jouer avec la peau qu'elle venait de découvrir. Elle sentit ses mamelons se contracter sous ses doigts baladeurs, puis Matthew se mit à bander. Elle lui lécha alors le cou et lui mordit le lobe de l'oreille.

— Je t'aime, Matthew, lui souffla-t-elle. Tu m'as manqué. J'ai besoin de toi.

Toujours aussi taciturne, Wolf se redressa d'un mouvement fluide, tenant toujours Caroline contre lui.

— Loin de moi l'idée de refuser quoi que ce soit à mon épouse, dit-il d'une voix détendue.

Puis il se dirigea à grands pas vers leur chambre, sans lâcher la main de Caroline qui peinait à rester à sa hauteur.

Il l'allongea sur leur lit et s'installa à genoux sur elle. Puis il plaça sa main valide près de ses épaules et monta à califourchon sur ses cuisses. Il se pencha alors et posa son front contre le sien.

— Où que j'aille, quoi que je fasse, c'est pour toi que je le fais. Pour pouvoir revenir dans cette maison, vers toi. Je t'aime, Caroline Martin Steel. Tu es mon refuge, mon tout. Je traverserais les jungles les plus sauvages, les déserts les plus arides et les océans les plus vastes pour pouvoir finir mon voyage ici, dans tes bras.

Wolf se pencha et embrassa les larmes qui perlaient des yeux de son épouse.

— Moins de parlotte et plus d'action, cher monsieur, le taquina Caroline en faisant courir ses mains le long de la poitrine de Matthew, remontant sa chemise au passage.

— Oui, madame.

Le chef d'équipe et sa femme réaffirmèrent leur amour, ne brisant plus le silence avant un bon moment.

* * *

Alabama regardait machinalement Davisa et Brinique jouer avec leurs poupées Barbie. Elles avaient été particulièrement dissipées toute la journée, probablement parce qu'elles avaient senti que Christopher allait rentrer.

— Tu es jolie, Maman, lui dit soudainement Brinique.

Alabama sourit, réalisant une fois encore que ses filles étaient très intelligentes.

— Merci, ma puce. Ça me fait plaisir.

Brinique sourit, gardant les yeux braqués sur sa mère.

— Est-ce que Papa rentre aujourd'hui ?

Alabama hocha la tête.

— Je crois. Je ne sais pas quand, mais oui, je crois qu'il sera là ce soir.

Elle avait expliqué à ses filles que Christopher avait été blessé, mais elle se dit qu'il valait mieux le leur répéter.

— Vous vous souvenez quand je vous ai dit que Papa avait été blessé pendant qu'il se battait contre les méchants, n'est-ce pas ?

Les deux fillettes hochèrent solennellement la tête.

— Alors vous devrez faire attention quand il rentrera. Vous ne pourrez pas lui sauter dessus parce qu'il aura des béquilles. Soyez gentilles avec lui et faites attention à ne pas toucher sa jambe blessée, c'est d'accord ?

Davisa se redressa et se dirigea vers Alabama pour monter sur ses genoux. Braquant ses grands yeux bruns sur elle, elle dit :

— C'est promis, Maman. On fera très attention.

— Je le sais, ma chérie, répondit Alabama en la serrant dans ses bras.

Elle étreignit sa fille, et elles levèrent toutes les deux la tête en entendant du bruit à la porte d'entrée.

— Papa ! s'écria Brinique en se redressant avec l'aisance d'une enfant de 6 ans, avant de courir vers l'avant de la maison.

Davisa descendit des genoux d'Alabama et s'empressa d'aller rejoindre sa sœur. Leur mère les suivit rapidement et retint son souffle en apercevant pour la première fois son mari qui revenait d'une mission très longue et stressante. Il avait passé les deux bras autour de ses filles et avait maladroitement coincé ses béquilles sous ses aisselles. Alabama le trouvait un peu pâle, sans quoi il semblait indemne. Il portait un pantalon kaki et un polo, et une légère marque de bronzage se laissait voir sur son visage là où il avait rasé sa barbe. Mais ce furent ses yeux crispés de douleur qui la poussèrent à se rendre auprès lui.

Elle se plaça à ses côtés de lui et s'empara d'une des béquilles, la mettant en équilibre contre le mur. Puis elle cala son épaule sous lui et passa un bras autour de son dos. Relevant la tête, elle murmura :

— Bienvenue à la maison, Christopher.

Abe baissa les yeux vers les trois femmes de sa vie et sentit son cœur battre très fort. Seigneur ! Il avait bien failli tout détruire voilà plusieurs années. Il avait failli laisser toute cette... perfection... lui filer entre les doigts. Il remerciait Dieu tous les jours d'avoir eu une seconde chance... qu'Alabama lui ait donné une seconde chance. Abe baissa la tête et frôla des lèvres la bouche de sa femme, se délectant de pouvoir la goûter et la sentir sous lui.

— Merci. C'est bon d'être à la maison.

— Papa, Papa, on a des Barbie ! cria Davisa. Tante Caroline les a trouvées dans une boîte et elle a dit qu'on pouvait jouer avec aussi longtemps qu'on voulait ! Et Tante Jess a vomi *tous les jours*, et Tante Cheyenne a appelé son bébé Taylor comme je l'avais dit, et…

Brinique interrompit sa sœur :

— C'est à *mon* tour de parler. Papa, je sais écrire l'alphabet tout entier et je peux me brosser les dents toute seule maintenant. Et Akilah m'a appris à dire « je t'aime » en arabe et tu nous as super manqué.

Abe sourit à ses filles. Il n'avait pas réalisé avant cet instant que leurs bavardages constants lui avaient manqué aussi.

— Allons, les filles, laissons Papa entrer et s'installer, non ? leur demanda Alabama pour la forme, puisqu'elle déplaçait déjà le groupe vers l'intérieur de la maison.

Elle installa Christopher sur le divan, l'aidant à poser sa jambe sur une ottomane, puis ils passèrent une heure à s'échanger des nouvelles.

Enfin, il fut temps pour Brinique et Davisa d'aller au lit. Abe leur lut deux histoires et les embrassa chacune sur le front.

— Plus vite vous irez vous coucher, plus vite un autre jour viendra.

Ces mots familiers parurent réconforter les filles et Abe les entendit ronfler avant d'avoir eu le temps de refermer la porte derrière lui.

Abe savait que la conversation la plus difficile était encore à venir. Il savait que s'il s'asseyait, il ne bougerait plus de toute la nuit, alors il clopina jusqu'à la salle de bains pour faire une toilette avant de se rendre dans la chambre. Alabama avait déjà enfilé un de ses t-shirts en guise de pyjama. Elle posa une main sur sa joue alors qu'elle se rendait à la salle de bains.

— Je reviens. Mets-toi à l'aise.

Abe hocha la tête et regarda avec gratitude sa femme s'éclipser. Il retira rapidement tous ses vêtements. Cette nuit, il aurait besoin de l'intimité de se retrouver peau contre peau avec son épouse.

Il s'allongea sur le lit et ne prit pas la peine de remonter les couvertures sur ses jambes. Il savait qu'Alabama exigerait de voir sa blessure de ses propres yeux, pour s'assurer qu'il aille bien. Il ne pouvait absolument pas le lui reprocher.

Alabama sortit de la salle de bains et rejoignit leur lit. Sans mot dire, elle s'assit près de la jambe blessée de Christopher et frôla du bout des doigts la blessure encore sensible qui était recouverte d'un épais bandage.

Abe resta silencieux, se contentant de laisser sa femme se rassurer à l'idée qu'il était là et qu'il s'en était tiré. Ce n'était pas la première fois qu'il était blessé, mais cela n'avait jamais été aussi grave. Il détestait l'idée de paraître faible devant Alabama, mais il savait qu'elle en avait besoin.

Enfin, quelques minutes après, celle-ci se pencha et déposa deux baisers au-dessus et au-dessous du bandage, puis elle se redressa, retira son haut et grimpa dans le lit. Sans faire le tour pour regagner l'autre côté du matelas, elle grimpa prudemment sur lui, se glissant à califourchon sur ses genoux avant de se déplacer de l'autre côté.

Puis elle tira la couverture sur laquelle il était allongé et remonta le drap sur leurs deux corps.

Abe passa un bras autour de ses épaules et poussa un soupir de contentement pur alors qu'Alabama posait la tête sur son épaule et passait son bras libre en travers de son ventre.

— Bienvenue chez toi, Christopher, dit-elle doucement tout en faisant courir ses doigts autour de son nombril.

— Merci. C'est bon d'être rentré.

— Tu as manqué aux filles... et à moi aussi.

— Pareil pour moi.

— Tu vas vraiment bien ?

— Oui. Honnêtement, j'ai raté les choses les plus excitantes parce que j'étais ou bien dans les vapes à cause des antidouleurs que les autres m'injectaient, ou alors inconscient, mais je vais bien. L'équipe s'est occupée de moi et je suis ici, en un seul morceau.

Abe ne censurait jamais vraiment ses propos. Il voulait être honnête en permanence avec Alabama autant qu'il pouvait l'être sans l'inquiéter davantage ou trahir le secret professionnel.

Il inspira quand Alabama descendit sa main et il s'arrêta de respirer quand elle se referma autour de lui et pressa.

— Alabama...

— Je me suis dit que tu avais besoin d'un accueil digne de ce nom. Je ne te fais pas mal à la jambe, n'est-ce pas ?

— Certainement pas. Ça ne pourra jamais me faire du mal.

Alabama rit doucement et se déplaça entre ses bras. Elle sentit Christopher retenir son souffle alors qu'elle descendait le long de son corps et s'agenouillait près de sa hanche. Elle leva les yeux vers lui alors que ses mains caressaient sa verge qui se durcissait.

— Bon, dis-le-moi si jamais je te fais mal...

Puis elle baissa la tête, faisant ce qu'elle avait rêvé de faire durant les nombreuses nuits qu'elle avait passées loin de son mari. Elle avait toujours aimé le prendre dans sa bouche. Il était le seul homme qu'elle avait sucé, et elle aimait voir qu'elle était capable de lui faire perdre son contrôle légendaire.

Quinze minutes plus tard, Alabama se blottit à nouveau près de Christopher, écoutant sa respiration redevenir normale. Elle lui sourit.

— Seigneur, ma belle ! Tu vas me tuer.

— Mais quelle belle façon de mourir, n'est-ce pas ?

— Oui. Je t'aime.

— Je t'aime aussi.

— La seule chose que j'avais à l'esprit quand j'étais là-bas, blessé et ignorant comment les choses allaient tourner, était ton image. Tu représentes tout pour moi. *Tout*. Je t'aime, murmura Abe à Alabama, rompant le silence.

— Christopher...

— Non, j'ai compris que tu le sais déjà, mais je veux que tu *comprennes* que tu t'es tellement intégrée dans mon cœur que tu n'en partiras jamais.

— Sérieusement, Christopher...

Abe ne lui donna pas l'occasion de finir :

— Allons...

Il lui serra les épaules plus fort et voulut la faire rouler sur lui.

— Viens ici et laisse-moi te montrer à quel point tu comptes pour moi.

Alabama se liquéfia en enfourchant Christopher.

— Je ne veux pas te faire mal.

— J'ai un peu honte de l'admettre, je n'ai pas encore l'énergie de faire l'amour, mais (il posa ses mains sur ses fesses et la fit glisser en avant) j'ai l'énergie pour ça. Laisse-moi te goûter, ma belle. Laisse-moi te *montrer* à quel point tu es aimée.

Alabama n'ajouta rien d'autre, se contentant de lui obéir. Elle s'accrocha à la tête de lit alors que Christopher lui montrait effectivement à quel point il l'aimait et combien elle lui avait manqué.

* * *

Fiona était assise dehors sur son porche pour ne pas rater l'arrivée de Hunter. Elle savait qu'il serait bientôt là, et même si elle aurait voulu savoir l'heure exacte, l'anticipation qui coursait dans son ventre rendait ce moment différent de tout ce qu'elle avait connu jusque-là.

Le stress l'avait empêchée de manger plus tôt, mais son ventre commençait à gronder. Cela dit, il était hors de question qu'elle quitte son poste pour aller avaler quelque chose. Elle ne partirait pas tant qu'elle ne tiendrait pas Hunter dans ses bras.

Le crépuscule s'installait quand Fiona entendit enfin le bruit qu'elle avait tant attendu. Elle se redressa et vit la voiture de Hunter descendre la rue dans un rugissement de moteur. Elle descendit du porche et attendit sur l'herbe près des marches qu'il coupe le contact. Puis elle s'approcha de la voiture stationnée et posa la main sur la poignée. Elle fit un pas en arrière pour laisser Hunter ouvrir la portière, mais elle ne lui donna pas le temps de descendre.

Fiona jeta les bras autour de la taille de Hunter et s'accrocha aussi fort qu'elle le put.

Cookie ravala la boule dans sa gorge. Il ne se lasserait jamais d'être accueilli avec autant d'honnêteté et de joie que lorsque Fiona l'accueillait toujours à la maison. Il passa les bras autour de ses épaules, attendant que ses sanglots initiaux s'apaisent. Elle pleurait toujours quand elle le retrouvait.

Enfin, elle renversa la tête en arrière et leva les yeux vers lui. Bon sang, il était l'homme le plus chanceux de la terre. Elle était belle, avec les larmes aux yeux et un léger sourire.

— Bienvenue chez toi, Hunter.

— Merci, Fi.

Il attendit, puis sourit quand elle n'ajouta rien et ne bougea pas.

— Tu vas me laisser sortir ou on va rester là toute la soirée ?

Elle se contenta de sourire, et il le lui rendit. Très bien. Il posa les mains sous ses bras et la souleva sur lui jusqu'à ce qu'elle se retrouve à califourchon sur lui sur son siège. Le volant rendait l'espace étroit, mais elle ne sembla pas s'en préoccuper. Elle passa les bras autour de lui et enfonça son visage contre son cou.

Cookie se décala et se tourna, posant une main sur les

reins de Fiona, la calant contre le volant. Il se pencha et referma la portière de la voiture, avant de baisser la main pour tirer sur le levier et faire glisser le siège en arrière jusqu'au maximum. Enfin, Fiona s'écarta un peu pour lui sourire.

— On va quelque part ?

— Non, mais tu n'as pas l'air d'être pressée de vouloir rentrer, et je pourrais te tenir dans mes bras n'importe où. Ma voiture est aussi bien qu'ailleurs pour faire l'amour à ma femme.

— Hunter ! gronda Fiona sans chaleur. On ne peut pas faire l'amour ici.

— Pourquoi pas ?

— Eh bien... parce que. On est dehors. Il fait encore jour.

— Pas pour très longtemps.

Cookie posa les deux mains le long de son visage et la regarda dans les yeux.

— Je t'aime, Fi. Ça me fait vraiment plaisir de te voir.

Fiona arrêta de se plaindre. En réalité, elle était contente d'être là. Elle avança les hanches et se frotta contre sa verge en érection. Il lui avait manqué... et son corps aussi. Elle n'avait jamais pensé être aussi à l'aise avec sa sexualité après tout ce qu'elle avait traversé, mais au plus profond d'elle, elle savait que c'était parce que Hunter lui faisait explicitement confiance. Avec elle, il allait lentement et s'assurait qu'elle consente à tout ce qu'ils faisaient ensemble. Il l'avait même accompagnée à la clinique et était resté avec elle quand on lui avait fait une prise de sang et qu'on l'avait examinée pour voir si elle n'avait pas attrapé des maladies sexuellement transmissibles. Par miracle, elle avait échappé à des effets physiques à long terme après son séjour au sud de la frontière. Et mentalement, si elle était en pleine possession de ses capacités, c'était grâce à l'homme assis devant elle.

— Je t'aime aussi, Hunter. Est-ce que tout va bien ? Est-ce que cette femme va bien ?

Cookie adressa à Fiona un regard étrange. Il ne lui avait pas parlé de la mission, mais manifestement, elle était au courant, ayant deviné ce qu'ils avaient fait et où ils s'étaient rendus. Sachant qu'elle n'aurait pas abordé le sujet sans son histoire personnelle, Cookie lui en dit le plus possible sans trahir la confidentialité de la mission :

— Oui, elle est géniale, en fait. Elle m'a fait beaucoup penser à toi. Elle ne s'est pas plainte et a fait ce qu'il fallait.

Fiona poussa un soupir de soulagement. Seigneur ! Elle était contente que Hunter soit rentré. Elle fit descendre sa main et le libéra de son pantalon.

— Tu as raison. La nuit tombe, nous sommes sur une propriété privée et nos voisins sont trop éloignés pour nous voir. J'ai besoin de toi.

Cookie sourit et bascula en arrière sur le siège autant qu'il le put, donnant à sa femme assez d'espace pour bouger.

— J'ai besoin de toi aussi, grogna-t-il quand Fi le libéra enfin de son pantalon.

Il baissa les yeux pour la regarder le caresser.

Elle leva la tête vers lui et s'humecta les lèvres d'un geste séducteur.

— Tu veux m'aider à sortir de mon pantalon ?

Cookie se pencha, sans rompre leur contact visuel, et il fouilla dans la petite poche de son sac posé sur le siège passager pour y dénicher son couteau. Il l'ouvrit et saisit la ceinture du pantalon de yoga de Fiona.

— Ce n'est pas ton préféré, n'est-ce pas ? demanda-t-il.

— Non. Mais même si ça l'était, je m'en fiche. Fais-le.

Elle ne s'était pas vraiment attendue à ce qu'il découpe ses vêtements, mais si cela aidait son mari à la pénétrer plus vite, qu'il le fasse !

Cookie prit son temps et fit courir le couteau le long de son pantalon en coton, le tranchant d'un mouvement fluide. Elle ne portait pas de sous-vêtements, et il sentit son érection doubler de volume dans sa main.

— Soulève-toi, lui ordonna-t-il.

Fiona se mit à genoux et Cookie tira sur ses vêtements déchirés afin de découvrir son intimité.

— Tu es tellement belle, murmura Cookie avant de refermer son couteau et de le jeter à l'aveuglette vers le sac posé sur le siège passager, sans quitter des yeux sa femme.

Il abaissa la main et trouva sa vulve tout humide. De l'autre main, il remonta son haut et posa la paume de sa main sur son sein nu, sentant son mamelon darder sous ses doigts.

— Ça va être rapide, Fi. Ça fait trop longtemps que je n'ai pas été en toi.

— Oh oui, vas-y ! Je suis prête, haleta-t-elle.

— Accroche-toi à moi, lui ordonna-t-il en libérant sa verge de son étreinte.

Quand elle posa les deux mains sur ses épaules, il se

saisit dans une main tout en refermant l'autre sur les fesses de son épouse.

— Relève-toi et avance un peu.

Fiona lui obéit et une fois qu'il se fut calé là où il avait le plus envie d'être, il retira sa main et lui empoigna les fesses.

Fiona n'attendit pas que Hunter prenne l'initiative et se laissa tomber sur lui, avançant brusquement son pelvis et le logeant aussi profondément en elle que possible.

— C'est bon, putain ! grogna Cookie.

— Oh oui ! dit Fiona en même temps.

Elle emmêla ses doigts dans les cheveux trop longs de son mari, se disant machinalement qu'il avait besoin de se les faire couper, et elle souleva lentement ses hanches avant de se laisser retomber. Elle le refit, encore et encore avant que Hunter ne prenne le contrôle de leur rythme.

Il retira ses mains de ses fesses pour les placer sur le côté de ses hanches et la serra assez fort pour laisser des marques. Mais peu leur importait. Ils étaient à l'étroit et ne pouvaient se déplacer que de quelques centimètres, mais c'était suffisant.

Quand Cookie se sentit au bord du précipice et réalisa que Fiona n'y était pas encore, il lui dit de chercher elle-même son propre plaisir.

Il la vit alors redresser l'échine et s'asseoir toute droite sur lui. Puis elle fit descendre une main vers l'endroit où ils se rejoignaient et se servit de leurs fluides afin de recouvrir ses doigts avant de se toucher. Elle gémit et renversa la tête en arrière, continuant de caresser son petit bouton de nerfs.

Cookie voyait qu'elle était toute proche à la manière

dont son corps se contractait de façon rythmique autour du sien.

— C'est ça, Fi. C'est ça. Tu es tellement belle ! Je suis l'homme le plus chanceux du monde. Baise-moi, ma belle. Prends-moi.

À ces mots, il sentit Fiona s'abattre sur lui et se recroqueviller contre sa poitrine. Ses muscles le pompèrent et le pressèrent tellement fort qu'il poussa un grognement. Puis il perdit le contrôle et ne put empêcher ses hanches de donner un dernier coup de reins, avant de se déverser dans la femme la plus belle qu'il ait jamais connue, tant physiquement qu'intérieurement.

Ils ne bougèrent pas, savourant la proximité et l'intimité entre eux après une si longue séparation.

— Je t'aime, Fi, dit Cookie à sa femme, plaquant une main sous son t-shirt pour caresser son dos.

L'autre se dirigea sous ses fesses, la pressant contre lui.

— Je t'aime aussi. Plus que je ne saurais le dire.

* * *

Summer se réveilla lentement, se demandant ce qui l'avait dérangée. Elle n'entendait pas April s'agiter dans le haut-parleur du moniteur pour bébés posé près de leur lit, alors elle resta dans l'expectative durant un instant.

— Bonjour, mon rayon de soleil !

Quelqu'un avait murmuré ces mots juste à côté d'elle. Summer leva la tête et accrocha le regard de son époux.

— Sam, souffla-t-elle, essayant d'éclaircir son esprit embrumé. Tu es rentré.

— Je suis rentré, dit-il simplement.

Summer se redressa jusqu'à ce que son dos se retrouve contre la tête de lit. Elle tendit les mains pour prendre Sam dans ses bras, aimant le bonheur qu'elle ressentait à le savoir rentré à la maison. Elle se rendit alors compte qu'il ne portait qu'un jogging et pas de t-shirt quand elle sentit les poils drus de sa poitrine contre sa joue. Elle s'écarta de lui et leva la tête.

— Tu es rentré depuis combien de temps ?

— Ça fait environ dix minutes. Je suis allé jeter un œil à April, j'ai retiré mon t-shirt et ça fait maintenant cinq minutes que je suis là à te regarder dormir.

— Je voulais être debout à ton retour, mais April a fait des siennes et s'est réveillée plus souvent pendant la nuit.

— C'est probablement parce qu'elle perçoit ton stress. Elle dormira mieux maintenant que je suis rentré, dit Mozart avec un brin d'arrogance.

Summer le lui aurait volontiers reproché, mais il avait probablement raison.

— Visiblement, je suis arrivé ici à temps, dit Mozart en regardant la poitrine de Summer.

Celle-ci baissa les yeux et rougit, même si ce n'était pas la première fois que ses seins laissaient échapper du lait devant son mari.

— Je vais aller chercher April. Installe-toi, lui dit-elle en se redressant.

C'est alors que Summer aperçut pour la première fois le bandage qui entourait son bras.

— Sam, ton bras ! Tu vas bien ?

— Ce n'est rien, je te jure. Je te laisserai m'examiner demain.

Ne décelant aucun mensonge, Summer hocha la tête.

— Très bien. Maintenant, va chercher notre fille avant que je ne provoque un déluge.

Sam quitta la chambre et revint avec April dans les bras. Summer se décala et prit le coussin d'allaitement. Sam y déposa April et ouvrit les boutons de la chemise que portait sa femme. Écartant les pans du vêtement, il tint son sein tandis que Summer guidait April jusqu'à sa poitrine.

Mozart se cala sur les oreillers près de sa femme et la regarda allaiter. Il n'aurait jamais pensé être intéressé par ce genre de choses, mais à présent, il ne pouvait pas en détacher le regard. C'était fantastique de voir Summer nourrir sa fille sous ses yeux. Les lèvres d'April se pincèrent pour sucer, et son petit poing se plaqua contre le sommet du sein de sa mère pendant qu'elle se nour-rissait.

Mozart regarda Summer dans les yeux. C'était lui qu'elle regardait, pas April.

— Ça te plaît, dit-elle.

Mozart ne put que hocher la tête.

Elle lui sourit. Seigneur, comme elle aimait cet homme !

— Tu veux changer de côté ? demanda-t-elle en le regardant quand il fit tourner April et rajusta le coussin.

Une fois encore, il lui leva le sein pendant que Summer guidait la bouche de son bébé vers son mame-lon. Sam était à présent à côté de sa fille et il lui caressa la tête pendant qu'elle tétait. Quand elle fut rassasiée, la bouche d'April s'écarta du mamelon de Summer.

Mozart passa un doigt sur le sommet du sein de sa femme et essuya une goutte de lait qui s'échappait.

— C'est super beau, murmura-t-il avant de prendre April dans ses bras.

Il posa son bébé contre son épaule et se redressa.

— Je vais lui faire faire son rot et la rallonger. Je reviens. Ne bouge pas.

Quand Summer voulut refermer sa chemise, Sam l'arrêta.

— J'ai dit ne bouge pas. Pas d'un seul centimètre.

Summer sourit à son mari et plaça à nouveau les mains contre elle.

— D'accord, mon amour. Reviens vite.

Sam revint cinq minutes plus tard. Sans un mot, il retira son pantalon de jogging et grimpa dans le lit avec elle, complètement nu. Il était évident qu'il était content de la voir.

Il fit descendre la chemise de Summer sur ses épaules et la fit s'allonger à plat sur le lit.

Puis il caressa du bout du nez les seins de sa femme, appréciant l'odeur sucrée du lait qui s'attardait après les tétées d'April. Ce n'était pas le lait qu'elle produisait qui l'intéressait, mais la sensibilité de ses seins. Il pinça doucement les deux mamelons, regardant un peu de lait en sortir, puis il sourit quand elle se tortilla sous lui. Oui, il aimait sa sensibilité.

— Je t'aime, Summer. Tu es la personne la plus belle que j'aie vue de toute ma vie.

— C'est juste parce que tu as envie.

Mozart ne s'irrita pas et sourit davantage à sa femme.

— C'est vrai aussi, mais ce n'est pas la raison pour

laquelle je pense que tu es la plus belle femme que j'aie jamais vue. C'est parce que tu l'es, tout simplement.

— Oui, je sens un peu bizarre et je parviens à abîmer la moitié des vêtements que je porte parce que je ne peux pas m'empêcher de perdre du lait. J'ai des vergetures partout...

Ses mots s'interrompirent quand Mozart posa légèrement la main sur sa bouche.

— Tu as des vergetures parce que tu as porté mon enfant. Peu m'importe que tu abîmes des vêtements. Je t'en achèterai d'autres. Tu n'as pas idée à quel point c'est extraordinaire de voir April se nourrir à ton sein. Maintenant, je comprends pourquoi certains hommes ont des fantasmes maternels.

Summer éclata de rire et Mozart poursuivit :

— Tu as porté mon enfant pendant neuf mois et maintenant, tu le nourris. C'est un miracle. Tu es *mon* miracle. Je sais qu'on n'aura peut-être jamais d'autre enfant parce qu'à ton âge, ce n'est pas idéal, mais peu importe. Je t'ai et j'ai April. Je peux mourir heureux.

Mozart ôta sa main de la bouche de Summer et se positionna sur elle, se réjouissant de la voir immédiatement écarter les jambes afin de lui donner plus de place. Il s'installa et se prit en main, pénétrant dans l'intimité déjà lubrifiée de sa femme. Il garda une main sur son sein droit, la pétrissant et la caressant, ignorant le liquide qui en suinta et coulait le long de ses côtes jusque sur le drap.

Ils s'abandonnèrent tous les deux à cet instant passé ensemble après une longue et terrifiante séparation.

— Tu es l'amour de ma vie. Je t'adore, Summer.

Celle-ci se cambra dans les bras de Sam, sans le

moindre embarras concernant son corps et le plaisir que Sam lui procurait. Tout ce qu'ils faisaient était naturel et plein d'amour.

— Je t'aime aussi, Sam Reed. Pour toujours.

— Pour toujours, répéta Mozart, faisant l'amour à sa femme comme si c'était à nouveau la première fois.

Dude entra à grands pas dans la maison, laissant tomber son sac à terre sans y penser. Il avait besoin de voir Cheyenne. Après avoir appris ce qui lui était arrivé et réalisé qu'il avait bien failli la perdre, il avait simplement envie de la prendre dans ses bras.

— Shy ! hurla-t-il en essayant de la trouver.

— Bon sang, Faulkner, chut ! Je viens à peine de la coucher ! le gronda Cheyenne en sortant la tête de leur chambre.

Dude sentit sa respiration s'entrecouper et son cœur s'arrêta littéralement de battre un instant. Voir Cheyenne debout et en bonne santé lui fit comprendre qu'elle allait réellement bien. Il s'était à moitié attendu à la trouver alitée, pâle et souffrante. Il aurait dû le savoir. Sa Cheyenne ne se laissait jamais abattre très longtemps.

Il se dirigea vers elle, et elle avait dû voir quelque chose dans ses yeux, car elle fit un pas en arrière dès qu'il entra dans leur chambre à coucher. Elle recula jusqu'à ce que ses genoux touchent leur lit et se laissa brusquement tomber le matelas.

Dude ne s'arrêta pas, mais s'approcha d'elle et posa les mains de part et d'autre de ses hanches. Puis il se pencha et conquit sa bouche sans mot dire. Appréciant de la sentir se soumettre immédiatement à son baiser, Dude se sentit bander contre elle.

Cela dit, il était toujours bien trop tôt pour la prendre selon son désir et ses envies. Cela ne faisait même pas une semaine qu'elle avait accouché et elle avait connu l'enfer. Dude souffla par le nez et essaya de se calmer. Il aurait largement le temps, à l'avenir, de l'attacher à leur lit et de la faire chavirer encore et encore avant de s'enfoncer dans sa chaleur.

Il se retira.

— On n'aura pas d'autres bébés.

Ce n'était pas ce qu'il avait songé à dire, mais dès qu'il avait prononcé ces paroles, cela lui avait semblé juste. Il n'allait pas la laisser risquer à nouveau sa vie. Certainement pas.

— Faulkner, je vais bien.

Cheyenne posa la main sur la poitrine de son mari et le caressa, essayant d'apaiser ses inquiétudes.

— Peu m'importe. Plus d'enfants.

Elle décida de ne pas insister. Après avoir vu Taylor, elle avait décidé qu'elle en voulait d'autres. Elle devrait simplement laisser à Faulkner le temps d'apprendre à connaître et aimer leur bébé. Elle savait qu'elle voulait un fils. Il faudrait simplement qu'ils essayent jusqu'à ce que cela arrive.

— Tu veux rencontrer ta fille ? demanda doucement Cheyenne à Faulkner.

Il cligna des paupières. Il était évident qu'il avait tellement désiré revoir sa femme et s'assurer qu'elle aille bien qu'il ne s'était même pas souvenu qu'il avait une fille.

— Oui, évidemment, murmura-t-il.

— Aide-moi à redresser, lui dit Cheyenne.

Il lui obéit et elle garda sa main dans la sienne alors qu'elle le guidait vers le berceau placé dans un coin de leur chambre. Taylor dormait profondément. Cheyenne regarda Faulkner se pencher pour observer leur bébé de plus près.

— Je peux la prendre ? demanda-t-il dans un murmure admiratif.

Cheyenne ravala un éclat de rire.

— Bien sûr, répondit-elle. Assure-toi simplement de bien soutenir sa tête.

Dude tendit les mains vers sa fille et posa une main sous son crâne et l'autre sous son dos. Ses mains étaient tellement grandes qu'une seule couvrait quasiment le dos et les fesses du nourrisson. Il la souleva et la blottit contre sa poitrine. Puis il regarda autour d'eux et l'amena jusqu'à leur lit.

Il la déposa doucement et commença à déboutonner sa barboteuse. Il savait que Cheyenne l'observait attentivement, mais il ne se laissa pas dissuader. Il retira du vêtement un bras puis l'autre, et fit descendre le tissu sur le petit corps avant de l'ôter entièrement. Puis il détacha la petite couche et la posa sur le côté.

Dude était ébahi de voir cette petite humaine parfaite, allongée sur le lit où elle avait été conçue. Il se pencha et colla son nez sur son petit pied. Puis il fit courir son annulaire – qui n'en restait pas moins immense – le long de sa jambe, jusqu'à sa taille. Il s'émerveilla de son nombril pas encore cicatrisé.

— Il ressort, souffla-t-il en regardant Cheyenne pour la première fois.

Elle sourit et se contenta de hocher la tête.

Dude braqua à nouveau son attention sur sa fille. Il posa son doigt dans sa paume et sentit son cœur se serrer quand elle referma immédiatement le poing autour. Puis il observa son visage. Son petit nez, une petite touffe de cheveux noirs sur sa tête, de minuscules oreilles parfaites... Puis ses lèvres se pincèrent et elle s'agita légèrement.

Cheyenne apparut à son côté et lui tendit une couverture douce et pelucheuse.

— Il vaudrait mieux l'envelopper pour qu'elle n'ait pas froid. Il ne faudrait pas qu'elle se réveille.

Dude prit la couverture et baissa les yeux vers sa fille. Il ne savait pas comment l'en envelopper.

— Tu veux bien m'aider ? demanda-t-il à Cheyenne.

Il regarda sa femme envelopper leur fille sans problème jusqu'à ce qu'elle ressemble à un petit burrito. Puis elle la lui tendit. Dude la prit et contempla le petit miracle qui reposait entre ses bras.

Cheyenne s'assit près de lui sur le matelas et dit :

— Faulkner Cooper, je te présente ta fille, Taylor Caroline Cooper.

Cheyenne n'aurait jamais cru qu'elle verrait son mari, ce soldat d'élite immense, impétueux, dominateur et autoritaire, pleurer. Mais rester assise à côté de lui à regarder les larmes couler de ses yeux et atterrir sur la couverture qui enserrait leur fille fut un moment qu'elle n'oublierait jamais et qu'elle chérirait pour le reste de sa vie.

* * *

À la base, Jess était appuyée contre la voiture de Kason. Elle avait eu l'aplomb d'appeler le commandant Hurt et d'exiger de savoir quand son mari rentrerait. Il devait regretter toute cette situation et leur avoir annoncé qu'ils étaient tous portés disparus, parce qu'il lui révéla qu'ils devaient rentrer en début de soirée.

Jessyka s'était rendue à la base en taxi et attendait son mari. Elle n'avait pas la patience d'attendre à la maison. Elle avait envie de le voir le plus rapidement possible, et si cela signifiait devoir se déplacer, pas de problème ! Ce n'était pas la chose la plus pragmatique qu'elle avait faite de toute sa vie, mais peu lui importait.

Elle avait d'abord emmené Sara et John manger. Ils s'étaient bourrés de doigts de poulet puis avaient joué dans l'aire de jeu du fast-food. Ensuite, elle les avait emmenés au parc de la base navale et les avait laissés courir encore plus longtemps.

Elle avait même oublié leur sieste habituelle, ne se préoccupant pas qu'ils aient atteint leurs limites et soient terriblement grincheux. Une fois que le taxi eut fini de faire le tour du parking et qu'elle eut retrouvé la voiture de Benny, Jess les avait bouclés, à moitié endormis, sur les sièges qu'elle avait emportés avec elle, leur avait passé un film pour enfants sur leurs tablettes, et ils dormaient à présent d'un sommeil de gamins rassasiés et extrême-ment fatigués.

Benny se dirigea rapidement vers sa voiture, voulant

simplement rentrer à la maison pour retrouver Jess et les enfants. Il ne faisait pas attention, chose qui aurait pu le tuer s'il avait été en mission. Cela dit, au milieu du parking public sur la base, il ne s'inquiétait pas trop. Il avait plongé la main dans sa poche pour en sortir ses clés quand il entendit une voix féminine le saluer.

Il leva la tête et resta bouche bée. Qu'est-ce que Jess faisait là ?

Sans chercher à comprendre, il se précipita en avant pour prendre sa femme dans ses bras, la faisant tourner plusieurs fois, se délectant d'entendre son rire résonner dans le parking. Puis il la reposa par terre.

— Où sont les enfants ?

Elle désigna de la tête la voiture garée derrière eux. Benny se tourna et vit son fils et sa fille profondément endormis sur la banquette arrière, les cheveux ébouriffés par la légère brise qui entrait par les fenêtres ouvertes. Il se tourna vers Jess et baissa la tête.

Elle interrompit son mouvement et ils s'embrassèrent sur le parking comme deux lycéens. Enfin, quand Benny sentit la main de Jess se coller sur sa braguette, il comprit qu'il devait s'écarter. C'était souvent Jess qui initiait les choses dans leur relation, et cela lui plaisait.

— C'est bon de te voir, Jess. C'est vraiment bon de te voir.

— Tu vas bien ? demanda-t-elle en touchant le bandage qu'il avait à l'arrière de sa tête.

— Oui, tu sais à quel point j'ai la tête dure.

Jess lui sourit.

— Tu aurais dû m'attendre à la maison. Ça a dû être

vraiment chiant de te trimballer les deux mômes jusqu'ici.

— Je ne pouvais pas attendre. J'avais envie de te voir le plus vite possible. Les vingt minutes supplémentaires que tu aurais mis pour rentrer auraient été vingt minutes de plus sans toi.

Elle s'éclaircit la gorge avant de poursuivre :

— Et il faut que je te dise quelque chose.

Benny se raidit. Ce n'était jamais bon quand une femme disait qu'elle avait besoin de parler. Pour être honnête, Jess n'avait pas exactement utilisé cette formulation, mais c'était du pareil au même.

— Qu'y a-t-il ? Est-ce que tout le monde va bien ? Les filles ? Oh, merde, les autres enfants ?

Jess apaisa les craintes de Kason en passant les mains sur son t-shirt.

— Tout le monde va bien. Ce n'est pas ça.

— Alors de quoi s'agit-il ? demanda-t-il en respirant plus librement. Qu'est-ce qui peut être important au point de ne pas pouvoir attendre que je sois rentré ?

— Je suis enceinte, lui décocha-t-elle sans détour.

— Quoi ?

— Enceinte. Apparemment, tu as les spermatozoïdes les plus déterminés de l'histoire de l'humanité. Bien sûr, ça ne me surprend pas, puisqu'ils t'appartiennent, mais quand même... On voulait attendre, mais ce n'est plus d'actualité.

— Tu es enceinte ?

— Oui, c'est ce que je viens de te dire.

Jess commençait à être nerveuse. Kason n'avait pas dit grand-chose. Il était peut-être contrarié...

— Bon sang, ma belle ! Je n'ai pas les mots pour te dire combien je t'aime.

Jess sourit quand Kason l'embrassa à nouveau. Manifestement, il n'était pas contrarié.

Benny s'écarta de sa femme et la regarda dans les yeux.

— Je t'aime. J'aime le fait que je t'aie à nouveau mise enceinte. Je sais que c'est dur pour toi d'avoir tellement d'enfants dans la maison, et j'avais décidé d'engager une nourrice pour t'aider. Mais je préfère te prévenir que j'ai l'intention de te mettre enceinte aussi souvent que je le peux. J'ai envie d'autant d'enfants que tu pourras m'en donner. Je veux une grande famille pleine de rires, de sourires, de drames, de larmes, de jouets, de cacas par terre, de disputes pour savoir qui utilise la salle de bains. En bref, le chaos total. Je sais que je ne pourrai jamais ressusciter ton amie Tabitha, et que je ne pourrai pas effacer cette douleur, mais j'aime le fait que ton ventre soit fait pour ma semence.

Jess leva les yeux au ciel. Kason était vraiment lourd, parfois, mais en même temps tellement adorable !

— Tant que je ne cours pas de danger et qu'on a des enfants en bonne santé, je ne suis pas contre le fait d'avoir une grande famille. Mais Kason, ne vas pas t'imaginer que je serai comme cette famille nombreuse à la télévision où la mère a eu des enfants jusqu'à l'âge de 60 ans !

— Bien sûr.

Benny lui adressa un large sourire et se pencha vers elle pour lui murmurer à l'oreille :

— Et j'aime le fait que tu aies tout le temps envie pendant la grossesse. C'est un bonus pour moi.

— Kason ! le gronda Jess alors qu'il la plaquait à nouveau contre lui.

— Je vais te ramener à la maison, mettre nos enfants au lit puis te faire l'amour jusqu'à ce que tu ne puisses plus marcher.

Jess se contenta de secouer la tête. Elle aimait cet homme. Il était tout pour elle.

Julie se blottit contre Patrick sur le canapé.

— Est-ce que Pénélope va bien ?

Il passa un bras autour de sa femme. Il savait qu'elle avait besoin d'avoir des nouvelles de la sergente kidnappée, et elle s'était jusque-là montrée très patiente, à ne pas poser de questions. Il formula prudemment sa réponse afin de ne pas trahir le secret professionnel.

Mais diable, qui cherchait-il à leurrer ? Il l'avait déjà trahi ; il espérait seulement ne pas l'atomiser complètement.

— Elle va bien, Julie.

— Est-ce qu'elle...

Julie s'interrompit, s'éclaircit la gorge et réessaya :

— Est-ce qu'elle a bien géré le sauvetage ?

Cette question brisa le cœur de Patrick. Il savait que Julie se sentait toujours coupable à cause de son comportement quand *elle* avait été secourue par l'équipe. Elle l'avait quasiment surmonté, mais il n'était pas surprenant que cette mission ravive ses insécurités. Il hocha la tête, puis fit se décaler son épouse jusqu'à ce qu'elle se retrouve allongée sur le canapé et qu'il puisse se positionner au-dessus d'elle.

— Elle a eu peur, mais ça s'est bien passé. Les garçons se sont bien occupés d'elle. Cela dit, Julie, tu sais que ça va l'affecter. Personne ne peut vivre ce qu'elle... et toi... avez traversé sans avoir de séquelles. Tu en as parlé au docteur Hancock. Tout le monde gère les choses différemment.

Julie se mordit la lèvre et détourna les yeux. Patrick posa alors sa main sur sa joue pour qu'elle arrête.

— Regarde-moi, ma chérie.

Une fois qu'elle eut levé les yeux vers lui, il poursuivit :

— Je t'aime. Parfois tu es super battante, et l'instant d'après, tu te retrouves dans une pièce pleine d'adolescentes qui essayent des robes de bal en pouffant et en riant. Lâche-toi du lest. Tu es ici. Tu es à moi, et je ne vais pas te laisser partir.

Elle acquiesça.

— D'accord, Patrick. Merci. J'essaye de ne pas me comparer... mais parfois, c'est difficile.

— Je sais. Mais tu as passé toute la semaine avec les filles et ça s'est bien passé.

— Oui, c'est vrai. J'ai enfin l'impression qu'elles m'ont véritablement pardonnée. J'étais contente d'être là pour elles et d'avoir pu leur venir en aide alors qu'elles étaient terriblement inquiètes.

— C'est bien. Bon... il y a autre chose dont je souhaitais te parler...

— Ah oui ? Est-ce que tout va bien ?

Julie, inquiète, regarda Patrick dans les yeux.

— Tout va bien… seulement, on n'a pas eu l'occasion de passer beaucoup de temps ensemble ces derniers temps. Cela dit, après une telle mission, mes hommes ont reçu un congé de convalescence obligatoire de deux semaines. Et même si je commande deux autres équipes des forces spéciales, on m'a également octroyé deux semaines…

Sa voix mourut quand il vit un sourire fendre le visage de Julie.

— Vraiment ? souffla-t-elle. Deux semaines entières ?

— Ouais. Tu penses pouvoir t'absenter du magasin ?

— Comptes-y ! C'est moi la patronne, je suis sûre que je peux arriver à m'éclipser. Oh Patrick, j'ai tellement hâte de passer du temps avec toi !

— Alors on ferait mieux d'aller dormir, lui répondit-il avec un sourire satisfait.

— Quoi ? Pourquoi ?

— Parce que demain, tu vas être très occupée à faire tes valises et à faire des emplettes de dernière minute. Je suis certain que tu dois laisser tes instructions à tes employés.

— Faire mes valises ? Mais pourquoi ?

— On part à Hawaï après-demain.

Patrick sourit et se rassit quand Julie poussa un cri et se contorsionna pour se redresser à son tour.

— Oh, mon Dieu ! Tu es sérieux ? J'ai toujours voulu aller à Hawaï !

— Je sais.

Mais elle ne l'entendit pas.

— J'ai un million de trucs à faire ! Il faut que je…

Mais elle ne termina jamais sa phrase. Patrick la fit basculer sur son épaule et se dirigea à grands pas vers la porte de leur chambre. Il savait que s'il la laissait partir dans un délire, elle ne parviendrait pas à dormir avant plusieurs heures... et il avait d'autres idées en tête.

— Patrick, repose-moi ! Je dois...

— Tu dois simplement me laisser t'aimer. Laisse-moi te montrer tout ce que tu représentes pour moi. On va passer une bonne nuit de sommeil... ensuite... et puis demain, tu auras tout le loisir de penser aux bagages.

Il la déposa doucement sur leur lit et l'emprisonna sous son corps et ses bras.

— Je t'aime, Julie Hurt. Je sais que tu t'inquiètes pour l'équipe et leurs épouses, mais je veux t'offrir dix jours de vacances sans le moindre souci. Juste toi et moi.

Julie prit le visage de Patrick entre ses mains.

— Je t'aime. Merci d'avoir vu du positif en moi, même si je n'étais pas certaine qu'il existe vraiment. Je me serais parfaitement contentée de rester ici dans notre maison, dans notre lit, pendant dix jours, mais Hawaï ? Tu vas vraiment passer un bon moment, mon amour.

Patrick sourit à sa femme.

— J'espère bien, ma belle.

Il se pencha et embrassa sa femme, et ils ne s'interrompirent pas pendant un long moment.

Melody renversa la tête en arrière et essaya désespérément de reprendre sa respiration. Elle s'agrippa au corps de Tex, sachant qu'elle laissait probablement des marques sur sa peau, mais peu lui importait. À chaque fois qu'il donnait un coup de reins, il frottait le petit bouton de nerfs au sommet de son pubis et lui tirait un cri.

Quand il se décala en avant et attira ses fesses plus près de son entrejambe, Melody ouvrit brusquement les yeux et le regarda. Tex arborait une expression intense, contemplant l'endroit où leurs corps se rejoignaient. Il déplaça une main et posa son pouce sur son clitoris, le caressant fort tout en continuant à onduler des hanches d'avant en arrière.

— Si tu n'es pas déjà enceinte, tu le seras après ce soir, je le sens. Prends ma semence, Mel. Prends-la.

Melody n'aurait pu retenir sa réponse. Tex et elle avaient toujours eu une vie sexuelle active, mais à présent qu'il existait la possibilité qu'elle puisse tomber enceinte, Tex semblait encore plus vigoureux.

— Oui, j'en ai envie. Donne-moi tout, Tex ! Donne-moi ton enfant.

— Oh putain, Mel ! Je t'aime tellement.

La voix de Tex s'étrangla quand il s'implanta en elle aussi profondément qu'il le put et frotta frénétiquement son point le plus sensible.

— Jouis avec moi, Mel. Serre-moi fort.

Ces quelques mots enflammèrent Mel. Elle cambra le dos et se contracta autour de Tex, explosant de plaisir. Elle frissonna et c'est seulement beaucoup plus tard qu'elle se rendit compte que Tex ne s'était pas retiré et n'avait d'ailleurs pas bougé.

Elle sentit qu'il avait débandé, mais il n'avait pas amorcé le moindre mouvement pour changer de position. Melody s'étira et cambra le dos, jetant les bras au-dessus de sa tête, ravie de reconnaître le désir dans les yeux de son mari alors qu'il dévorait du regard son corps allongé sous le sien.

— Généralement, on devrait être en train de se câliner, dit doucement Melody en gardant les bras au-dessus de sa tête.

— J'ai envie de garder mon sperme en toi le plus longtemps possible, dit Tex à voix basse.

Melody rit et sentit Tex glisser hors d'elle.

— Oh, non, tu n'étais pas censée rire, Mel.

Elle ne pouvait pas s'en empêcher, ce qui la fit pouffer davantage. Mais elle s'arrêta de rire quand elle sentit le doigt de Tex la pénétrer et mélanger leurs fluides.

— Tu n'essayes quand même pas de renfoncer ce qui a coulé ? parvint-elle à demander à moitié sérieusement, observant Tex qui ne détachait pas les yeux de son sexe.

— Non. Euh... peut-être.

Melody sourit à nouveau. Parfois, il se comportait tellement différemment du soldat d'élite puissant qu'il était autrefois qu'elle ne parvenait même pas à se l'imaginer en mission. Elle ne doutait pas qu'il soit aussi létal que n'importe quel membre des forces spéciales – après tout, elle l'avait vu en action quand Diane avait menacé de la tuer –, mais c'étaient des moments comme celui-ci qu'elle chérissait le plus.

— Viens ici, Tex. Prends-moi dans tes bras.

Tex se recula légèrement et laissa retomber les jambes de Mel. Il la tourna immédiatement sur le côté et se cala contre son dos. Il passa une main sous sa tête et de l'autre, caressa doucement son sexe. Ils restèrent allongés dans cette position pendant un moment et Melody commençait même à s'endormir quand Tex reprit enfin la parole :

— Toute ma vie, on m'a dit que j'étais intelligent et talentueux. J'ai rejoint la marine et on a vanté ma force. J'ai obtenu un poste dans une unité des forces spéciales et je leur ai donné ma vie. On me disait qu'en tant que soldat d'élite, j'étais un membre important d'une équipe. Quand j'ai été blessé, les gens m'ont quand même soutenu que je pourrais me servir de mes compétences informatiques pour aider les autres. Ça me faisait mal de ne pas pouvoir être sur le terrain, mais j'ai fait de mon mieux pour aider le plus de gens possible. Ça me plaisait. Mais je dois te dire, Mel, que je n'ai jamais été aussi heureux de toute ma vie que lorsque je suis allongé à côté de toi, ici, dans notre lit, avec mon alliance à ton doigt, mon sperme en toi, et je l'espère, mon enfant qui grandit dans ton ventre. Je t'aime. Je donnerais ma vie pour te protéger, toi, Akilah et les autres enfants qu'on aura peut-être. *Tu* es ce que j'ai attendu toute ma vie. *Tu* es la raison pour laquelle j'ai perdu ma jambe. *Tu* es la raison pour laquelle je suis ici. Tu me rends heureux juste comme tu es.

Melody savait que rien de ce qu'elle aurait pu dire ne serait parvenu à exprimer son bonheur ainsi que tout l'amour qu'elle portait à son mari. Aussi se contenta-t-elle d'affirmer :

— Je t'aime aussi, Tex.

29

Pénélope Turner, qu'on surnommait « la princesse de l'armée », se tenait au garde-à-vous dans son uniforme de parade, regardant les deux cercueils qu'on mettait en terre au cimetière national d'Arlington. C'était la cérémonie d'enterrement privée du lieutenant James D. Love et du sergent Richard S. Hess. Elle regardait les deux hommes qu'elle n'avait pas eu la chance de connaître se faire enterrer et remercier pour le service rendu à leur pays.

Au plus profond d'elle. Pénélope ne parvenait pas à se délester de la culpabilité d'avoir survécu qu'elle ressentait encore.

Elle avait vu des thérapeutes et avait longuement discuté avec son frère, mais elle ne parvenait toujours pas à se défaire de la sensation que sans elle, ces deux hommes courageux seraient encore vivants, en train de rire et de plaisanter avec leurs amis et leur famille. Elle se promit de trouver un groupe de thérapie chez elle à San Antonio. Elle voulait rencontrer d'autres personnes qui avaient vécu quelque chose de similaire à son expérience… Certes, elle ne trouverait probablement personne qui ait été enlevé par un groupe de terroristes et retenu pendant quatre mois, mais il devait bien exister d'autres gens qui avaient été détenus contre leur volonté et ressentaient ces mêmes sensations terribles qui bouillonnaient en elle.

Pénélope tourna le regard vers les proches qui s'étaient rassemblés pour rendre leurs hommages. Elle savait simplement ce qu'elle avait lu dans le journal, mais elle se disait que ce rassemblement incluait leurs parents, grands-parents, sœurs, frères, belles-sœurs, beaux-frères, et même quelques oncles et tantes. Ces hommes n'étaient pas mariés, mais cela n'aida pas Pénélope à se sentir mieux.

Elle regarda les autres membres de la famille s'en aller tandis que les employés du cimetière continuaient à enterrer les cercueils. Elle était toujours là quand on aplatit la terre. Elle était encore là quand la bruine se mit à tomber.

Cade ainsi que tous les autres pompiers lui avaient proposé de l'accompagner, mais elle avait refusé. Cela dit, cette proposition comptait énormément pour elle. Moose, Crash, Squirrel, Taco et Driftwood… Ils n'étaient pas du genre à montrer leurs sentiments, et savoir qu'ils se préoccupaient assez d'elle en tant que coéquipière avait suffi à la faire éclater en sanglots.

Pénélope poussa un soupir, continuant de déplorer la perte du lieutenant Love, qui avait copiloté l'hélicoptère qui l'avait sortie du merdier qu'étaient le camp de réfugiés et sa prison temporaire. Puis elle pensa au sergent

Hess. Elle ne lui avait pas parlé, mais c'était lui qui avait pris sa main pour l'aider à grimper à bord du MH-60. Elle l'avait regardé dans les yeux et y avait seulement vu la certitude qu'ils parviendraient à la tirer de là saine et sauve.

Elle tourna les talons pour partir – et s'arrêta abruptement.

Derrière elle, en rang d'oignons et au garde-à-vous, se tenaient sept hommes, tous vêtus de leur uniforme de parade blanc de la marine. Ils ne portaient pas de médailles, pas de rubans, seulement leurs insignes nominatifs. Ils étaient venus la soutenir, elle, ainsi que les deux soldats morts derrière elle.

Ravalant ses larmes, Pénélope s'avança lentement vers les hommes qui se tenaient de façon si stoïque et immobile. Sachant qu'elle allait probablement se rendre ridicule, elle commença par le premier homme. Son insigne affichait « Keegan ». Elle ne l'avait jamais rencontré, mais elle supposait que c'était probablement le fameux Tex.

Avant de perdre son cran, elle s'avança vers lui et le prit dans ses bras, le serrant fort pendant quelques secondes avant de le lâcher et de faire un pas en arrière.

— Merci de nous avoir retrouvés, Tex, dit-elle doucement.

Il lui répondit d'un hochement de tête.

Elle passa au suivant. Son insigne disait « Cooper », mais elle le connaissait en tant que Dude, celui qui l'avait libérée de sa prison. Il savait à quoi s'attendre et lui rendit son étreinte quand elle passa les bras autour de lui.

— Merci, souffla Pénélope.

Ce fut au tour de Benny. Son insigne affichait le nom « Sawyer ». Elle le prit aussi dans ses bras et dit simplement « merci ».

Pénélope passa en revue toute la rangée, les prenant dans ses bras chacun à son tour. « Reed », qu'elle connaissait sous le nom de Mozart. « Knox » qui était Cookie. Puis « Powers », c'est-à-dire Abe. À lui, elle dit merci et ajouta :

— Tu avais vraiment une sale tête la dernière fois que je t'ai vu. Je suis contente de voir que ça s'est arrangé.

Ignorant sa légère hilarité, Pénélope se dirigea vers le dernier homme de la rangée. Wolf. Le leader. Celui qui avait endossé la responsabilité de ce groupe et avait déplacé des montagnes pour l'extraire de la Turquie, loin de l'État islamique. L'homme qu'elle n'oublierait jamais, elle le savait.

Elle passa les bras autour de lui et sentit qu'il la serrait lui aussi si fort qu'il la soulevait du sol.

— Merci, Wolf. Merci de ne pas m'avoir abandonnée.

Elle ne s'attendait pas à ce qu'il réponde.

Il la reposa à terre, mais ne détacha pas les bras d'elle.

— Merci à *toi*, Tiger, d'être le genre de femme – et de soldate – qui a su tenir le coup le temps qu'on arrive. Continue à vivre ta vie en paix. Tu mérites tout le bonheur du monde. Tu as sept grands frères à présent. On veillera sur toi. Où que tu ailles, quoi que tu fasses, si tu as besoin de nous, tu n'as qu'à demander.

Pénélope sentit Wolf faire descendre ses mains le long de son dos et reposer un instant sur ses fesses avant de la lâcher. Cela la surprit, mais elle se dit que c'était un accident. Les sept hommes la saluèrent avant de partir, disparaissant dans la forêt. Elle les regarda s'éloigner sans prendre la peine d'essuyer les larmes qui roulaient le long de son visage.

Elle se tourna pour retourner jusqu'à sa voiture. Elle passerait la nuit à Washington D. C. et le lendemain, le président lui remettrait l'Étoile de Bronze lors d'une cérémonie publique télévisée. Elle se sentait partagée, sachant qu'il existait d'autres personnes bien plus courageuses qu'elle qui ne seraient jamais honorées publiquement et ne pouvaient même pas révéler à quiconque qu'ils avaient été là-bas avec elle. Mais elle accepterait cette récompense au nom du lieutenant Love et des sergents Hess, Black, White et Wilson, et même de ce pauvre soldat australien qu'on avait tué sous ses yeux. Pénélope songea également aux soldats de la Delta Force qui n'obtiendraient jamais la moindre reconnaissance, hormis sa dévotion et ses remerciements éternels.

La guerre contre le Daesh n'était pas près de se terminer, mais Pénélope avait fini de la mener. Elle avait eu un meeting avec son commandant et il avait accepté qu'elle quitte l'armée. Il lui restait encore quelques obligations envers le gouvernement, mais sur la plupart des plans, elle était libre d'être pompière à plein temps pour le reste de sa vie. Quand elle rentrerait à la maison, elle recevrait les documents qui confirmeraient sa décharge honorable.

Elle mit les mains dans ses poches arrière en parcourant la trop longue rangée de pierres tombales. Sentant quelque chose de bizarre, elle retira sa main et regarda le petit objet noir qui reposait dans sa paume.

Quoi ?

Dépliant la feuille de papier, elle y découvrit un petit

pendentif en forme de croix de Malte. Le mot qui l'entourait disait : « Nos hommes nous ont secourues, et puisqu'ils t'ont secourue toi aussi, tu es à présent l'une d'entre nous. Tant que tu la porteras, tu ne seras plus jamais perdue. »

Pénélope y pensa et sourit enfin pour la première fois de la journée. Cela ne pouvait qu'être un cadeau de la part des épouses des soldats qui étaient venus la sauver. Et mieux encore, elle aurait parié que c'était également une puce électronique comme celles qu'ils portaient tous. Wolf l'avait glissée dans sa poche !

Un traqueur GPS.

Elle comprit soudain ses paroles et son sourire s'élargit. Ils veilleraient sur elle. C'était bon. Rassurant. Cela faisait longtemps qu'elle ne s'était pas sentie aussi bien. Si elle avait besoin que quelqu'un la soutienne, elle avait non seulement ses amis pompiers, mais également une équipe tout entière de soldats d'élite, ainsi qu'apparemment, leurs épouses.

Se sentant plus forte que jamais, la sergente Pénélope Turner inspira profondément et redressa l'échine. Elle survivrait à cette journée. Et au lendemain. Et au jour d'après. Et ainsi de suite. Pas de problème. Les doigts dans le nez.

* * *

Ne ratez pas le prochain tome de la série Forces Très Spéciales : *Un Protecteur Pour Les Enfants de Alabama.*

DU MÊME AUTEUR

<u>Autres livres de Susan Stoker</u>

<u>Forces Très Spéciales Series</u>

Un Protecteur Pour Caroline

Un Protecteur Pour Alabama

Un Protecteur Pour Fiona

Un Mari Pour Caroline

Un Protecteur Pour Summer

Un Protecteur Pour Cheyenne

Un Protecteur Pour Jessyka

Un Protecteur Pour Julie

Un Protecteur Pour Melody

Un Protecteur pour l'avenir

Un Protecteur Pour Les Enfants de Alabama

Un Protecteur Pour Kiera

Un Protecteur Pour Dakota

<u>Delta Force Heroes Series</u>

Un héros pour Rayne

Un héros pour Emily

Un héros pour Harley

Un mari pour Emily

Un héros pour Kassie

Un héros pour Bryn

Un héros pour Casey

Un héros pour Wendy

Un héros pour Mary

Un héros pour Macie

Un héros pour Sadie

Mercenaires Rebelles

Un Défenseur pour Allye

Un Défenseur pour Chloé

Un Défenseur pour Morgan

Un Défenseur pour Harlow

Un Défenseur pour Everly

Un Défenseur pour Zara

Un Défenseur pour Raven

Ace Sécurité

Au Secours de Grace

Au Secours d'Alexis

Au Secours de Bailey

Au Secours de Felicity

Au Secours de Sarah

* * *

<u>En Anglai</u>

<u>Delta Force Heroes Series</u>

Rescuing Rayne

Rescuing Emily

Rescuing Harley

Marrying Emily (novella)

Rescuing Kassie

Rescuing Bryn

Rescuing Casey

Rescuing Sadie (novella)

Rescuing Wendy

Rescuing Mary

Rescuing Macie (novella)

<u>Delta Team Two Series</u>

Shielding Gillian

Shielding Kinley

Shielding Aspen

Shielding Jayme (novella) (Jan 2021)

Shielding Riley (Jan 2021)

Shielding Devyn (May 2021)

Shielding Ember (Sep 2021)

Shielding Sierra (Jan 2022)

<u>SEAL of Protection: Legacy Series</u>

Securing Caite

Securing Brenae (novella)

Securing Sidney

Securing Piper

Securing Zoey

Securing Avery

Securing Kalee

Securing Jane (Feb 2021)

SEAL Team Hawaii Series

Finding Elodie (Apr 2021)

Finding Lexie (Aug 2021)

Finding Kenna (Oct 2021)

Finding Monica (TBA)

Finding Carly (TBA)

Finding Ashlyn (TBA)

Finding Jodelle (TBA)

Ace Security Series

Claiming Grace

Claiming Alexis

Claiming Bailey

Claiming Felicity

Claiming Sarah

Mountain Mercenaries Series

Defending Allye

Defending Chloe

Defending Morgan

Defending Harlow

Defending Everly

Defending Zara

Defending Raven

Silverstone Series

Trusting Skylar (Dec 2020)

Trusting Taylor (Mar 2021)

Trusting Molly (July 2021)

Trusting Cassidy (Dec 2021)

SEAL of Protection Series

Protecting Caroline

Protecting Alabama

Protecting Fiona

Marrying Caroline (novella)

Protecting Summer

Protecting Cheyenne

Protecting Jessyka

Protecting Julie (novella)

Protecting Melody

Protecting the Future

Protecting Kiera (novella)

Protecting Alabama's Kids (novella)

Protecting Dakota

Badge of Honor: Texas Heroes Series

Justice for Mackenzie

Justice for Mickie

Justice for Corrie

Justice for Laine (novella)

Shelter for Elizabeth

Justice for Boone

Shelter for Adeline

Shelter for Sophie

Justice for Erin

Justice for Milena

Shelter for Blythe

Justice for Hope

Shelter for Quinn

Shelter for Koren

Shelter for Penelope

À PROPOS DE L'AUTEUR

Susan Stoker est une auteure de best-sellers aux classements du New York Times, de USA Today et du Wall Street Journal. Elle a notamment écrit les séries Badge of Honor: Texas Heroes, SEAL of Protection et Delta Force Heroes. Mariée à un sous-officier de l'armée américaine à la retraite, Susan a vécu dans tous les États-Unis, du Missouri jusqu'en Californie en passant par le Colorado, et elle habite actuellement sous le vaste ciel du Tennessee. Fervente adepte des fins heureuses, Susan aime écrire des romans où les sentiments laissent place au grand amour.

http://www.StokerAces.com

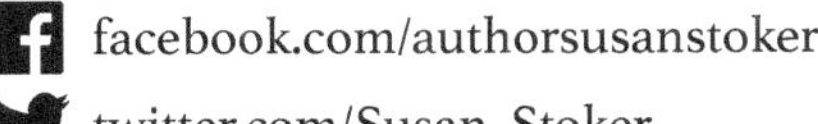

facebook.com/authorsusanstoker

twitter.com/Susan_Stoker

instagram.com/authorsusanstoker

goodreads.com/SusanStoker